SF

黒いカーニバル

〔新装版〕

レイ・ブラッドベリ
伊藤典夫訳

早川書房

7239

目次

黒いカーニバル〔新装版〕

黒い観覧車

　十月の風のように、冷えきった湖を舞う黒いコウモリのように、カーニバルは、夜の闇に骨をカタカタと鳴らし、テントを暗い雨の中で悲しげに侘《わび》しげに密やかにはためかせながら、町にやってきた。それはひと月のあいだ、暗い風景と鉛色の空と強まる風雨のなか、十月の波さわぐ灰色の湖のほとりにとどまっていた。

第三週にはいった木曜日の黄昏《たそがれ》どき、二人の小さな少年が冷たい風にふかれながら湖の岸辺を歩いてきた。

「へん、そんなことがあるもんか」ピーターがいった。

「来いよ、見せてやるよ」ハンクがいった。

波うちよせる岸辺の湿った茶色の砂には、二人のけりあげた泡のかたまりがうしろまで遠くつづいていた。二人は人気《ひとけ》のないカーニバルの敷地へと走った。さっきまで雨が降っていたので、カーニバルは、はげちょろけの黒いブースから切符を買う客も、ぶんぶんうなるルーレットから塩づけハムをせしめようとする客も、大きなやぐらの上のデブやチビとりまぜた異形の芸人たちの姿もないまま、波さわぐ湖のほとりに見世物小屋や遊戯場をひろげている。中道《なかみち》は静まりかえって、両側の灰色のテントだけが風の中で前世紀の巨大な爬虫類の羽根さながらにはためいていた。八時ごろにでもなれば、けばけばしい明かりがパッとともり、叫び声がとび、音楽が湖へと流れてゆくのだ。だが今は、盲目の屈背男《くぐせ》がひとり黒いブースの中に腰をおろし、ひびの入った瀬戸物のカップを両手でさすりながら香料入りのビールを飲んでいるだけ。

「あそこ」といって、ハンクが指さした。

黒いフェリス観覧車が、巨大な電球の星座のように曇り空にひっそりとかかっていた。

「信じられないよ。ほんとうにあるかなあ、そんなこと」ピーターがいった。

「待ってな、ぼくは前に見たんだから。どうしてかわかんないけどさ、でも、ほんとなんだぜ。カーニバルってそうだろ、みんな変てこで。だけどさ、これなんかそれよりかもっと変てこなんだ」

ピーターは誘われるまま、樹上の緑の隠れがにのぼった。

とつぜん、ハンクが体をこわばらせた。「シッ！　団長のクーガーさんだ！」隠れて、二人は目をこらした。

年のころは三十五、クーガー氏は、けばけばしい服を着、折り襟にはカーネーションをさし、髪を油でこってりなでつけて、何も知らずに木の下を通った。頭には、茶色の山高帽がのっている。二週間前、この町についたとき、彼は、警笛を鳴らして進むピカピカの赤いフォードの中から、人びとにむかってあの茶色の山高帽をふっていたのだ。

クーガー氏は小柄なくぐせ男にうなずくと、何事か命じた。くぐせは手さぐりしながら、クーガー氏を黒いシートにすわらせて鍵をかけ、不気味な黄昏の空にむかって彼を送りだした。機械がうなりをあげていた。

「ほら！」ハンクがささやいた。「観覧車の動きかたが違ってる。前じゃなくて、後へ行くだろ！」

「だから、なんだい？」

「見てろよ」

黒い観覧車は二十五回まわった。すると、盲目のくぐせは青白い両手をのばして機械をとめた。観覧車はゆったりと揺れながら、とある黒いシートのところでとまった。十くらいの少年がおり立った。少年は、カサコソという音のやまないカーニバルの敷地を横切り、暗い影の中に消えた。

ピーターは腰を抜かしそうに驚いた。彼は観覧車の中を目で捜した。「クーガーさんは？」

ハンクがつついた。「いったって信じやしないさ！　さあ、見てろよ！」

「クーガーさん、どこへ行っちゃったんだ？」

「行こう、早く、走るんだ！」ハンクはとびおり、地面につくかつかないうちにもうかけだしていた。

谷間にそって茂る栗の巨木、その下にあるミセス・フォーリイの白い家には、明かりがともっていた。ピアノのポロンポロンという音が聞こえ、暖かい窓の内側では、人が動いている。外では、雨が降りだしていた。陰気に、もはや永遠に降り止むことはないかのように。

「びしょぬれだよ」茂みの中にうずくまって、ピーターが泣き声をあげた。「ホースで水をぶっかけられたみたいだ。いつまで待つんだい？」

「シッ！」濡れそぼつ神秘のマントにつつまれてハンクがいった。

二人はフェリス観覧車からこの謎の少年のあとをつけて町に入り、暗い通りを抜けて谷あいのミセス・フォーリイの家へと来たのだった。今、この家の暖かいダイニング・ルームでは、ふしぎな少年が食卓にすわり、おいしいラム・チョップやマッシュポテトを口に運んでいる。

「あいつの名前、知ってるよ」ハンクが口早にささやいた。「こないだママがあいつのこと、いってたんだ。〝ハンク、フォーリイさんのところに、小さなみなし子が来たこと聞いた？　ええと、ジョゼフ・パイクスという名前で、二週間くらい前、ひょっこりフォーリイさんのところにやって来たんだって。どこからか逃げだしてきて、お腹がへっているという話を聞いて、フォーリイさんはそれからあの子を自分の子みたいにして可愛がってるわ〟ママは、そんなこといってた」ハンクは湯気でくもった窓のむこうをすかし見た。鼻のあたまから、雨水がしたたっている。彼は寒さに震えているピーターにしがみついた。「ピート、あいつ、はじめっから気にくわなかったぜ。なんか、すごく――いやらしいんだよ」

「こわいよ」ピーターは本当にすすり泣きをはじめた。「寒いし、おなかはへったし、どういうことかさっぱりわからないじゃないか」

「なんだ、ばかだなあ！」軽蔑のあまり目を閉じ、こぶしをふりながらハンクはいった。「わかんないのかい、カーニバルが来たのは三週間前だぜ。あの浮浪児が、フォーリイさんのところへ来たのも、おんなじころなんだ。フォーリイさんの子供は、いつか、ずうっと前の冬の夜に死んじゃって、それからあの人すこしおかしくなってる。そういうとこへ、あの浮浪児が来て、ゴマをすってるんだ」

「そうか」ピーターはがたがた震えながら、いった。

「行こう」ハンクがいった。二人は玄関のドアの前へ進みでると、ライオンの叩き金を叩いた。

ややあってドアがあき、ミセス・フォーリイの顔がのぞいた。

「まあ、びしょぬれじゃないの、お入りなさい。まあ、まあ」ミセス・フォーリイは二人を廊下に入れた。「どうしたの？」彼女は二人に顔を寄せた。大きな胸をレースで飾った、背の高い婦人、痩せた青白い顔、白くなった髪。「あなたは、ヘンリイ・ウォルタースンね？」

ハンクはうなずくと、ダイニング・ルームにおびえた視線を向けた。ふしぎな少年はテーブルから顔をあげ、こちらを見つめている。「ぼくらだけで話せませんか？　おばさん」老婦人の顔に青ざめた驚きの表情が見えたとき、ハンクはすっと歩いて廊下のドアをしめ、小声でいった。

「お話ししておきたいことがあるんです、おばさんといっしょにいるあの浮浪児のことなんです！」

廊下の空気が、とつぜん冷えきった。ミセス・フォーリイは体をのばし、こわばった姿勢をとった。「それで？」

「あいつ、カーニバルから来たんです、それに子供じゃありません、おとななんです、それにずっとおばさんといっしょにいて、お金がどこにあるか調べて、そのうち逃げだそうとたくらんでいるんです。でも、だれが捜そうとしても、十の子供だと思ってるから見つからないんです、本当のあいつは三十五で、クーガーさんなのに！」

「いったい何の話をしてるの？」ミセス・フォーリイはいった。

「カーニバルと、フェリス観覧車と、クーガーさんっていうふしぎな人のことです、観覧車が反対向きにまわるとあいつは若くなるんです、どうしてかわかりません、それで子供になってここに来ているんです、あいつを信用しちゃだめです、お金が手に入ったら観覧車にのって前向きにまわるから、また三十五になって、子供はどこにもいなくなっちゃうんです、ほんとうです！」

「いいかげんになさいよ、ヘンリイ・ウォルタースン、もうここには来ないでね！」

ドアがバタンとしまった。ピーターとハンクは、ふたたび雨の中に立った。冷たい水が、服を通して二人の体にみるみるしみこんだ。

「頭がいいよ、きみは」ピーターが鼻をならした。「これできまりさ。もしあいつが聞いてたとしたらどうする？　だれにもしゃべられないように、今晩あいつがぼくらを殺しに来たら、どうする？」

「そんなことするもんか」

「そうかなあ」ピーターはハンクの腕をとった。「じゃ、あれを見な」

ダイニング・ルームの大きな張り出し窓のメッシュのカーテンが、両側に引かれていた。そしてピンクの光の中に、威嚇するようにこぶしをふりあげて、あの浮浪児が立っているのだった。歯をむきだした口、憎悪がいっぱいの目、激しい言葉をはきつづける口、その顔は見るもおそろしかった。だが、それだけだった。浮浪児はたった一秒ほどそこにいただけで、つぎの瞬間その姿は消えた。カーテンがもとどおりに引かれた。雨が家の屋根にふりそそいでいた。ハンクとピーターは、嵐の中を重い足どりで家に帰った。

夕食の席で、パパがハンクにいった。「肺炎にかからなかったら、おかしいくらいだ。びしょぬれで！　カーニバルが何だって？」

ハンクはせわしなくマッシュポテトを口に運びながら、がたがた鳴る窓にときおり目を向けた。「カーニバルの団長のクーガーさんだよ、知らない？」

「胸にピンクのカーネーションをさしている人か？」

「うん！」ハンクは体をおこした。「よく見かける？」

「この通りを行ったところの、オリアリィ夫人の下宿にいるよ。奥の部屋を借りている。どうかしたのか？」

「なんでもないよ」ハンクは顔を赤くした。

夕食がすむと、ハンクは電話でピーターに呼び出しをかけた。受話器のむこうにいるピーターは、くしゃみがとまらず苦しそうだった。

「いいか、ピート！」ハンクはいった。「すっかりわかったぜ。あの浮浪児のジョゼフ・

パイクス、あいつ、フォーリィさんのお金を盗んだあとでも、すぐ逃げないんだよ」

「え？」

「オリアリイさんの下宿にずっと泊まって、団長のままでいるんだ。そうすれば、だれにもわかりっこないもの。みんな、性質《たち》のわるい浮浪児を捜すけど、もうそんなやつはいやしない。あいつは、カーニバルの団長になりすまして、歩きまわってるわけさ。カーニバルが怪しいとは、だれも思やしない。もし急にカーニバルがたちのくようだったら、おかしいからね」

「あ、そうか」鼻をすすりながら、ピーターがいった。

「だから、すぐ何かしなくちゃあ」

「だれだって信じやしないよ、家の人にいったけど、でたらめにもほどがあるってさ！」ピーターは悲しげにいった。

「どっちみち、何かするんだったら今夜だよ。どうしてだって？　どうしてって、あいつはぼくらを殺しに来るぜ！　知ってるのは、ぼくらだけだし、警察に行って、あいつに注意しろ、浮浪児とグルになってフォーリィさんのお金を盗んだやつだなんていったら、あいつだって安心して寝ちゃあいられないさ。きっと、今夜来るにきまってるんだ。三十分したら、フォーリィさんのとこで会おうよ」

「ふう」と、ピーター。

「殺されたいのかい？」

「ううん」と考えぶかげに。

「よし、きまった。あそこにいろよ、あの浮浪児は今夜きっとお金を持って家から抜けだしてくる。フォーリイさんが眠ってしまったところで、カーニバルへ帰るんだ。待ってるよ。それじゃあ！　ピート」

「ハンク」受話器を置いたとき、パパがうしろに立っていた。「おまえはどこへも行かない。今夜は、すぐ寝るんだ。この家で」パパはハンクを二階へあげた。「着ているものをみなよこしなさい」ハンクは服を脱いだ。「おまえの部屋に着るものはないな？」

「うん、みんな廊下のタンスだよ」しょげきった声でハンクはいった。

「よし」とパパはいって、ドアの鍵をかけた。

ハンクはすっ裸で、部屋の中に立った。「やんなっちゃうなあ」

「ベッドに入りなさい」パパの声が聞こえた。


ピーターはだぶだぶのレインコートと水夫帽に埋もれて九時半ごろ、くしゃみしながらミセス・フォーリイの家に着いた。彼は街頭の小さな消火栓よろしく立ちつくしたまま、こういう羽目になった自分の運のわるさをぶつぶつと嘆いた。フォーリイ家の二階には、暖かな明かりがともっている。ピーターは三十分のあいだ、雨に濡れてつやつや光る夜の通りをながめていた。

やがて、青白いものが走ってきて、カサコソと濡れた茂みに入った。

「ハンクかい？」ピーターは茂みに問いかけた。

「うん」ハンクが歩みでた。

「あれっ」ピーターは目を丸くした。「きみ――きみ、はだかじゃないか！」

「家から走ってきたんだ。パパが出してくれないんだよ」

「肺炎になるぜ」

家の明かりが消えた。

「隠れろ」ハンクは叫び、茂みにとびこんだ。二人は待った。「ピート」ハンクがいった。

「ズボンはいてるだろう？」

「うん」

「レインコート着てるし、だれが見てもわかりゃしないから、ズボン貸してくれよ」

しぶしぶながら示談がまとまった。ハンクはズボンをはいた。

雨があがった。雲が割れはじめた。

十分もしたころ、小さな影が家から現われた。盗んだ金がごっそり入っているらしい紙袋をかかえている。

「ほら出て来た」ハンクがささやいた。

「あっちへ行くぞ！」ピーターが叫んだ。

浮浪児の足は速かった。

「追うんだ！」ハンクが叫んだ。

二人は栗の林の中を追った。だが、少年の足は速く、傾斜をのぼり、夜の街を抜け、線路を横切り、工場を過ぎ、人っ子ひとりいないカーニバルの中道《なかみち》へと走ってゆく。ハンクとピーターは、大きく差をつけられていた。ピーターは重いレインコートが重荷となり、ハンクは凍えているのだった。ハンクのはだかの足が地面を打つ音が、通りにひびく。

「急げよ、ピート、あいつを観覧車にのせてたまるもんか。おとなに変わられたら、何もかもわかんなくなっちゃう！」

「急いでるんだぜ、これでも！」だがピートは遅れ、ハンクだけが晴れ間ののぞいた空の下をひとり走ってゆく。

「やあい！」浮浪児はあざわらうと、あと影ひとつというところから、ぐんととびだした。

そしてカーニバルの敷地に消えた。

ハンクは敷地のはずれで足を止めた。フェリス観覧車はみるみる空へのぼってゆく、暗い地上に引き寄せられた巨大な星雲、それが後向きではなく、前へ前へと回りつづけ、その一郭にある緑のバケット・シートからジョゼフ・パイクスが、ぐるぐる輪を描きながらのぼってはおり、のぼってはおりてきて、地上にいるハンクと小柄な盲目のくぐせに笑いかけるのだ。くぐせの手は、轟音をあげる、油によごれたまっ黒な機械の上にあり、フェリス観覧車を前へ前へと進ませていた。雨が降ったので、中道《なかみち》に人気《ひとけ》はない。メリイ・ゴー・ラウンドは止まっているが、音楽だけは広い敷地になりわたっていた。そして、曇り空にのぼってはおりてくるジョゼフ・パイクスは、ひと回りするたびにひとつずつ年をとり、変わってゆくのだ。その笑い声は深みをおび、顔つきや、いやらしい目や、ばさばさの髪までがおとなのものになってゆく、それもただ、めまぐるしく回る緑のバケット・シートにすわり、さむざむとした空に笑い声をひびかせているだけで。そこでは、今なおときどき稲妻がひらめいていた。

ハンクは、機械のかたわらにいるくぐせめざして走った。途中、彼はテントの杭を拾いあげた。「あとひと回り!」くぐせがどなった。黒い観覧車はひと回りした。「なんだ、おまえは?」男は荒々しい声をあげ、空をつかんだ。ハンクは男の膝がしらに杭をたたきつけると、とびさがった。「痛っ!」悲鳴をあげ、男は前にのめる。そして観覧車を止めようと機械に手をのばした。ブレーキに手がかかったとき、かけよったハンクが、男の指に杭をふりおろし、打ち砕いた。もう一度。男は苦痛の叫びをあげ、片手で傷ついた手をにぎると、ハンクを蹴った。ハンクがその足をつかんで引っぱったため、男はバランスをくずし、泥の中にころがった。ハンクは叫びながら、男の頭に杭をふりおろした。

フェリス観覧車は、ぐるんぐるんと回りつづける。

「止めろ、止めるんだ！」ジョゼフ・パイクス／クーガー氏の叫びが、荒れ模様の空の上、ふきすさぶ風の中で回転する電球の星座の一角から、ひびきわたった。

「動けない」くぐせがうめいた。ハンクが男の胸にとびのり、二人は嚙みつき、蹴とばしながらもみあった。

「止めろ、止めてくれ！」おとなのクーガー氏は叫ぶ。すっかり変わった顔と声が、恐怖にひきつったままおりてきて、ふたたび風がうなりをあげる空へとのぼってゆく。そそりたつ観覧車の黒いスポークのあいだを、風が吹きぬけていった。「止めてくれ、止めてくれ、頼むから、止めてくれ！」

ハンクはだらしなくのびたくぐせからとびはなれた。そしてブレーキ装置のところへ行き、それをたたいて止めると、金属をすきまにはさみ、ロープでしばり、そのあいだにもときどき、泣きながら這いまわるくぐせを杭でなぐった。

「止めてくれ、止めてくれ、止めてくれ！」泣き声のひびく夜空では、うっすらとした白い雲をぬけて月が現われた。「止めてくれ……」声はうすれた。

今や、カーニバルには煌々《こうこう》と明かりがついていた。テントの中から男たちがとびだし、走ってくる。とつぜん、ハンクの体は宙に持ちあげられ、つづいて罵声とこぶしが雨のように降ってきた。遠くでピーターの声が聞こえ、ピーターのうしろから警官が腰の拳銃を抜いて全速力で走ってくる。

「止めてくれ、車を止めてくれ！」風の中に微かな声が流れた。

その声は、何度も何度もくりかえされた。

カーニバルの男たちはブレーキを作動させようとした。何もおこらない。機械はうなりをあげ、観覧車をぐるんぐるんと回転させている。装置がこわれているのだった。

「止めてくれ！」最後に一度、声がひびいた。

静けさ。

声もないまま、フェリス観覧車は一回転した。電球の星と金属と箱の一大組織。今では、モーターの音のほか、何の音も聞こえず、それもやがて消えた。観覧車は一分ばかり滑りつづけた。カーニバルの人びとはそれを見つめた、警官も見つめた、ハンクとピーターも見つめた。

観覧車が止まった。騒がしい音に、ヤジ馬が集まりはじめた。船つき場から漁師が数人。鉄道線路から転轍手が数人。観覧車は、風の中でのびあがるようにしてきしっていた。

「あれは」だれもがいった。

警官がふりむき、カーニバルの人びとがふりむき、漁師がふりむいた。そして全員が輪のいちばん下にある黒いシートにすわっているものをのぞきこんだ。風が木製の黒いシートをそっとリズミカルにゆすり、薄暗いカーニバルの光に照らされた乗客にむかってひっそりと歌をうたっていた。

そこには骸骨がすわっていた。手には金《かね》の入った紙袋を持ち、茶色の山高帽を頭にかぶっていた。

詩

始まりは、また一つ新しい詩を書きだしただけのことだった。ところが、まもなくデイヴィッドは汗水たらして取り組みはじめ、部屋中を歩きながら、しきりに独り言をつぶやくようになった。長い貧乏暮らしのあいだでも、これほどのことははじめてだった。夫の詩へのうちこみかたはたいへんなもので、リサは忘れられたも同然だった。デイヴィッドが書き終えて、ふたたび彼女に目をとめるまで待つほかはなさそうだった。

そして、とうとう――詩は完成した。

封筒の裏に書かれた文字のインクがまだ乾ききらぬうちに、デイヴィッドは震える指で詩を彼女にわたした。彼のはれぼったい目は、霊感を得たかのようにきらきら輝いていた。

リサは詩を読んだ。

「デイヴィッド――」そうつぶやく彼女の手は、共感に震えはじめた。

「すごいだろう！」

「いいだろう？」と彼はうわずった声でいった。

リサの周囲では、家が木材の奔流となって渦巻いていた。紙を見つめているだけなのに、言葉がみるみる溶け、生あるものへと変化してゆくのが実感として伝わってくるのだった。紙は、まばゆい陽のさしこむ四角い窓。そのなかに少し体をのりだせば、もっと明るい琥珀色の別世界をまのあたりにすることができそうだ！ リサの心は、振子のように揺れていた。ともすると、存在しえないその三次元の世界に、まっさかさまに転落しそうになる。彼女は恐怖の叫びをこらえて、信じられぬ紙の窓枠に必死にしがみついていなくてはならなかった。

「デイヴィッド、なんだかふしぎな気持。すばらしいし、そして――おそろしいわ」

まるで光の筒を両手につつみこんでいるようだった。それを通り抜ければ、歌声と色彩と新しい感覚に満ちあふれた広い宇宙をかけまわれそうな気がする。どのようにしたのか、デイヴィッドはこの現実を、物質を、原子を、ただインクをおとすだけで紙の上にみごとに封じこめたのだ！

彼は、谷間のみずみずしい緑の草木のことを語っていた。ユーカリの樹や、風に揺れるその高い枝のあいだを飛ぶ小鳥たちや、蜜蜂の羽音をつつみこむ花々のことを語っていた。

「すてきだわ、デイヴィッド。あなたが今までに書いた最高の詩よ！」つぎの瞬間、一つの思いつきが頭にうかび、彼女の胸はとつぜん激しく鳴りはじめた。谷間をじかに見て、その静かなたたずまいと、詩の内容を比べてみたくなったのだ。彼女はデイヴィッドの手をとった。「あなた、散歩に行きましょうよ」

デイヴィッドは上機嫌でうなずき、二人は山あいの小さな家をあとにした。道を半分ほど下ったところで気が変わり、引きかえしたくなったけれども、彼女は繊細な美しい線で彫りこまれた顔を横にふって、その考えをはらいのけた。細道がつきるそのあたりは、昼日中《ひなか》にしては不気味なほど暗かった。不安を隠そうとして彼女は陽気に言った――

「あんなに長いあいだ一所懸命に書いていたんですもの、完璧な詩ができるのはあたりまえね。いつかは成功すると思っていたわ。きっと、これがそうよ」

「辛抱強く待ってくれた奥さんのおかげさ」

巨大な岩に沿って道を曲がると、紫のヴェールが引きおろされたように薄闇がおとずれた。

「デイヴィッド！」

思いがけぬ黄昏《たそがれ》に、彼女は夫の腕にすがりついた。「どうしたのかしら？　これが谷間？」

「そうさ、もちろん」

「でも、暗すぎるわ！」

「うん――暗いね――すこし――」彼もとまどっているようだ。

「花がなくなってるわ！」

「今朝《けさ》見たんだぜ。なくなるはずがないよ！」

「詩のなかに、あなた、書いていたわね。ぶどうの木はどこにあるのかしら？」

「どこかにあるはずだ。まだあれから一時間かそこらしかたっていない。暗すぎる。帰ろう」薄れた光のなかをすかし見ながら、彼自身もおびえているようだった。

「何もないわ、デイヴィッド。草も、木も、茂みも、ぶどうも、みんななくなってるわ！」

彼女はそう叫び、そして口をつぐんだ。不自然な空虚の静けさ、時の経過も、風もない漠然とした虚無の印象、何もかもが吸いとられた真空の感覚が二人をおそい、恐怖におとしいれた。

彼は低い声で悪たいをついたが、こだまは聞こえなかった。「暗くてわからないんだよ。明日はもとどおりになっているさ」

「でも、二度ともどってこないとしたら？」彼女は震えはじめた。

「いったい何をいいたいんだ？」

彼女は詩をさしだした。それは、まじりけない黄色の光につつまれて、ひっそりと輝いていた。まるでそのなかに、消えることなく燃えつづけるロウソクが隠されているようだ。

「あなたは完全な詩を書きあげたでしょう。それが完全すぎたのよ。きっとそうだわ」その声は抑揚がなく、遠くから聞こえてくるようだった。

　彼女はもう一度、詩を読んだ。すると悪寒が体をかけぬけた。

「谷間はここにあるのよ。これを読むと、道が急に目の前にひらけて、膝までもある草むらを歩いているような感じがするわ。青いぶどうの香り、黄色い筋となって飛ぶ蜜蜂の羽音、小鳥たちを運ぶ風。紙がいろいろなものに変わるの、太陽や、水や、色や、生き物に。これはシンボルの集まりでも、それを読むのでもないわ。このなかに生きるのよ！」

「ばかな。きみの考えちがいだ。気ちがいじみてる」

　二人は道をかけあがった。暗い虚無からぬけだすと、風が彼らを出迎えた。

大した家具もない、さむざむとした小さな家のなかで、二人は窓べりにすわり、谷間を見おろした。いつもと変わらない昼さがりの光が、あたりをつつんでいる。岩でかこまれたあの谷底のように、薄暗くもなければ、ものさびしくも、静かでもない。

「よしてくれ。詩にそんなことまでできるものか」

「言葉はシンボルよ。それが心のなかにイメージをつくりだすのよ」

「それ以上のことを、ぼくがしたというのかい？　どんなふうにやってのけたんだ？　ぼくのほうがききたいね」彼は紙をふり、顔をしかめて一行一行に目を通した。「物質とエネルギーを使って、シンボル以上のものをつくりあげたというのかい？　ぼくが生命をこのなかに圧縮し、凝集したというのかい？　拡大鏡を通過した光が、小さな炎となって一点で燃えあがるみたいに、物質がぼくの心を通過したというのか？　その炎の力を借りて、紙の上に生命を焼きつけたのか？　もうたくさんだ。そんなことを考えていたら、気が狂ってしまう！」

風が家の周囲をめぐった。

風の音に身をこわばらせて、リサがいった。「もし、わたしたち二人が気が狂っているのでないとしたら、それを証明する方法が一つあるわ」

「どうするんだ？」

「風を封じこめるの」

「封じこめる？　インクの壁のなかに？」

彼女はうなずいた。

「いや、ばかなことはよそう」デイヴィッドは顔をそむけた。唇をなめながら、彼は長いあいだすわっていた。やがて自分の好奇心を呪いながら、テーブルへ歩いていくと、しばらくペンとインクをもてあそんでいた。彼はリサを見つめ、それから強い風の吹く明るい戸外に目をやった。そしてペンをインクにひたし、整然とした黒い筆跡で、奇蹟を紙に移しはじめた。

たちまち風が止んだ。

「風を封じこめたよ。インクが乾いた」と彼はいった。

夫の肩越しに、リサは読みはじめ、その冷たい速い流れのなかに身をおいた。彼女は、紙にしみこんだ遠い海の香りを嗅いだ。遠い小麦畑や青々としたとうもろこし畑のにおい、都市のれんがやセメントのつんとするにおいを嗅いだ。

デイヴィッドがいきなり立ちあがったので、椅子は痩せさらばえた老婆のようにうしろに倒れた。谷間をめざして下ってゆく彼の姿は盲人のようだった。必死に呼ぶリサの声にも、ふりかえらなかった。

やがてもどった彼は、興奮しているかと思うと、つぎの瞬間には驚くほど平静になり、そんな状態をくりかえした。そして椅子にくずおれた。夜になると、彼は話しはじめた。目をとじ、パイプをくゆらせながら、意識した静かな口ぶりで、いつまでも話しつづけた。

「ぼくは、今まで人間がだれひとり持ったことのないような力を手に入れた。その範囲や限界はわからない。魔力がどこかで終わることはたしかだ。ああ、リサ、ぼくがあの谷間をどんなふうに変えてしまったか見せたいよ。みんななくなってしまった。残っているのは、もとの谷間をかたちづくっていた骸骨みたいなものだけだ。肝心の美しいものは、ここにある！」彼は目をひらき、聖杯にまみえるように、その詩を見つめた。「永遠に閉じこめてしまったんだ、黒インクの線を何本か紙の上に書いただけで！　ぼくはきっと地上最大の詩人だぞ！　昔からの夢が実現したんだ」

「わたし、こわいわ、ディヴィッド。その詩をやぶって、ここから逃げだしましょうよ！」

「出ていくって？　これからすぐ？」

「危険だわ。あなたの力が、この谷の外にも影響を及ぼしているとしたら、どうするの？」

彼の目は火のように輝いていた。「そのときには、この宇宙を破壊して、同じ瞬間に、不滅のものに移しかえてしまうだけさ。書くとしたら、十四行詩だな」

「でも、書かないと約束してくれるわね、ディヴィッド？」

彼は聞いていないようだった。ひときわ高く明瞭な鳥のはばたきにも似た、宇宙の音楽に聞きいり、何か考えにふけっているようだった。おそらく何百世紀ものあいだであろう、この谷は、ひとりの詩人がやってくるのを、そしてそこに秘められた力をことごとく飲みほしてくれるのを待っていたにちがいない。そんなふうに考えているようだった。この地は、今では宇宙の中心なのか。

「とほうもない詩になるな」彼は考えぶかげにいった。「キーツも、シェリイも、ブラウニングも、その他みんなひとからげにしても敵《かな》わない最高の詩だ。宇宙を描いた詩。だけど、よそう」彼は悲しげに首をふった。「そんな詩は書かないよ」

長い沈黙があり、リサは息を殺して待ちつづけた。

先刻封じこめられた風にかわって、新しい風が地平線のかなたからわたってきた。彼女はようやく息をついだ。

「わたし、あなたが勢いづいて、この世界の風をみんな封じこめてしまったのかと思っていたわ。もうだいじょうぶね」

「だいじょうぶ、か」彼は幸福そうにいった。「すばらしいじゃないか！」

そして彼女を抱きしめると、何回も何回も接吻した。

五十日間に、五十篇の詩が書きあげられた。岩をうたった詩、草の茎をうたった詩、花、小石、ぬけおちた羽根、雨の雫、雪崩、乾いた頭蓋骨、落ちた鍵、指の爪、割れた電球をうたった詩。

注視の目が、いっせいに彼のうえに集まった。詩集は売れ、世界中で読まれた。批評家はそれらの名篇をこんな言葉で形容した。「――生活を、自然をあるがままのかたちにつつみこんだ数々の琥珀のかけら――」「――どの一篇をとっても、世界へと開かれた窓――」

とつぜん彼は有名になっていた。それを納得するには、何日もかかった。単行本のページに印刷された自分の名前を見ても、新聞の批評欄を読んだあとでも信じようとはしなかった。

やがて、それは彼の内部に火をかきたてた。炎は勢いを増し、みるまにひろがって、彼の体を、足を、腕を、そして顔を焼きつくした。

歓声と栄光のなかで、彼女は夫の顔に頬をすりよせ、ささやいた――

「今があなたのいちばん幸せなときなのよ。これ以上のときが、このあともあるかしら？ないと思うわ」

彼はつぎつぎと舞いこむ手紙をリサに見せた。

「ほら、この手紙。ニューヨークからだ」彼はひっきりなしにまたたきし、いっときも落ち着こうとはしなかった。「もっと詩を書いてほしいとさ。あと何千もだ。この手紙を見てごらん、そら」彼は手紙をわたした。「この編集者はいってる。小石や一滴の水のことを、あんなすばらしい詩にしあげられるきみのことだ、今度は――そのう――生き物でそれをやってみないか、だとさ。本当の生き物だ。大したことじゃないよ。アメーバだっていい。そういえば、今朝《けさ》のことだけど、ぼくは小鳥を見た――」

「小鳥？」彼女は体をこわばらせ、夫の返事を待った。

「うん、蜂鳥だ――風に乗ったり、木にとまったり、舞いあがったり――」

「あなた、もしや……？」

「いけないかい？　ただの小鳥だぜ。何億といるうちの一羽さ」彼はやましそうにいった。

「小さな鳥一羽、小さな詩一つだけだよ。それもいけないとはいわせないぜ」

「はじめはアメーバひとつよ」彼女は無感情にいった。「それが、つぎには一ぴきの犬になり、ひとりの人間になり、一つの都市になり、一つの大陸になり、一つの宇宙になるんだわ！」

「ばかな」彼の頬がけいれんした。黒い髪をかきあげながら、部屋を行きつ戻りつした。「きみはものごとを深刻に考えすぎてる。それに、犬の一ぴきや二ひき何だ、人間のひとりやふたり？」

彼女はため息をついた。「あなたの力にはじめて気がついたとき、わたしたちが何を話したかおぼえてる？　あなたがおそろしそうに話したのも、そのことよ。デイヴィッド、忘れないでね、これはあなたが本来持っていた力ではないのよ。この谷間に住みついたという偶然のおかげなのよ――」

彼は低く舌うちした。「偶然にしろ運命にしろ、そんなことはかまやしないさ。肝心なのは、ぼくがここにいて、連中が――連中が――」彼は顔をあからめて口ごもった。

「連中がどうしたの？」彼女はうながした。

「連中が、ぼくを不世出の詩人とほめてくれているということさ！」

「それが、あなたを破滅させるわ」

「それでもいいじゃないか！　すこし静かにしていてくれ」

彼は自分の部屋にはいると、落ち着かなげに窓の外の山道をながめた。おりもおり、小さな茶色の犬が、かすかなほこりをうしろに舞いあげながら道をやってくるのが目にとまった。「ぼくは詩人なんだ、それも超一流の」腹だたしげにそうつぶやくと、彼はペンと紙をとりだし、すらすらと四行書きとばした。

犬はかん高く吠えながら、一本の木の周囲をまわり、緑の茂みをとびこえようとした。それはぶどうの木だったが、その真上のあたりで、まったく不意に鳴き声がやみ、犬の体は空中で分解すると、かき消すように見えなくなった。

部屋にとじこもったまま、彼はすさまじい勢いで書きつづけた。庭の小石を数え、それを紙に移すだけで星々に変え、ちょっとしたペンさばきで、雲や、すずめ蜂、蜜蜂、さらに稲妻や雷鳴を不滅のものにした。

隠れて書いたにしても、そのいくつかが見つけられ、読まれてしまう事態は避けられない。

午後の長い散歩からもどると、リサは詩を書きとめた紙を膝にのせて待っていた。「この詩。「デイヴィッド、これはどういうこと?」彼女の声は冷たく、動揺していた。

はじめは犬。つぎは猫。それから羊、そして――最後は――人!」

彼は紙を妻からとりあげた。「だから、どうしたというんだ?」彼は紙を引出しに入れ、力まかせに引出しをしめた。「ただの爺さんじゃないか。羊だって年のいったやつだし、あのテリアは病気持ちだ! いなくなったほうが、かえって空気がきれいになるさ!」

「でも、この詩だって」彼女は目を大きく見開いて、紙をつきだした。「女の人がひとり。シャーロッツヴィルから来た子供が三人！」

「気にいらないことはわかったよ！」彼は荒っぽい口調でいった。「芸術家は、実験する必要がある。あらゆることをだ！　ただおとなしくつっ立って同じことを何回も何回もしているわけにはいかないじゃないか。きみが考えている以上に、ぼくには大きな計画があるんだ。そう、たいへん結構な計画だぜ。ありとあらゆることを書くことにしたんだ。宇宙を解剖し、惑星を引き裂き、太陽をお手玉にして遊ぶのさ」

「デイヴィッド」彼女は驚いていった。

「そうさ、やってやる！　やってやろうじゃないか！」

「あなたは子供だわ、デイヴィッド。もっと前に気がつくべきだったわ。このまま続けるんだったら、わたし、この家を出ます」

「いることになるね」

「それはどういう意味？」

彼自身どんなつもりでいったのか理解しかねていた。所在なげにあたりを見まわすと、彼はいった。「つまり、つまり——もし、きみに行ってしまわれたら、ぼくにできるのは机にむかって、きみの思い出を紙に書くことしかない……」

「あなたは……」彼女は放心したようにいった。

そして泣きはじめた。椅子にひっそりと沈みこむと、声もなく肩を波うたせた。「わるかったよ」顔をしかめながら、彼はあいまいにいった。「こんなことをいうつもりはなかったんだ、リサ。ごめんよ」彼は歩みより、彼女の震える背に手をのせた。「あなたからは離れないわ」彼女はやがていった。

そして目を閉じ、考えはじめた。

その日遅く、町へ買い物に出かけたリサは、はちきれそうな袋ときらめく大きなシャンペンの壜《びん》をかかえて帰ってきた。

デイヴィッドはそれを見て、大声で笑った。「お祝いかい？」

「ええ」彼女は壜と栓抜きを夫にわたした。「あなたが世界最高の詩人になったお祝いよ！」

「皮肉めいた言いかただな、リサ」シャンペンをつぎながら、彼はいった。「何に乾杯しよう？　そうだ——宇宙に乾杯」そして酒を飲むと、「うまい」といってリサのグラスを指さした。「飲めよ。どうしたんだ？」彼女はなぜか悲しげに涙ぐんでいる。

夫のグラスに酒をつぎたすと、彼女は自分のグラスをとりあげた。「わたしたちがいつまでもいっしょでありますように。いつまでも」

部屋がゆらいだ。「効いてきたよ」彼は真剣な口調でいい、倒れないように椅子に腰をおろした。「すきっ腹に飲んだからな。ああ、酔った！」

デイヴィッドは椅子にかけたまま、リサが彼のグラスに酒をつぎたすのをながめていた。いつのまにか、彼女は陽気になっていた。彼は顔をしかめながら考えにふけり、ペンとインクと紙を見つめて、一つの決断を下そうとしていた。「リサ？」

「なあに？」彼女は歌いながら夕食の支度をしている。

「調子が出てきたぞ。午後のあいだ、ずっと考えていたんだ――」

「何をどうするの、あなた？」

「ぼくは決めたんだ、人類の歴史はじまって以来最大の詩を書いてやる――今、これから！」

彼女は急に胸が激しくうつのを感じた。

「この谷のことをうたった詩？」

彼はにやりと笑った。「いや、ちがう！　そんなものじゃない。もっと大きな詩だ！」

「わたしカンがわるいのね、見当もつかないわ」

「簡単なことさ」シャンペンをまた一息で飲みほすと、彼はいった。妻が興味を持ってくれたのが、彼にはうれしかった。それが想像力を刺激した。彼はペンをとりあげ、インクにひたした。「宇宙をうたった詩ができそうだ！　いいかい……」

「デイヴィッド！」

彼は思わずたじろいだ。「なんだい？」

「ううん、なんでもないわ。シャンペンもっとつぎましょうか？」

「え？」彼は焦点の定まらない目でまばたきした。「ああ、どんどんついでくれよ」

リサは彼のそばにすわり、なにげないふりをよそおっている。

「教えて。何を書くの？」

「宇宙のことさ。星々、てんかん持ちみたいにぎくしゃくと進む彗星、闇のなかをめくらめっぽうに飛ぶ流星、巨大な太陽の熱い抱擁と誕生、宇宙の果てを行く惑星の冷たい優雅な旅、とほうもない顕微鏡の下でうごめくゾウリムシみたいな小惑星の運行、ぼくの心に思いうかぶありとあらゆることさ！　地球、太陽、星々！」

「やめて！」と彼女はいったが、そこで自分をおさえた。「わたしがいいたいのは、いっぺんにやらないでということ。一度に一つ――」

「一度に一つとね」彼は顔をしかめた。「今までそればかりやってきたんだ。もうたんぽぽやひなぎくには飽きあきしたよ」

彼は紙にペンを走らせはじめた。

「何をするの？」夫の肘をとらえて、リサはいった。

「ほっといてくれ！」彼はリサの手をはらいのけた。

黒い文字が、彼女の目にとまった――

「無窮の宇宙、星と惑星と太陽と――」

悲鳴をあげたにちがいない。

「やめて、デイヴィッド、消すのよ、手遅れになるまえに。やめて！」

長い黒い管を通して見るように、彼は妻を見つめた。リサも同じ管を通して、彼を見つめていた。「消す？　なぜだ？　これは傑作なんだぜ！　一行だって消すものか。ぼくは世界一の詩人になりたいんだ！」

彼女は夫の体をかわして机にとびかかると、ペンをつかんだ。そして文字を消した。

「い、い、い、インクが乾いたら、い、い、い、インクが乾いたら！」

「ばか！」と彼はどなった。「ほっといてくれ！」

リサは窓にかけよった。夕暮れの空には、まだ一番星も三日月も残っている。彼女は安堵のあまりすすり泣いた。そしてふりかえると、夫に歩みよった。「わたし、詩のお手伝いをしたい――」

「きみの手伝いなんかいらないよ！」

「あなたの物を見る目はどうなっちゃった？　そのペンにどれほどの力が隠されているかわからないの？」

夫の関心をわきにそらそうと、リサはシャンペンをグラスについだ。彼は喜んで、それを飲んだ。「ああ、頭がくらくらする」

しかし、それでも彼はペンをおこうとはしなかった。新しい紙をとると本当に書きだしたのだ。

「宇宙──広大な宇宙──百千の星をちりばめた──」

彼女はワラにもすがるような思いで、彼の注意をそらす言葉をさがした。

「おさむい詩ね」

「〝おさむい〟とは、どういう意味だ？」書きながら、彼はきいた。

「そもそもの始まりから筆をおこして、だんだん組みたてていかなくては」彼女は論理的に説明した。「時計のゼンマイを巻くときのように、宇宙だって最初は小さい粒子からはじまって星になり、大きな渦巻になるのよ──」

ペンの動きが鈍り、彼は顔をしかめて考えはじめた。

それに気づいて、リサは急いで先をつづけた。「あなたは感情のおもむくままに書きとばしているみたいだわ。大きなものから最初に手をつけようとしたって、それは無理よ。詩の最後にもっていくの。クライマックスになるように！」

インクが乾きかけていた。リサは、しだいに乾いていく筆跡を見つめた。つぎの六十秒のあいだには──

彼はペンをとめた。「きみのいうとおりかもしれない。たぶん、そうだろう」彼はつかのままペンをおいた。「いい？わたしのいうとおりにきまっているわ」彼女は笑いながらあっさりといった。「いい？

わたしがペンを持つわよ――それから――」

夫がとめるものと、彼女は思っていた。だが、青白いひたいに手をあげたまま、彼は酔いで充血した目でじっと見つめている。

彼女は夫の詩を太い斜線で消した。心臓の動悸がゆるやかになった。

「さあ」と、彼女は心配そうにいった。「ペンを持ちなさい、助けてあげるから。最初は小さなものから、そしてだんだん組みたてていくのよ、芸術家らしく」

夫の目は、灰色にくもっていた。「きみのいうとおりかもしれない、もしかしたら、もしかしたら」

おもてでは、風がうなりをあげている。

「風をとじこめなさい！」彼の自我が満足するような小さな勝利を一つ与えようと、リサはうながした。「とじこめるの、風を！」

彼はペンを走らせた。「つかまえたぞ！」酔ってふらふらしながら、彼は叫んだ。「風をとじこめたぞ！　インクの牢屋に！」

「つぎは花よ！」興奮した口調で、彼女はいった。「それから、この谷に住む人みんな！それから草！」

「どうだ！　花をとじこめた！」

「つぎは山よ！」

「山だ！」

「谷！」

「日ざし、花の香り、樹木、影、この家と庭、そして家のなかにあるもの全部！」

「よし。よし。よし」彼はつぎつぎと答えながら、とめどもなく書きつづけた。息つくまもなく書き進める彼のとなりで、リサがいった。「デイヴィッド、あなたを愛してるわ。これからわたしのすること、許してくださいね――」

「なんだって？」と夫はきいた。聞いていなかったのだろう。

「なんでもないの。ただ、わたしたちはこのままでは満足できそうもないというだけ。そして、いつか限度を越えてしまうのよ。そうしかけたことあるでしょう、あなたは。でも、それはまちがいよ」

デイヴィッドはうなずいた。リサは彼の頬にくちづけした。彼は手をあげ、リサの頬をそっと叩いた。「ぼくが何を考えてるか知ってるかい、リサ？」

「さあ、何かしら？」

「ぼくが考えてるのは、きみが好きだということさ、そう、きみが好きだよ」

リサは彼をゆさぶった。「眠らないで、デイヴィッド、眠っちゃだめ」

「ねむいよ、ねむい」

「もう少ししてからね、あなた。最後の詩を書きあげたら、いちばんすばらしい詩を書きあげたらね、デイヴィッド。わたしのいうことを聞いて――」

彼はペンをとめた。「何を書くんだ？」

リサは髪を整えると、彼の頬に指をあて、震えながらくちづけした。そして目をとじると、口述をはじめた――

「むかし、デイヴィッドとリサという、仲むつまじい夫婦がおりました――」

ペンは痛々しげに、疲れはてたように、ゆっくりと動き、言葉をかたちづくっていった。

「それで？」と彼はうながした。

「――二人の家はエデンの園にありました――」

リサは、面倒くさそうに筆記する彼の手もとを見つめていた。

やがて彼は目をあげた。「よし、つぎは？」

リサは部屋をながめ、その外にある夜の闇に目をやった。風が歌っている。彼女は夫の手を取ると、そのねむたげな唇にくちづけした。

「それだけ」と彼女はいった。「インクが乾きはじめたわ」

何カ月かのち、ニューヨークの出版社の人びとがその谷を訪れた。彼らがそこに見たものは、荒涼としたむきだしの谷間と、風にあおられて、そのあたりを舞っている三枚の紙だけだった。彼らは紙を拾い集め、ニューヨークへ帰っていった。

出版社の人びとは、放心したように顔を見あわせたままこういうだけだった。

「いや、どういっていいのか、そこには何もないんだよ。むきだしの岩だけ。草や木はおろか、人っ子ひとり見あたらん。　彼が住んでいた家もない！　道も、何もかもだ！　彼は消えてしまったんだ！　細君の姿もなかった！　消息を聞いたものもおらん。まるで河が氾濫して、村から何から全部押し流してしまったみたいなんだ！　すっかり、からっぽだ！　残っているのは、この三つの詩だけさ！」

詩人とその妻からは、その後、何の音沙汰もなかった。あかはだかにはぎとられたその谷の調査のため、農業大学の専門家たちが何百マイルもの道のりをやってきた。そして、いちように青ざめた顔で、首をふりながら帰っていった。

しかし二人を見つけだすのはたやすい。

彼の最後の詩集となった薄っぺらな本を開いて、三つの詩を読めばいいのだ。

リサはそこにいる、デリケートで、美しい永遠のリサが。彼女のあたたかく、におやかな若い肌、風にそよぐ金色の髪。

そのとなり、むかいあったページには、彼がいる、こけた頰、微笑をうかべた口もと、ひきしまった長身、カラスの羽根を思わせる黒い髪、両手を腰にあて、顔をあげてあたりを見まわしている。

そして二人の周囲にあるのは、一面の緑だ。サファイア色の空の下、ぶ、ど、う、のふくいくとした香り、膝の高さまで伸び、踏みだした足をそっと隠す草。読者はそこにある細道をたどればよい。すると、あの谷間がひらけ、家が見えてくる。昼はゆたかな陽光がさんさんとふりそそぎ、夜はたくさんの星と月の光がひっそりと照らす谷間。そして、そのなかを笑いながら歩いてゆくリサとディヴィッド……。

旅人

明け方すこし前、父親はセシイの部屋をのぞいた。彼女はベッドにいた。父親はのみこめぬようすで首をふると、彼女を手で指し示した。

「あんなふうに寝ていて、ちっとは家《うち》のためになるというのなら、わたしはマホガニーの棺のクレープを食べてもいいよ。一晩じゅう寝ていて、朝食がすめば、また一日じゅうベッドの中だ」

「あら、でも、気がつく子よ」母親はいい、眠っているセシイの青白い姿から父親を引き離すと、廊下をひっぱっていった。「〈一族〉の中では、いちばん面倒をかけないんじゃないかしら。あなたの兄弟はどう？　昼間眠ってばかりいて、なんにもしなくて。それに比べれば、セシイは活動的よ」

二人は、黒いロウソクのにおいの中を階下におりていった。数カ月前の〈集会〉のとき飾りつけられ、そのままになっていた、手すりの黒いクレープが、二人のわきでさらさらと衣ずれの音をたてた。父親は疲れはてたようにネクタイをゆるめた。「しかしね、わたしらは夜、仕事をするんだ。それが――おまえのいうように――旧式だとしても、しかたがないじゃないか」

「それはそうよ。〈一族〉みんなが進歩的というわけにはいかないわ」彼女が地下室のドアをあけ、二人は手をとりあって闇の中におりていった。彼女は微笑しながら、夫の血の気のない丸顔をふりかえった。「わたしが眠らずにすむ性質《たち》だったのは、よかったわね。もしあなたが夜に眠る女《ひと》といっしょになったとしたら、結婚生活はどんなだったと思う？ね、そうでしょう。生き方は別々。どちらもおたがいの生活になじめない。めちゃくちゃだわ。これでいいのよ。ときには、セシイみたいに心ばかりの子が生まれるし、アイナーおじさんみたいに始終飛んでいる人もいれば、ティモシーのように、つりあいのとれた、正常な子もいる。それから、昼間は眠ってばかりいるあなた。反対に、わたしは一生眠らない。セシイのことを理解するのはむずかしくないと思うわ。あれでどれくらいお手伝いしてくれるかわからないのよ、一日に。八百屋の心に乗りうつって、どんなものが店にあるか見にいってきてくれるし、肉屋の心にも入ってくれるし、それで、いいお肉が品切れなら、わたしがのこのこ長い道を買いに行かなくてもいいんだから。おしゃべり好きが午後の暇つぶしに訪ねてきそうなら、すぐ知らせてくれるのよ。それから――ええと、とにかく、数えきれないくらいいろいろなこと――！」

二人は地下室の中、からっぽの大きなマホガニーの棺の前で足をとめた。まだ納得できないという顔で、彼はその中に入った。「だが、もうすこし〈一族〉のためになることをしないものかな。いいにくいことだがね、アリス、仕事をさがせと、あの子に――」

「おやすみなさい」彼女は夫にいった。「よく考えてね。日暮れまでには、気が変わってるわよ」

彼女は夫の上に蓋をおろしかけた。「そうだな」考えぶかげに、彼はいった。蓋がとじた。

「おやすみなさい」

「おやすみ」棺の中で、遠く、くぐもった声がいった。

陽がのぼった。彼女は朝食の用意をするため、上にかけあがった。

〈旅人〉とは、セシイ・エリオットのことである。見かけは、どこにでもいる十八の娘と変わらない。しかしそういえば、〈一族〉の全部が全部、そんなふうに見かけどおりではないのだ。べつに、彼らが牙やコウモリのつばさを持っていたり、芋虫や魔女であったりするわけではない。世界中の小さな町や農場で、目立たない質素な生活を営みながら、変わりゆく世界に適応しようと、その才能を傾けている人びとなのだ。

セシイ・エリオットは目をさました。そしてハミングしながら、家の中をおりた。「おはよう、かあさん！」彼女は地下室へおりると、三つの大きなマホガニーの棺を見直し、ほこりをはらい、それらがぴっちりとしまっているか確かめた。「とうさん」一つの棺を磨きながら、彼女はいった。「遊びに来ているいとこのエスター」といい、もう一つを調べた。「それから――」彼女は三つ目のを軽くトントンと叩いた。「おじいさん」中でパピルスをこすりあわせるようなさらさらという音がした。「いろいろの血がまじった、おかしな一家だわ」そうひとり言をいいながら、彼女はふたたび台所へあがった。「夜を吸いこむ人、小川をおそれる人、かあさんみたいに一睡もしない人がいるし、わたしは――いつも眠っている。みんな、違う眠りかた」

セシイは朝食のテーブルについた。アンズの料理を半分食べたところで、母親が自分を見つめているのに気づいた。彼女はスプーンを置いた。「とうさん、きっと気が変わるわ。わたしがどんなに役にたつか証明してみせるわ。わたしは家族保険みたいなもの、とうさんにはそれがわからないのよ。今に見てなさい」

母親はいった。「とうさんと話してたとき、おまえ、わたしの中にいたでしょう？」

「いたわよ」

「目から外をのぞいているのがわかったわ」母親はうなずいた。

セシイは食事を終え、二階の部屋にあがった。ベッドの毛布と、清潔な冷たいシーツをおりたたみ、注意ぶかくベッドを整えた。そして、カバーの上に身をよこたえ、目をとじ、その細い白い指を小さな胸にのせ、ゆたかな栗色の髪の中にかたちのよい頭を埋めた。

彼女は〈旅〉に発った。

彼女の心は部屋をぬけだし、花の咲きみだれる庭を、野原を、緑の丘を越え、まだ眠たげなメリン・タウンの古い街なみを越え、風に乗り、みずみずしい谷間の上を通り過ぎた。一日中、こうして空を舞い、さまよっているのだ。その心は犬の中にとびこみ、そこに落ちつく。すると、彼女が感じるのは犬の野性の感覚、おいしい骨の味と、木の根元にしみこんだ、ぴりっとした小便のにおいだ。彼女は犬の耳で音を聞く。人間の体のことはすっかり忘れてしまう。彼女は犬なのだ。それは、二つの異なる体を結びつけるテレパシーではない。それは、肉体という一つの環境からの完全な離脱なのだ。彼女は犬になり、男になり、老婆になり、鳥になり、石けり遊びをする子供になり、朝のベッドにいる恋人たちになり、汗を流しながら穴を掘る労働者になり、ピンクの夢のような思考をする、まだ生まれていない赤子になる。

今日はどこへ行こう？　彼女は心を決め、そこへむかった！

しばらくして、母親が忍び足で部屋をのぞくと、そこには胸のあがりさがりしていない、表情のない顔をした、セシイの体があった。セシイはもう行ってしまっている。母親はうなずき、ほほえんだ。

朝の時は過ぎていった。レナードとバイオンとサムは仕事に出かけ、ローラとマニキュア師の妹もまた仕事に出かけた。ティモシイは学校へと送りだされた。家は静まった。昼どきには、聞こえるのは、セシイ・エリオットの三人の幼い従姉妹《いとこ》が裏庭で石けり遊びをする声だけだった。その家には、いつもだれかかれか、いとこや、叔父や、甥の子供たち、姪などが泊まっていた。蛇口から流れおちる水、下水道をくだる水のように、来るのも出てゆくのも自由だった。

いとこたちが遊びをやめた。背の高い声高の男が玄関のドアを叩いた。男は、応対に出た母親を無視して、ずかずかと入ってきた。

「ジョンおじさんだわ!」息をのんだかたちで、いちばん下の娘がいった。

「みんなが嫌ってる?」と、つぎの姉。

「何の用かしら?」と、いちばん上の姉。「かんかんにおこってる!」

「かんかんにおこってるのは、わたしたちのほうよ」つぎの姉がいった。「六十年前と、七十年前と、それから二十年前に、わたしたちにあんなひどい仕打ちをしておいて」

「ねえ、静かに!」三人は耳をすました。「二階にかけあがっていく!」

「泣いているみたいよ!」

「おとなも泣くの?」

「泣くわよ、バカね!」

「セシイの部屋に入った！　どなってる、笑ってる、お祈りしてる、泣いてるわ！　おこったり、悲しんだり、こわがったり、まるで狂った猫が暴れてるみたい！」

いちばん下の娘が泣きだした。彼女は地下室のドアへ走っていった。「起きて！　下の人たちみんな起きてったら！　箱の中から出てきて！　ジョンおじさんが来てるのよ、ヒマラヤ杉の杭を持ってるかもしれないのよ！　心臓に杭なんか打ちこまれたくないわ！　起きてよ！」

「シーッ」いちばん上の姉が制止した。「杭なんか持ってないわ！　どっちにしても、だれも起きっこないわよ！　静かにったら！」

三人の頭がかしいだ。六つの目が光って、見上げ、待ちかまえた……

「ベッドからおりてください！」戸口で、母親が叫んだ。

ジョン叔父は、眠るセシイの体の上にのしかかっていた。彼の唇はゆがみ、緑の目には凶暴な死にものぐるいの光があった。

「遅すぎたか？」泣きながら、しわがれた声で彼はきいた。「もう、彼女《あれ》は行ってしまったのか？」

「何時間も前にね！」母親はつっけんどんにいった。「あなた、目が見えないの？　何日も帰らないかもしれないわ。丸一週間も、そうやって寝ているときがありますからね。体に食べものをやることはないのよ。宿った人や動物の栄養をとるんだから。さあ、そこからさがってください！」

ジョン叔父は、片膝をベッド・スプリングの上にのせたまま体をこわばらせた。

「どうして待っていないんだ？」セシイをながめ、彼女のぴくりともしない脈搏を何回も何回もたしかめながら、気が狂ったように彼はきいた。

「いったはずよ！」母親は居丈高に進みでた。「さわってはだめ。あの子が出たときのままにしておかなければいけないのよ。そうしなければ、帰ってきたときにしっくりと体と心がいっしょにならないんだから」

ジョン叔父はふりかえった。その気むずかしげな、赤い馬面《うまづら》は、げっそりとこけ、そのおぼつかなげな目のあたりには、黒い、深い皺が刻まれていた。

「どこへ行った？　すぐ見つけなければ！」

母親は平手打ちをくらわすような口調でいった。「見当もつかないわ。好きな場所はいろいろあるし。子供なら、谷間の道を走っているか、ぶどうの木でブランコをしているか。もしかしたら、川の石の下にいるザリガニになって、あなたを見あげているかもしれないわね。郡役所のある広場でチェスをしているお年寄りのこともあるのよ。あの子がどこにでも行けることは、あなただって知っているでしょう」母親の口もとが皮肉っぽく歪んだ。「もしかしたら、今わたしの中にいて、あなたを見ながらこっそりと笑っているかもしれない。こうして話しているのもあの子で、そうやっておもしろがっているんじゃないかしらね。あなたに、そんなことわかるはずないけれど」

「そうだ——」彼は、軸のある大きな石のように、ぐるりと体を回すと、重い口調でいった。何かをつかもうとするように、大きな両手がふりあげられた。「もし、おれが考えれば——」

母親は平然と話しつづけた。「いいえ、もちろん、わたしの中にはいやしないわ。それにいたとしても、わかるもんですか」彼女の目が意地悪そうに光った。恐れるようすもなく、まっすぐ優雅に立っている。「それで、あの子に会いたいわけは何なの？」

彼は遠くで鳴りひびく鐘の音に聞きいっているようだった。やがて腹だたしげに首をふり、その音を頭からふりはらうと、唸り声をあげた。「なにか……なにかがおれの中に……」彼は口をつぐんだ。そして、眠るセシイの冷たい体のうえにかがんだ。「セシイ！もどって来い、聞こえんのか！いつでも帰って来られるんだろう！」

日ざしを受けた窓の外、大きな柳の枝のあいだを風が吹きぬけていった。ジョン叔父が重心を移すと、ベッドがきしんだ。遠い鐘がまた鳴り、彼は鐘の音に耳を傾けた。しかし母親にそれは聞こえない。はるかに遠い、眠たげな夏の日の音を聞くのは、彼ひとり。彼は口をひらいた。

「彼女《あれ》にしてほしいことがあるのだ。ここひと月ばかり、おれは——気が違いそうになってる。変な考えがつぎからつぎへと湧き出てきてな。汽車で大きな町に行って、精神科医も訪ねてみた。だが、何の役にもたたない。セシイなら、おれの中に入って恐怖を追いはらってくれる。助けてくれる気がありさえすれば、真空掃除機みたいにみんな吸いとってくれるだろう。ほこりやクモの巣を吸いとって、おれをまた新しくしてくれるのは、彼女《あれ》しかいない。だから、要るんだ。わかるな？」緊張した、声ともつかぬようなしわがれた声でそういうと、彼は唇をなめた。「助けてほしいんだ、どうしても！」

「〈一族〉にあんな仕打ちをしたあとで？」

「おれは何もしていない！」

「聞かせてあげましょうか。あなたは、景気が悪くてお金がほしくなると、〈一族〉のものを警察に密告して、心臓に杭を打ちこませ、それで百ドルずつもらっていたんだわ」

「嘘だ！」みぞおちをしたたか殴られたように、彼はよろめいた。「そんな証拠がどこにある？　嘘だ！」

「それはどうでもいいけど、セシイがあなたを助けようとするかしら。みんなもその気じゃなさそうだし」

「そうか、そうかい！」図体の大きい、乱暴な子供のように、ジョン叔父は床板を踏みならした。「〈一族〉なんか糞くらえだ！　そのためにも、狂人になどされてたまるか！　助けがいる、くそ！　なんとしてでも見つけてやるぞ！」

母親はまっこうから彼を見すえた。両腕を胸の上で組みあわせ、落ちつきはらった表情だった。

彼は声をおとすと、目をあわせないようにしながら、思わくありげな表情で母親のほうを見た。

「いいかね、エリオットさん、それから、セシイ、おまえも聞きな」と、眠っている抜け殻に。そして「もし、そこにいるならな」と付け加えた。「これだけは聞けよ」彼は、日ざしにあせた遠い壁にかかる時計に目をやった。「もしセシイが、今夜六時までに帰らなければ、おれの心を掃除して正気にもどすことをしないなら——おれは——おれは警察にかけこんでやる」彼は胸をはった。「おれのところには、メリン・タウンやその近くの農場にいるエリオット家の人間の住所が控えてあるんだ。警察じゃ、十人のエリオットの人間の心臓に打ちこむ杭をつくるのに、一時間とかからないさ」彼は口をつぐむと、顔の汗をぬぐった。彼は耳をすまし、立ちつくした。

遠い鐘がふたたび鳴りはじめた。

何日も前から聞こえている音だった。存在しない鐘。だが彼にはその音が聞こえるのだった。それは遠く、近く、耳もとで、はるか彼方で鳴っていた。彼だけに聞こえる鐘の音だった。

彼は首をふった。鐘の音を聞くまいと、エリオット夫人にむかって叫んだ。「わかったな？」

彼はズボンをひっぱりあげ、バックルをきゅっとしめ、母親には目もくれずドアにむかった。

「ええ、聞こえましたよ。でも、わたしだって、あの子に帰る気がなければ連れもどせないんですからね。そのうち、帰ってくるわ。我慢するのよ。警察なんかへかけこまないで――」

その言葉を彼はさえぎった。「待ってるものか！　こいつは、頭の中のこの音は、もう八週間もつづいているんだ！　もう我慢できん！」彼は時計をにらみつけた。「おれは行く。町でセシイをさがしてくる。六時までに見つからなければ――ま、ヒマラヤ杉の杭がどんなものかは知ってるだろうね――」

彼の重い靴音は廊下を抜け、階段へと遠のき、家から消えた。騒音が聞こえなくなると、母親はふりかえり、心配げに一心にベッドを見つめた。

「セシイ」低い声で、辛抱強く、母親は呼んだ。「セシイ、もどってきて！」

反応はなかった。セシイは、母親が待つあいだ、身じろぎもせず横たわったままだった。

ジョン叔父は緑あざやかな田園からメリン・タウンの通りにはいった。そして、アイスキャンデーをなめている子供ならだれかれかまわず、目的ありげにどこかへ歩いて行く小さな白い犬ならどれこれかまわずのぞきこんだ。

町は意匠をこらした墓地のようにひろがっていた。といっても、墓碑――失われた娯楽や遊戯への記念碑――は三つ四つしかない。それが墓地なのは、楡やさんざしやから松が生い繁る一面の芝地だからである。そのあいだには木製の歩道が敷かれている。夜道を行く人の足音が耳ざわりなら、それらは納屋へほうりこんでおくこともできる。そこに見える家は、背の高いオールドミス。やせ細り、相応に青ざめ、色ガラスのメガネの上には、年古びた鳥の巣のたそがれた金色の髪がとびだしている。あそこに見えるのは、薬《ドラッグ・ストア》局。合板の座部がついた、風変わりな、針金を巻いたストゥールがいっぱいあるソーダ・ファウンテン。そして、今や名のみとなった薬局の特徴をわずかに残す、鼻につんとくる、清潔感のあるにおい。また床屋の店先の、ガラスの莢《さや》の中でくるくる回る、赤い縞模様の柱。そしてまた、果物の影と、ほこりをかぶった箱と、錆びた銅貨を思わせる年老いたアルメニア人の女のにおいがする八百屋。町は、柳や、とがった葉や柔らかい葉の茂る樹木の下でのんびりと休息していた。そしてその町のどこかに、旅人セシイがいるのだった。

ジョン叔父は立ちどまると、オレンジ・クラッシュを一本買って飲み、なわとびをする子供のように目を上下させながら顔を拭いた。おじけづいている、と彼は思った。おれはおじけづいているぞ。

見上げると、高い電線に鳥がモールス記号の模様をつくってとまっていた。セシイはあそこにいる鳥の目から彼を見おろし、羽根をすりあわせて歌いながら、あざわらっているのではなかろうか？　彼はタバコ屋の店先にあるインディアンの木像をも疑ってみた。だが、彫刻された、その茶色の冷たい像には、何の生気も見られなかった。

遠く、まだ眠い日曜の朝のように、頭の中の谷間で鐘の鳴る音が聞こえた。目がまったく利かない。彼は闇の中に立っていた。内に向けられた目の前を、苦痛にゆがむ青白い顔がいくつも通りすぎた。

「セシイ！」あらゆるところにいる、あらゆるものにむかって、彼は叫んだ。「おまえが、おれをなんとかできることは知っているんだ！　木みたいにゆさぶってくれ！　セシイ！」

盲目の状態は終わった。彼は、シロップのように止むことなくしたたり落ちる汗に、全身つかっていた。

「できることは知っているんだぞ！　何年か前に、いとこのマリアンを救ったのを見たんだ。十年前、じゃなかったかな？」彼は注意を集中して待った。

マリアンは、モグラのように内気な少女だった。髪は、丸い頭に何本もの根っこのように撚《よ》って結ばれていた。スカートの下にある足は、鳴ることのない鐘の舌さながらに、ただひっそりと歩くのだった。彼女が見るものは、道端の草と、足元にある歩道。人を見るようなことがあっても、それはあごのあたりまで――決して、目を見ようとはしないのだった。彼女の母親は、マリアンの結婚にすっかり望みを失ってしまった。

そうなれば、セシイの出番である。セシイはグラブにとびこむこぶしさながら、彼女の中に入った。

マリアンはとびはね、走った。大声をあげ、その黄色の目を輝かせた。マリアンはスカートをひるがえし、髪をほぐして、あらわにした肩につやつや光るヴェールのようにそれをたらした。マリアンは笑い、ドレスの鐘の中で、まるで愉快な舌のように元気よく音を響かせた。マリアンの顔は、はにかみ、楽しさ、知性、母性的な喜び、愛、さまざまな表情を見せた。

若者たちは、先を争ってマリアンを追いかけた。マリアンは結婚した。

セシイは身をひいた。

マリアンは気が狂ったようになった。支柱がなくなってしまったのだ！

そして一日、くたびれたコルセットのようにぐったりして過ごした。しかし習慣は、そのときには身についていた。セシイの性質が、やわらかな頁岩に残る化石のようにマリアンの中に消えずにあった。マリアンは習慣をたどり、セシイが体の中にいたときのようすを一所懸命思い出そうとするようになった。そしてまもなく、彼女はひとりで走ったり、叫んだり、笑ったりするようになった。コルセットが、いわばその記憶だけで動き出したのだ！

それからマリアンは楽しく暮らした。

タバコ屋の店先のインディアン像に話しかけようとしたところで、ジョン叔父は激しく首をふった。眼球の中に、きらめく泡が何十となくうかんでいた。そのどれにも、小さな、つりあがった目があって彼の頭の中をのぞいているのだった。

もしセシイが見つからなかったら？　もし平野の風がエルジンまで彼女を運んでいたとしたら？　そこにある精神病院が、彼女のいちばん好きな場所ではなかったか？　患者の心に触れ、彼らの紙吹雪のような思考をもてあそぶのが彼女の趣味ではなかったか？

遠く、午後の日ざしの中で、大きな金属の笛がなり、あたりにこだました。そして蒸気の音とともに、汽車は冷たい川にかかった鉄橋を通り、豊かなとうもろこし畑を抜け、指抜きに突っこむ指のようにトンネルに入り、てらてら光るくるみの木々のアーチを通りぬけた。ジョンは不安にさいなまれながら、立ちつくしていた。もしセシイが機関手の頭の中にいるとしたら？　彼女は、あの怪物的なエンジンを動かして、彼女の心が行けるところまで田舎を旅するのが好きなのだ。そして眠りをむさぼる夜の果てまで、眠たげな昼の田園の彼方までとどけとばかり、汽笛の紐をひっぱるのだ。

彼は蔭の多い通りを歩いた。と、視界の片隅に、ひからびたいちじくのように皺のよった、アザミの種子のようにはだかの老婆が、胸元深くヒマラヤ杉の杭を打ちこまれ、さんざしの枝のあいだにうかんでいるのが見えたような気がした。

だれかが悲鳴をあげた！

何かが頭にぶつかった。空へ舞いあがる一羽の黒い鳥が、彼の髪をくちばしで抜いていったのだ！

彼は鳥にむかってこぶしをふりあげ、石を投げつけた。「おれをおどかそうという気だな！」彼はどなった。そして荒い息をしながら、鳥がふたたび髪をついばむ機会を狙って枝にとまるのをながめた。

彼はずるがしこく、鳥から背をむけた。

はばたく音が聞こえた。

彼ははねあがり、つかみかかった。「セシイ！」

彼は鳥をつかまえた！　それは、手の中で鳴き、もがいた。

「セシイ！」指のあいだにいる、野生の黒い生き物を見つめて、呼びかけた。鳥はくちばしから血を吐きだした。

「セシイ、助けてくれないなら、おまえを殺すぞ！」

鳥は苦しまぎれに鳴き、彼を傷つけた。

彼は両手に力をこめ、さらに力をこめた。

やがて死んだ鳥を捨てると、彼はそこを立ち去った。そして一度も、ふりかえろうとしなかった。

ジョン叔父は町の中央をぬける谷間へと足を運んだ。どういうことなのだろう、と彼は思った。セシイの母親はみんなに電話しただろうか？　エリオット家の連中はおそれているのだろうか？　彼は酔ったようによろめいた。腋の下から汗がどっと流れだした。まあ、しばらくこわがらせてやるさ。彼自身は不安に疲れきっていた。もうすこしセシイをさがして、それから警察へ行こう！

彼は川岸に立った。エリオット一家があわてふためいて、助けを求めにくることを想像し、彼は笑いだした。だが、助かる方法などはない。ただセシイが来て、彼を救う以外には。連中が、このジョンおじさまを気が狂ったまま死なせるものか！

BB弾を思わせる目が、水面深くから彼をきょろきょろと見あげていた。灼けつくような暑い夏の日には、セシイは大あごをつきだしたザリガニの、やわらかな殻につつまれた灰色の薄闇の中に入ることがあるのだ。そしてゆらゆら揺れる敏感な突起の先についたまっ黒な丸い目をつきだし、尽きることなく流れる、涼しい水のヴェールを感じ、光を捕える。水中にただよう細片を吸いこみ、吐きだしながら、苔むしたいかついハサミを、まるでふくれあがった鋭いサラダ用フォークのように目の前にふりあげる。彼女は子供たちの巨大な足が流れの底を大股で自分にむかってくるのを待ち、水中の岩をどけてザリガニをさがす子供たちのかすかなくぐもった声を聞き、すべすべした生き物がもがきながら、生命を吹きこまれた屑紙さながらバケツの中で動きまわっている仲間たちに加わるのをながめるのだ。

少年の足が青白い木の幹のように、彼女のいる岩のところでとまる。流れの底の砂地には、少年のはだかの腰が影を落とし、手がおちつかなげに宙をただようのが見える。丸石の下に茶褐色の大物がうたたねしているのを発見した少年の意味ありげなささやきが聞こえる。そして一本の手が水中におり、丸石がころがされると、セシイはひれの力を借りてとびさがり、小さな砂けむりを残して下流に消える。

そして砂をはたきながら、別の岩へ……。ほこらしげにハサミをひろげ、小さな電球のような目を黒く光らせ、泡をふく口に川の水を受けとめる、冷たい、冷たい、冷たい水を
――

ジョン叔父を怒り狂わせたのは、セシイがこの近くにいる生き物のどれに宿っているかわからないという思いだった。リス、シマリス、あるいは病原体、それも彼の痛む体の中、セシイはどこにいるともかぎらないのだ。アメーバの中にも入りこめるのだから……うだるような夏の日には、セシイは台所の井戸の、古びた、よどんだ暗い水の中を泳ぎまわるアメーバになることがある。波一つない水のずっと上、彼女の上にある世界が、あらゆるものに熱の刻印を押す悪夢の世界である日には、彼女は井戸の水面でうとうとしながら、涼み、ただよっている。上では、樹木は緑の炎をはなって燃えている。鳥は、頭脳に押された青銅のスタンプ。家はごみためさながらに蒸気をたちのぼらせている。ドアは

ライフルを撃ったような音をあげてしまる。この煮えくりかえる世界でたった一つのこころよい音は、吸いあげられ、陶器のカップに注がれる井戸水の音だけ。水は、骨ばった女の陶器のような歯のあいだに流しこまれる。その女のうしろでは、老婆の靴のかすかな音が聞こえる。八月の太陽に蒸しやきにされる老婆のため息。涼しさに身をゆだね、こだまする薄暗い井戸のトンネルを見上げると、井戸の把手が汗まみれの老婆の手で力強く動かされる音が聞こえてくる。やがて水は、アメーバやセシイもろとも、とつぜんの冷たい流れとなってカップに吐き出され、日にさらされた唇がかぶさってくる。その一瞬前にセシイは身をひく、唇がおり、カップが傾き、陶器と陶器が触れあうその一瞬前に――

ジョンはつまずき、流れに四つんばいにはまった。

彼は起きあがろうとせず、水をしたたらせながらその場に呆然とすわった。

やがて彼は岩をほうり投げ、叫び、ののしり、ザリガニにやつあたりをはじめた。耳の中では鐘の音がさらに大きく鳴りはじめ、加えて、存在するはずのない死体、しかし本物としか見えない死体がいくつも、水面を流れはじめた。糸のたるんだあやつり人形のように、うつむけになってただよう、芋虫のように白い死体。わきを過ぎるたびに、流れがそれらをひっくりかえす。すると、それらはみなエリオット一族の顔なのだ。

水中にすわったまま、彼は泣きはじめた。セシイの助けがほしい。しかし痴呆のように彼女を呪い、憎み、ののしる今となっては、どうやって助けが得られよう。

身を震わせながら、彼は立ちあがった。そして流れを出、丘をのぼった。残る方法は一つしかなかった。一家の一人ひとりに懇願するのだ。とりもってもらうように頼むのだ。セシイを呼びもどしてもらうのだ。

コート・アヴェニューの葬儀屋で、ドアが開いた。小柄な、みだしなみのいい主人が、こちらを見あげた。感受性の強そうな細い手、口ひげ。男はすぐ下を向いた。

「ああ、あんたか、ジョンおじさん」

「甥のバイオンじゃないか」川の水でまだ濡れそぼったまま、ジョンはいった。「ちょっとききたいんだが、あんたは、セシイに最近会ったか？」

「会った？」バイオン・エリオットは、死化粧の途中の死体をのせた大理石の台によりかかり、笑った。「よしてくれ」彼は鼻を鳴らした。「よーく見ろよ。おれがわかるか？」

ジョンはむかっ腹をたてていった。「バイオン・エリオットじゃないか！　セシイの兄の」

「ちがうね」葬儀屋は首をふった。「おれはいとこのラルフだよ。肉屋のラルフだ。そう、肉屋の」彼は頭をたたいた。「この中身、大事なところはラルフなんだ。今しがた冷凍室で仕事をしていたら、セシイが入ってきてな。砂糖をさじですくうみたいに、おれの心をうつしちまった。そしてここに連れてきたわけさ、バイオンの心と引きかえにな。バイオンのやつめ、かわいそうに！　なんてえ冗談だ！」

「おまえはバイオンじゃないって！」

「ちがうね、ジョンおじさん、ああ、ちがうとも。たぶんバイオンはおれの体の中だよ！　どうだケッ作だろう！　同じ肉をきざむ商売の人間をとりかえたわけだよ！　冷たい死体を扱う商売だ！」彼は腹をかかえて笑った。「ああ、あのセシイって子は、たいへんなものだな！」彼はうれし涙を顔からぬぐった。「一時間かそこら、どうしたらいいものかと考えてたよ。だが葬儀屋というのは、それほど面倒な仕事じゃない。穴のあいたポットを直すよりも楽だぜ！　そりゃ、バイオンはおこってるだろうよ。そのうち、セシイはおれたちを元にもどしてくれるだろう。バイオンっていうのは、冗談のわかるやつじゃないからな！」

ジョンはすっかり混乱してしまったようだった。「あんたでもセシイにはかなわないのか？」

「そうさ。ふざけたいときにふざける子だものね。どうしようもない」

ジョンはふらふらとドアにむかった。「どうしても、彼女《あれ》を見つけなければ。そんなことができたのなら、おれの問題だって片づけられないはずはない……」耳の中では、鐘の音がますます大きくなっていた。視界の片隅に彼は動きをとらえた。彼はふりむき、ぽかんと口をあけた。

台の上の死体の胸には、ヒマラヤ杉の杭がふかぶかとささっているではないか。

「またな」葬儀屋は、大きな音をたててしまったドアにむかっていった。そして、しだいに遠のくジョンの速い足音に耳をすました。

その日の夕方五時に、警察署によろめく足で入ってきた男は、自分の体を支えるのに精いっぱいだった。声はささやきほどで、まるで毒を飲んだようにゲーゲーと喉を鳴らしていた。もはや、その姿はジョン叔父には見えなかった。今では休みなく鐘の音が鳴りひびき、何人もの人びとが、胸に杭をつきたててあとからついてくる妄想がつきまとって離れないのだった。もちろん、ふりかえると、そこにはだれもいない。

郡治安官《シェリフ》は雑誌から目をあげると、鉤爪を思わせる片手の甲で茶色の口ひげをぬぐい、傷だらけのデスクから足をおろしてジョンが口をひらくのを待った。

「お話ししたいことがあります」目をなかば閉じ、ジョン叔父はささやくようにいった。

「この町に住んでいる一家のことをお話ししたいのです。不健全な一家で、みんな人を偽って生きているのです」

郡治安官は咳ばらいした。「その一家の名は？」

ジョンは話をやめた。「え？」

郡治安官はくりかえした。「その一家の名は？」

「あんたの声」

「わたしの声がどうしたって？」

「どこかで聞いたことがある。それは——」

「だれの声だ？」

「セシイの母親の声そっくりだ！　あんたの声はそっくりだ！」

「わたしの声が？」

「中身は、あいつなんだ！　セシイはあんたも変えちまった。ラルフとバイオンを入れかえたみたいに！　おまえなんかに話せるものか！　そんなことしてもどうにもならん！」

「そうだろうね」冷淡に郡治安官はいった。

「やつらはおれにまといついている！」ジョン叔父は叫んだ。

「そうらしいな」舌で鉛筆の先をしめし、クロスワード・パズルにとりかかりながら、郡治安官はいった。「じゃ、さよなら、ジョン・エリオット」

「ええ？」

「さようならといったんだよ」

「さよなら」ジョンは耳をすましたまま立っている。「あんた——あんたには何も聞こえないか？」

郡治安官は耳をすました。「コオロギか？」

「ちがう」

「カエルか?」

「ちがう。鐘だ。神聖な教会の鐘だよ。おれみたいな男には、とても聞いていられないような鐘の音だ。神聖な教会の鐘なんだ」

郡治安官は耳をすました。「いいや、聞こえないな。それから、そこのドアに気をつけてくれ。すごい音をたてるんだ」

セシイの部屋のドアが開いた。一瞬のち、ジョン叔父がはいってきた。セシイのものいわぬ体が、身じろぎもせずベッドに横たわっている。ジョンがセシイの腕をつかんだとき、うしろに母親が現われた。

母親は駈けよると、彼の頭といわず肩といわずこぶしをふりおろし、セシイから離れさせた。鐘の音はあたりにみちみちていた。視界はまっ暗になっていた。唇を嚙み、痛さにあわてて口を開き、涙を流して、彼は母親につかみかかった。

「おねがいだ、おねがいだ、もどるようにいってくれ。わるかった。もうだれもいじめない」

母親の声が、鐘の音にまじって聞こえた。「下に行きなさい。そうして、あの子を待つのよ!」

「聞こえない」彼の叫び声はさらに大きくなった。「おれの頭」彼は耳に手をあてた。

「こんなに大きくては、もうがまんできん」足を踏みならした。「セシイのいるところがわかりさえしたら――」

いきなり、彼はナイフをとりだし、刃を出した。「もう、だめだ――」母親がとめるまもなく、彼は心臓にナイフをつきたて、床に崩折れた。唇からは血が流れ、片方の靴はもう片方の靴をうつろに見上げた。片目はとじられていたが、もう一方は白目をむいて見開かれていた。

母親は彼の上にかがんだ。「死んだわ」やがて、彼女はつぶやいた。「だから」まだ信じられないというように、彼女はいうと、立ちあがり、流れだす血からしりぞいた。「もう死んでしまったんだから」彼女は恐ろしげに周囲を見回し、大声で呼んだ。「セシィ、もどっておいで、来てほしいのよ！」

沈黙。そのあいだに陽の光が部屋から消えていった。

「セシイ、もどっておいで！」

死人の口が開いた。セシイの高い、はきはきした声がそこから漏れた。

「ここよ、かあさん！　何日もここにいたのよ！　あの男が恐がったものは、わたしなのよ。それに最後まで気がつかなかったわ。わたしがしたことを、とうさんに話してね。これで、わたしが役にたつとわかってくれるかもしれない……」

死人の言葉がとぎれた。すこしして、セシイの体に心が宿り、ストッキングに足が入ったようにベッドの上でしゃんとなった。

「かあさん、夕食まだ?」ベッドから起きあがって、セシイはいった。

墓 石

さて、そもそもは長旅だ。砂ぼこりは彼女の細い鼻孔の奥にまでもぐりこんでくるし、オクラホマ出の夫のウォルターが、これが骨ばった体をT型フォードの運転席でゆらゆらさせながら、あまりにも太平楽なんで、彼女は唾を吐きたくなった。それから二人は煉瓦《れんが》造りの大きなよそよそしい街にはいると、貸部屋をさがしあてた。大家は二人を小さな部屋に連れていき、ドアの錠をあけた。

すると、その質素な部屋のまん中に、墓石があったというわけだ。

レオータの目に複雑な色がうかび、すぐさま彼女はわざと息をのむと、悪魔的な速さで考えをめぐらした。彼女の迷信ぶかさは、ウォルターにも手は出せないし、たたきだせるようなものでもなかった。レオータは息をのんであとじさり、ウォルターは重いまぶたをきらきらする灰色の目の上になかばかぶせ、妻を見つめた。

「いやよ、いや」レオータはきっぱりと叫んだ。「死人といっしょの部屋になんか引っ越したくないわ！」

「レオータ！」とウォルター。

「どういうことですか？」と大家がきいた。「奥さん、ひょっとして――」

レオータは内心ほくそ笑んだ。むろん本気で信じてなどいないが、これはオクラホマ男の夫に対する彼女の唯一の武器なのだ。というわけで――「死骸といっしょに寝るのはまっぴらだといっているのよ。そいつを出して！」

ウォルターは凹《へこ》んだベッドをくたびれた顔で見つめている。夫をてこずらせるチャンスとばかりに、レオータは小躍りした。まったく、迷信というのは便利なものだ。大家が何やらしゃべっている。「この墓石は最高級の灰色大理石でしてね。ウェトモアさんがお持ちのものなんです」

「石に彫ってある名はホワイトだわ」レオータは観察した事実を冷ややかに述べた。

「左様です。注文主がそういう名前の方なんですよ」

「その人は亡くなってるの？」とレオータはいい、答を待った。

大家はうなずいた。

「ほら、そうじゃない！」レオータは叫んだ。ウォルターのうめき声からすると、もう一インチたりと、部屋さがしで体を動かしたくはないようす。「ここは墓場みたいな臭《にお》いがするわ」とレオータはいい、ウォルターの目が燃えて、火花が飛ぶのをながめた。大家が説明している――

「まえの住人のウェトモアさんは石工《いしく》の見習いでしてね、はじめて仕事を請け負って、毎晩七時から十時までコツコツとのみをふるってましたよ」

「へえ――」レオータはすばやく目を走らせ、ウェトモア氏の姿をさがした。「その人はどこなの？　死んでしまったの？」彼女はこのゲームを楽しんでいる。

「いいえ、やる気をなくしましてね、この石を彫るのをやめて、封筒をつくる会社に行ってしまいました」

「どうして？」

「しくじったのです」大家は墓石の文字をぽんとたたいた。「ここにはWHITE（ホワイト）とある。綴りがちがうのです。ほんとはWHYTE（ホワイト）――Iじゃなくて、Yにしなけりゃいけなかったのです。かわいそうにね、ウェトモアさん。劣等感というやつですな。つまらない失策ひとつで、尻尾を巻いて逃げていってしまった」

「人騒がせな」ウォルターはいい、重い足どりで部屋にはいると、レオータに背を向けて、古ぼけた茶色のスーツケースを開けはじめた。大家は話のつづきにはいりたがっている。

「そうです、すぐに投げだす人でしたな。どれくらい気が短いかというと、毎朝コーヒーを入れるでしょう、茶さじ一杯でもこぼれたら大変――全部捨ててしまって、何日もコーヒー断ちだ！　考えてもごらんなさい！　しくじると、その落胆ぶりがひどい。いつも右足から靴をはくところを、左から先にはいてしまったら、それきり靴をはく気をなくして十時間も十二時間もはだしのままです。どんなに寒い朝でもね。それから、名前の綴りがちがう手紙でもとどけば、〈受取人は見当たりません〉と封筒に書いて、ポストにもどしておく始末です。いやいや、たいしたもんでしたな、ウェトモアさんって方は！」

「そう聞いたって、川上へどんどん舟を漕いでいけるものじゃないわ」レオータは容赦なくいいとがめた。「ウォルター、あなた何をはじめているの？」

「この押入れにおまえのシルクのドレスをかけているのさ。赤いやつを」

「やめて。ここに住む気はありませんからね」

大家はため息をつき、女の度しがたさにほとほとあきれはてた。「もう一度説明します。ウェトモアさんはここで内職をしていたのです。ある日、運送屋に頼んで墓石を運びこみましてね。わたしが食料品店に七面鳥を買いに出て留守のときでしたが、帰ってみると——カッチ、カッチ、カッチと下まで聞こえている——大理石を彫りはじめていたのです。あんまり得意そうなんで、苦情はいえませんでした。ところが得意になりすぎて綴りをまちがえ、挨拶もなしに飛びだしていってしまった。部屋代は火曜まで支払い済みですが、払いもどしはいいとのことなので、ホイストを持っている運送屋に朝一番に来てもらうように手はずをつけたところなのです。そういうわけだから、一晩だけご勘弁ねがいます。

かまいませんでしょう?」

夫はうなずいた。「わかっただろう、レオータ? 絨毯の下に死人がいるわけじゃなし」あまりにも見下した言い方に、彼女は夫をけとばしたくなった。

夫のことばに耳を貸さず、レオータはかたくなになった。彼女は大家に指をつきつけた。

「あんたはお金がほしいだけ。ウォルター、あんたは今夜横になれるベッドがあればいい。二人とも〝行け〟というお告げに耳をふさいでいるのよ!」

レオータの文句はまだつづいていたが、オクラホマ男は疲れたようすで金を払った。大家のほうも、まるで彼女など存在しないかのようにふるまい、おやすみをいうと、レオータの「うそつき!」という叫びを背にドアを閉め、部屋に二人を残した。夫は服を脱いでベッドにはいり、声をかけた。「立って墓石ばかり見てないで、明かりを消しなさい。四日も旅して、おれはばてててるんだ」

きつく十文字に組んだレオータの腕が、平たい胸の上でわなわなとふるえはじめた。

「ここにいる三人とも」と石に目をやってうなずき、「一秒だって寝ていられるもんですか」

二十分後、雑多な音や動きにたまりかね、オクラホマ男はシーツの下から禿鷹みたいな顔をのぞかせると、惚《ほう》け顔で目をぱちくりさせた。「レオータ、まだ起きてるのか? 明かりを消して寝ろと、ずいぶんまえにいったはずだぞ! 何をしているんだ?」

何をしているのかは、見ればわかった。荒れた手と足で四つん這いになり、生きのいい赤、白、ピンクのゼラニウムを広口瓶にさして墓石のかたわらに置き、生きのいいバラを空き缶にさして、ありもしない墓のすそに置いているのだ。フロアには大ばさみが投げだされている。夜に乗じておもてで花を切ってきたばかりなので、刃先がまだ露にぬれていた。

いまレオータは小ぼうきで、色鮮やかなリノリウムとすりきれた絨毯をせかせかとはきながら、ことばの内容までは聞かれないように、小声で祈りを唱えていた。それから背をのばし、死者を汚《けが》さないように注意ぶかく墓をまたぎ、なるべく墓から遠まわりして部屋を横切ると、「さあ、終わった」といいながら明かりを消し、スプリングが夫のところと交互にきしむ音を聞きながら横になったが、そのとたん「いったい、どういうつもりだ！」という声がとんだので、レオータは垂れこめる闇《やみ》を見つめながら、答えた。

「見ず知らずの他人に上に乗っかられたら、誰だって安らかに眠れやしないでしょう。だからお詫びに花を供えたのよ。死人が夜中にうろうろして、骨をこすりあわせないようにね」

夫はレオータが寝ているあたりの闇を見やったが、気のきいた台詞《せりふ》も思いうかばないので、ただ毒づき、うめき、また眠りのなかに沈んだ。

それから三十分もしないうちに、レオータはいきなりウォルターの腕をとり、こちらを向かせると、恐ろしげに早口でささやいた。夫の片方の耳に口を寄せ、まるで洞窟の奥へと呼びかけるように、「ウォルター！　起きて、起きてったら！」もし必要とあれば、一晩中でも呼びつづけて、夫の特上の眠りをさまたげようという意気込み。

夫は逆らった。「どうした？」

「ホワイトさん！　ホワイトさんの幽霊がこの部屋に出ているわ！」

「なんだよ、寝なさい！」

「嘘じゃないってば！　聞いてごらんなさい！」

オクラホマ男は耳をすませた。リノリウムの下、六フィートほどの深さから、くぐもった哀れっぽい男の声。はっきり聞きとれることばはない。ただ悲痛な嘆きのようなものだけ。

オクラホマ男はベッドに身をおこした。夫の動きを感じとり、レオータはいりきって、「ね、ね、聞こえるでしょ？」とささやいた。オクラホマ男は冷たいリノリウムに足を下ろした。下の声は裏声に変わった。レオータはすすり泣きをはじめた。「静かに。聞こえない」と腹立たしげに注文をつける。そして胸の鼓動だけがひびく静けさのなか、耳をフロアに押しつけたとたん、「花を倒しちゃだめよ！」とレオータが叫び、「うるさい！」と夫はいって、ふたたび真剣に聞き入った。やがて悪たいをつくと、ベッドにころがりこんだ。「下に誰か男がいるだけじゃないか」そうつぶやいた。

「そうよ、それがホワイトさんなのよ！」

「ちがう、ホワイトさんじゃない。おれたちはアパートの二階にいるんだ。一階にだって住人はいるさ。聞いてごらん」裏声が階下から聞こえる。「あれは女房のほうだよ。きっと亭主にいってるんだ、人妻にちょっかいなんか出すなって！　二人ともおそらく酔ってるんだろう」

「嘘だわ！」レオータは強情だった。「空威張りなんかして。ほんとはベッドがこわれそうなくらいガタガタ震えてるくせに。幽霊よ、きまってるわ。いろんな声で話してるのよ。むかしハンロンばあさまがやってたみたいに、教会の会衆席から立って、たくさんの声音を混ぜてしゃべるのよ。黒人、アイルランド人、二人の女、鳥の胃袋にはいった雨蛙、そういうのがみんないっしょくたになった声で！　わたしらみたいな余計者に侵入されて、死人のホワイトさんがいやがっているんだわ！　さあ聞いてみて！」

レオータの説を裏づけるように、下の声は大きくなった。オクラホマ男は肘を枕に寝そべると、しょうことなしに首をふった。笑いたいのだが、それには疲れがひどすぎた。

物が落ちる音。

「棺のなかで動いてるわ！」レオータが金切り声をあげた。「怒ってるのよ！　いまのうちに逃げださないと、ウォルター、あしたの朝には二人とも冷たくなっているわ！」

さらに物の落ちる音、ぶつかる音、話し声。そして静けさ。ついで二人の上の宙を動く足音。

レオータが泣き声をあげた。「墓から出たわ！　抜け出して、わたしたちの頭の上の空気を踏み鳴らしてる！」

そのときにはオクラホマ男はもう着替えていた。ベッドのかたわらでブーツをはいた。「この建物は三階まであるんだ」シャツの裾《すそ》をたくしこむ。「上の人がちょうど帰ってきたんだ」レオータが泣きやまないので、こうつけ加えた。「おいで。上へ行って、その人たちと会おう。そうすれば、どんな連中かわかるだろう。それから一階へ降りて、酔っぱらいとその女房に話をつけるんだ。起きろよ、レオータ」

ドアにノックがあった。

レオータは金切り声をあげ、ごろごろと転がると、みずからキルト製のミイラとなった。「またお墓にはいってるわ。出ようとたたいてる！」

オクラホマ男は明かりをつけ、ドアの掛け金をはずした。にこにこと上機嫌の小男がドアのまえにいた。ダークスーツ姿、きょときょとしたブルーの目、しわの寄った顔、白髪まじりの髪、分厚いメガネをかけ、踊るようにはいってきた。

「これは、どうもどうも」と小男は声をあげた。「わたしがウェトモアです。出かけていました。いまもどりました。いや、びっくりするような幸運にめぐりあいましてね。ええ、そうです。わたしの墓石はまだこちらですか？」男は一瞬、目を皿のようにし、それからふつうの目つきで石をながめた。「ああ、あったあった、そうだ！　あ、今晩は」男は毛布のすきまから顔をのぞかせているレオータに気づいた。「いま人夫と手押し車を待たせてあるんで、ご迷惑じゃなければ、すぐに墓石を運びだしたいんですがね。一分ほどかかるだけです」

夫は嬉しそうに笑った。「こいつが出ていってくれれば助かる。さっさと運んでくれ！」

ウェトモア氏は二人のいかつい人夫を招きいれた。嬉しさのあまり息もつげないようす。「いや、驚きましたよ。今朝は打ちのめされ、落胆し、自暴自棄であったのに——奇跡が起こりました」墓石は小さな手押し車にのせられた。「つい一時間まえ、ひょんなことで、ホワイト氏という方が肺炎で亡くなられたと聞きましてね。ホワイト氏ですよ、いいですか、YじゃなくてIの。その人の奥さんと連絡をとったところ、石がもうできていると知って喜んでいただけました。息を引き取ってまだ六十分もたたないホワイト氏が、Iの綴りの方だとはね。ああ、わたしは幸せだ！」

墓石は手押し車にのって部屋から消えた。ウェトモア氏とオクラホマ男は笑って握手を交わし、その姿をレオータが疑いの目で見まもるなか、騒動は一段落した。「さて、みんな終わった」ウォルターはにんまりし、ウェトモア氏のうしろでドアを閉めると、花を洗面台へ、缶を屑かごへ捨てた。闇のなかでベッドにもどったが、レオータの重苦しい沈黙にはまったく頓着《とんちゃく》していない。レオータは長いこと一言もいわず、孤独をかみしめていた。夫がため息をつき、毛布をなおすのが感じられた。「さあ、眠ろう。ろくでもない石はなくなった。まだ十時半だ。眠る時間はたっぷりある」なんと楽しそうに彼女の娯楽を奪っていくことか。

レオータが口を開きかけたとき、またしても階下からたたく音がした。「ほら！　ほら！」得たりとばかりに叫び、夫をつかまえる。「またはじまったわ、いったでしょう、あの音。聞いて！」

ウォルターは両のこぶしを握り、歯をくいしばった。「どれだけ説明すりゃいいんだ？　頭でもけとばされなきゃ、わからないのか？　ほっといてくれ。何も――」

「聞いて、ちゃんと、ほら、聞いて」声をひそめて懇願した。

二人は四角い闇のなかで耳をすませた。

ドアをたたく音は下の階から聞こえてくる。

ドアが開いた。くぐもって、遠くかすかに、悲しげな女の声。「ああ、あなたでしたの、ウェトモアさん」

レオータと夫の横たわるベッドがわなわなと震えだし、その直下の闇の奥底からウェトモア氏の答える声がした。「今晩は、さっきはどうも、ホワイトさん。ほら、石を持ってきましたよ」

青い壜

真白な小石となって砕けちった百千の日時計。岩と砂の悠久の空に埋もれ、もはや歌うこともない鳥たち。風のかたる併呑《へいどん》の昔話にさそわれて、死んだ海の底を流れる陸地の砂塵。ありあまる時を沈黙の穀倉にたくわえ、平安と追憶の池や泉のあいだに横たわるあまたの都市。

火星は死んでいた。

と、その広大な静けさのかなたから、虫の羽音が聞こえてきた。それはしだいに音量をあげながら、肉桂色の山々のあいだにひびきわたり、やがて燃えあがる大気のなかにはいった。ハイウェイが震え、かきたてられた砂塵が、太古の都市をささやきながら流れくだった。

音がやんだ。

真昼のゆらめく沈黙のなかで、アルバート・ベックとレナード・クレイグは、古ぼけた陸上車に乗ったまま、死んだ街なみを見わたした。街は男たちの視線をうけとめ、彼らの叫びを待っている――

「おーい！」

水晶の塔のひとつが、粉のような柔かい雨となって倒れた。

「そこのおまえ！」

またひとつが倒れた。

さらにひとつ、またひとつ、ベックは立ちならぶ塔につぎつぎと死の号令をかけてゆく。巨大な翼を生やした花崗岩の動物たちが、なだれを打って中庭や噴水へと転落した。ベックの叫びにつれて、彼らは生きている獣のように動きだすのだった。獣たちは答え、うめき、ひび割れ、起きあがり、傾き、震えながら、しばしためらう、そして中空に身をおどらせると、歪んだ口や空ろな目もろとも落下し、その鋭い、永遠に飢えた牙をとつぜんむきだして、タイルの上に榴霰弾《りゅうさん》のようにちらばるのだった。

ベックは待った。それ以上倒れる塔はなかった。

「もうはいって大丈夫だ」

クレイグは動かない。「また同じ目的でか？」

ベックはうなずいた。

「また、あのろくでもない墟だ！　おれにはわからんよ。なぜみんなほしがるんだろう？」

ベックは車からおりた。「見つけた連中はなんにもいわない。だが——とてつもなく古い墟なんだ。砂漠と同じくらい、死んだ海と同じくらい古くて——そして何かがはいってるらしい。伝説はそういってる。何がはいってるかわからない——それが、まあ、人間の飽くなき好奇心をそそるんだろうな」

「おまえさんの好奇心だ、おれには関係ないよ」とクレイグ。ほとんど口を動かさない。目をなかばとじ、愉快そうな表情をかすかにうかべている。彼は眠そうに伸びをした。「退屈しのぎについてきただけだ。熱気のなかにすわっているより、おたくをながめてるほうが楽しいからな」

ベックがこのおんぼろ陸上車を見つけたのは一カ月ほど前、まだクレイグと出会わないころだった。それは、かつて火星をおそい、星へと移っていった第一次産業侵略が、あとに残したがらくたのひとつだった。彼はエンジンを修理して、死んだ都市をめぐり、のらくら者や日雇い人足、夢想家や落伍者、火星に安住の地を見つけた彼やクレイグのような男たちの住む土地をさまよい歩いてきたのである。

「五千年か一万年前、火星人は〈青い墟〉をつくった」ベックはいった。「火星ガラスを吹いてつくった墟だ——一度なくなって、見つかり、またなくなって、また見つかり、今までずっとその繰りかえしだった」

彼は死んだ都市のゆらめくかげろうを見つめた。この世に生まれてから、おれはまったくなんにもせずに過ごしてきた、とベックは思った。ほかの連中、もっとマシな男たちは、大きなことをやり、水星へ、金星へ、太陽系のかなたへと出ていった。おれはまだこんなところにいる。こんなところでうろついてる。だが〈青い壜〉さえ手にはいれば、何もかも変わるのだ。

彼は踵《きびす》をかえすと、沈黙する車から離れた。

クレイグが追いかけてきて、楽々と彼の横にならんだ。「もうどれくらいだ、さがしはじめて十年だろう？　眠っちゃぴくぴく震え、うなされてとびおき、昼間はだらだら汗を流してさがしまわってる。そんなにほしい壜なのに、なかに何があるのか知りもしない。あんたはバカだよ、ベック」

「うるさい、うるさい」ベックは、小石と泥のかたまりを蹴とばした。

二人は、都市の廃墟にはいった。割れたタイルの表面には、ひよわそうな火星の動物が美しいモザイクで描かれていた。微風が黙りこくった塵をひるがえすたびに、それら太古の獣たちは現われたり消えたりしていた。

「待て」とベックはいい、両手を口にあてて大声をはりあげた。「そこのおまえ！」

「……おまえ」と谺《こだま》がこたえ、いくつかの塔が倒れた、噴水や石柱が、折りたたまれるように崩れていった。火星の都市はすべてこんなふうなのだ。ときには、シンフォニーのように美しい調和を見せて立ちならぶ塔が、一声で倒れてしまう。それはまるでバッハのカンタータが崩壊してゆくのを見ているようだった。

ひとときがすぎ、骨は骨のなかに埋まった。塵がおさまった。完全なまま残ったのは、二つの塔だけだった。

ベックが進みでて、友人にうなずいた。

二人は捜索を始めた。

途中、クレイグは、口もとにかすかな笑みをうかべて足をとめた。「その壜だがな、ブリキの折りたたみ式コップや、日本の人造花――水につけるとパッとひらくやつだ――そんなのと同じように、小さな女か何かがはいってるのかい？」

「おれは女なんかいらん」

「さあ、どうかな。あんたは本当の女を知らんのかもしれんぜ、本気でほれてくれるような女をな。じっさいには、そういうのをほしがっていながら、自分じゃ気がついてないってこともある」クレイグは口をすぼめた。「それとも、あんたの子供時代の何かが、なかにあるのかな。湖や、むかしのぼった木や、緑の草や、ザリガニ――そんなのがいっしょくたにつまってるかもしれん。どうだ、そういう話は？」

ベックの目は、はるかな一点を見つめた。「ときどき――ふっとそんな気になる。過去

――地球。おれにはわからん」
クレイグはうなずいた。「見る人間によって、なかにあるものが変わるのかもしれんな。くそっ、どっかにウィスキーでもころがってないかな……」
「おい、ちゃんとさがせよ」

光と輝きに満ちた部屋が、計七つ。床から階段状になった天井まで、ところ狭しとならべられた樽、壺、甕、壜――そのすべてが、赤、ピンク、黄、紫、黒など色とりどりのガラスで作られていた。同じところを二度さがさなくてすむように、そして奥の容器をさがしやすくするために、ベックは片っぱしからこわしていった。

ひと部屋かたづいたところで、彼はとなりを襲う態勢を整えた。おそろしいような気持だった。今度こそ見つけてしまうのではないか。それが不安だった。捜索は、見つかった瞬間に終わり、人生は無意味になってしまうのだ。彼の人生に目的が生まれたのは、そんなむかしではない。金星と木星のあいだを往来《ゆきき》する船乗りたちから、〈青い壜〉の話を聞いた十年前からなのだ。彼の内部に燃えあがった炎は、それから一度も消えたことはなかった。計画的に事を運べば、壜を見つける希望だけで、充実した生涯をおくれそうだった。あと三十年はそれで保《も》つだろう。あまりあくせくせず、じっくりと腰をおちつけていさえすれば。そして、移動や家捜しの過程、塵と都市と旅こそ肝心の部分であり、壜じたいはさほどの問題ではないのだ、ということを意識的に認めさえしなければ。

ベックの耳にくぐもった音が聞こえてきた。ふりかえり、窓へ歩いていくと中庭に目をやった。灰色の小型サンド・オートバイが、通りのはずれに、かすかな排気音をあげて停まったところだった。ブロンドの髪の太った男がシートからおり、街を見わたしている。この男も、お目あては壜だろう。ベックはため息をついた。何万人が、この惑星上でさがしまわっていることか。だが、都市や町や村の廃墟は何万もあり、それらをすべてさがしつくすまでには一千年かかるのだ。

「どうだ、そっちは？」クレイグが戸口に現われた。

「見つからんよ」ベックは空気をかいだ。「何かにおわないか？」

「なんだって？」クレイグはあたりを見まわした。

「まるで――バーボンみたいなにおいだ」

「はっ！」クレイグは笑った。「そりゃ、おれだよ！」

「おたく？」

「いま一口やってきたんだ。あっちの部屋で見つけた。いつものとおり、壜の山のなかをがさごそ捜してたら、バーボンがすこしはいってるのが一本あるじゃないか。喜んで、いただかせてもらったよ」

ベックはまじまじと見つめた。そしてふるえはじめた。「いったい――いったい、火星の壜のなかに、なぜバーボンがはいってるんだ？」彼の手は血の気を失っていた。彼はゆっくりと一歩踏みだした。「おれに見せろ！」

「嘘じゃない、たしかにあれは……」

「いいから見せるんだ！」


それは部屋の片隅にあった。空のように青い火星ガラスの容器。小さなくだものほどの大きさで、ベックの手には、空気みたいに軽く感じられた。彼はそれをテーブルにおいた。

「まだバーボンが半分はいってるよ」と、クレイグ。

「からっぽみたいだぞ」と、ベック。

「じゃ、ふってみろ」

ベックはとりあげ、おそるおそるふった。

「チャポンチャポンいってるだろう？」

「いや」

「おれにはちゃんと聞こえるんだがな」

ベックはテーブルの上に壜をもどした。わきの窓からさしこむ日ざしが、ほっそりした容器にあたって青くきらめいた。それは、手のひらでかがやく星の青、真昼の浅い入江の青、朝のダイヤモンドの青だった。

「これだ」ベックは静かにいった。「おれにはわかる。もうさがさなくてもいい。とうとう〈青い壜〉を見つけたんだ」

クレイグは納得できないようだった。「なんにも聞こえないって本当かい？」

「聞こえないよ……しかし――」ベックは壜に顔をよせると、ガラスの青い宇宙をのぞきこんだ。

「何がはいってるにしても、あけてみりゃわかるさ」

「さっき思いきり栓をしちゃったぜ。よこしてみろ」クレイグは手をのばした。

「お忙しい最中に失礼だが」うしろのドアから声がした。

ブロンドの髪の太った男が、拳銃を手にしてはいってきた。男は二人の顔には目もくれず、青いガラス壜を見つめていた。そして微笑をうかべた。「銃は使いたくないんだが、このさいやむをえない。その美術品がほしいんだ。つべこべいわずにわたしたほうがいいぜ」

ベックはかえって嬉しいような気持だった。なんというタイミングのよさ。宝物をまだあけもしないうちに盗まれる、こんなできごとがおこるのを、彼は内心願っていたのかもしれない。これで、追跡と闘い、取ったり取られたりのすばらしい未来がひらけるのだ。そして事態がすべてかたづき、新たな捜索の旅が終わるころには、さらに四年か五年の歳月がすぎていることだろう。

「おとなしくあきらめな」と、見知らぬ男はいい、銃口を威嚇的に上げた。

ベックは壚をわたした。

「信じられん。まったくおったまげたぜ」と、太った男はいった。「こんなに簡単だとは思わなかった。とおりかかって、お二人の話し声を聞いたというだけで、〈青い壚〉がおれのものになるんだからな。おったまげた話じゃないか！」男はひとりでくすくす笑いながら廊下を通りぬけ、日ざしのなかに出ていった。

火星の冷たい双子の月のもと、真夜中の都市は、骨と塵の堆積だった。きれぎれのハイウェイを、陸上車はがたごとはねあがりながら疾走した。つぎつぎとうしろに去ってゆく都市では、モルタルと虫の羽根の粉末が、噴水や、ジャイロスタット、家具、歌う金属の書物、絵画などをあつくおおっていた。もはや名ばかりとなった都市。ワインのようにまろやかな風に吹き流され、巨大な砂時計のなかの砂さながらピラミッドを築いては崩れてゆく、きめこまかな塵の都市。車が近づくにつれ、沈黙は帳《とばり》をあげ、通りすぎたあと、ふたたび速やかに帳をおろした。

クレイグがいった。「これじゃ見つかりっこない。ひでえ道路だ。すりきれちまって、でこぼこだらけ、まともなとこなんかないじゃないか。やつはオートバイだぜ。ひょいひょいかわしながら行けるんだ。ちくしょうめ！」

ふいに車は、悪路をさけて急カーブした。古いハイウェイをひた走りながら、車は道路の表面についた土をかきおとし、その下にあるエメラルドや黄金色の太古の火星モザイクをむきだしにしていった。

「待て」ベックがさけび、車の速度をゆるめた。「いま何かが見えた」

「どこ?」

二人は百ヤードほどバックした。

「あそこだ。見ろ。奴だぞ」

道路わきの溝のなかで、太った男がオートバイに折り重なるように倒れていた。身じろぎひとつしない。ベックが懐中電灯の光を向けると、男の大きく見開かれた目がにぶくかがやいた。

「壜はどこだ?」と、クレイグ。

ベックは溝にとびおり、男の拳銃を拾いあげた。「わからん。なくなってる」

「死因は何だ?」

「それもわからん」

「オートバイはなんともないようだ。事故じゃないな」

ベックは死体をあおむけにした。「傷は見あたらん。なんということなく——自然に死んじまったみたいだ」

「心臓麻痺だろう、たぶん。壘を手に入れて興奮したんだ。隠そうとして、ここへおりた。ひと安心というとき、心臓のほうがとまっちまった」

「それじゃ〈青い壘〉の説明がつかないじゃないか」

「誰か通りかかった奴がいたんだろう。血眼でさがしまわってるのが、どれくらいいるか……」

二人は周囲の闇を見すかした。星をちりばめた夜のなか、はるかな黒い砂丘のいただきに何か動くものがおぼろげに見える。

「あそこだ」ベックが指さした。「三人。歩いてる」

「きっと、やつらが……」

「おい、見ろ！」

足元の溝のなかで、太った男の体が光り、溶けはじめていた。両眼は、水に洗われた月長石を思わせた。顔は炎と化して消えはじめている。髪は、線香花火のように輝きながら火花をちらしている。見守る二人の前で、死体はもうもうと煙をあげた。指が火につつまれて、けいれんした。つぎの瞬間、巨大なハンマーがガラスの彫像の上にふりおろされたかのように、死体は無数のまばゆいピンクの細片に砕けちると、夜風にのってハイウェイのかなたに流れていった。

「やつらが——何かやったんだ」クレイグがいった。「あの三人が、何か新しい武器で」

「いや、これがはじめてじゃない」ベックがいった。「おれが話に聞いたところじゃ、〈青い壜〉を手に入れた人間は、みんなこんなふうになったそうだよ。消えてしまうんだ。そして壜は他人の手にわたり、それを持ったやつもまた消えてしまう」彼は首をふった。「たくさんの蛍がいっせいに飛びたったみたいだったな、体が分解したときは……」

「追うのか？」

ベックは車にもどった。彼は沈黙につつまれた青白い砂丘の連なりを見わたした。「骨は折れるだろうが、なんとか車で行けそうだ。こうなったら、あとにはひけん」彼は間をおき、独り言のようにつぶやいた。「〈青い壜〉のなかに何があるか、わかったような気がする——おれがいちばん望んでいたものが、あのなかにあるんだ。そして、おれを待ってる。それにようやく気がついた」

「おれは行かないぜ」クレイグは、闇のなかで膝に両手をおき、運転席にすわっているベックに近づいた。「相手はどんな武器を持っているかわからないんだ。行くんだったら、ひとりで行ってくれ。おれはまだ命が惜しいよ、ベック。たかが壜ひとつのために、無駄死にするのなんかまっぴらだ。幸運を祈るよ」

「すまんな」ベックはそういって、砂漠に車を乗り入れた。陸上車のガラスのフードを越えて、冷たい水のような夜気が顔をなぶった。

ベックの車は、漂白された小石をけたてながら、干あがった川床を走った。両側には、きりたった断崖がどこまでもつづいていた。崖の表面に浮彫りにされた神々や動物たちの姿を、二重の月影のリボンが黄金色に染めあげている。一マイルの高さに連なるそれらの顔に、火星人の歴史が象徴的に記されているのだ。見開かれた黒い目、ぽっかりとあいた黒い口、想像を絶する顔の数々。

エンジンの音が、岩や巨石を揺り動かした。断崖のいただきに月光をうけて並んでいた太古の壁面彫刻は、無数の黄金の破片と化して深い闇につつまれた谷底へと降りそそいだ。エンジンのひびきを聞きながら、ベックは過ぎ去った夜を思いかえしていた――この十年間のすべての夜、海の底で赤い火をおこし、考えにふけりながらのろのろと食事の仕度をした夜。そして彼は夢を見た。いつも何かを求めている夢だった。それが何かはわからない。若いころから、見る夢は同じだった。地球上の苦しい生活、二一三〇年の大恐慌、飢饉、混乱、暴動、不自由。そして惑星間の放浪の旅、女気のない、愛のない、孤独な年月。闇から光のなかへ、子宮からこの世界へ望んだわけでもなく生まれてきて、自分が心底求めているものが何か、どうすればわかるというのか？

溝のなかで死んでいたあの男の場合はどうだろう？　何か珍しいもの、自分の持っていないものを、さがしつづけてきたのではないだろうか？　自分みたいな人間に、いったい何があるというのだ？　いや、それはだれでも同じことではないのか？　この世にさがし求めるに値するものなどあるのだろうか？

ある。〈青い墨〉だ。

彼はすばやく車にブレーキをかけ、とびおりると銃をかまえた。体をかがめ、砂丘のあいだへと走る。前方では、三人の男がきちんと肩をならべて、冷たい砂の上に横たわっていた。日焼けした顔、みすぼらしい服、ふしくれだった手、三人とも地球人だった。

〈青い墨〉は星影をうけて、彼らのあいだにころがっていた。

見守るうちに、死体は溶けはじめた。無数の露の玉、水晶のかけらと化し、蒸気のようにわきあがって消えてゆく。つぎの瞬間、彼らの姿は、もはやそこにはなかった。

目に降りそそぎ、唇や頬を打つ薄片の雨のなかで、ベックは全身に悪寒が走るのをおぼえた。

彼は動かなかった。

あの太った男。彼は死に、死体は消えた。クレイグの声、「何か新型の武器で……」

ちがう。武器なんかではない。

〈青い墨〉だ。

彼らは、自分のもっとも欲しているものを手に入れようと、それをあけたのだ。過ぎ去った長い孤独な年月のなかで、何ものにも満たされない不幸な男たちのすべてが、この宇宙の三千世界で自分のもっとも欲しているものを手に入れようと、それをあけたのだ。彼らはみんな目ざすものを見つけた、この三人も含めて。壜がなぜかくもすばやく人手にわたっていったのか、その理由も今ではわかる。死んだ海のほとり、その砂浜に収穫後のもみがらのように舞い、燃えあがる炎、とびたつ蛍さながら、霧と化した男たち、彼らがなぜ消えていったかも。

ベックは壜をとりあげると、自分からなるべく遠ざけるようにして、長いあいだ持っていた。その目は明るく輝いていた。両手は震えていた。

これがおれの今までさがしてきたものなのだ、と彼は思った。壜をまわすと、星影が青くきらめいた。

これが、すべての男たちの心底欲してきたものなのか？　推しはかることのできない、はるかな奥底にひそむ欲望なのか？　意識下の衝動。男たちが、人知れぬ罪の意識にかられてさがし求めてきたものなのか？

死。

疑惑、責め苦、単調さ、欲望、孤独、恐怖の終わり。すべての終わり。

すべての人間にとってか？

ちがう。クレイグはちがう。クレイグは、たぶん運がよかったのだ。世の中には、動物のように生まれついた人間もいるものだ。何一つ問いかけることもなく、水たまりの水を飲み、交合し、子どもを育て、人生が価値あるものかどうか疑うことすらしない。それがクレイグだ。彼みたいな人間は少ないが、いないわけではない。神の御手につつまれ、信仰をおのれの神経のように体内におさめ、広大な保護区のなかで幸福に暮らす獣たち。数十億のノイローゼ患者のまっただなかで生きる正常人。彼らもいつかは死ぬ。だが、それは自然な死だ。彼らは決して死に急がない。

ベックは壜をさしあげた。なんて簡単なのだろう、と彼は思った。しかも、まちがいはない。これこそ、おれが今までずっと欲していたものなのだ。これ以外のものではない。決して。

壜は口をあけ、星影を青く映していた。ベックは〈青い壜〉から吹きだす風を、思いきり肺に吸いこんだ。

これでおれのものだ、と彼は思った。

彼はくつろいだ姿勢をとった。全身が心地よく冷え、ついで心地よく暖まるのが感じられた。星々の長い斜面を、ワインのように甘い闇のなかへすべりおりてゆくのがわかった。彼は、青いワイン、白いワイン、赤いワインのなかを泳いでいた。胸にはロウソクがともり、炎の輪が回転していた。両腕が離れ、両脚が楽しそうに飛び去っていった。彼は笑い、目を閉じ、そして笑った。

こんな幸福感は、生まれてはじめてだった。

冷たい砂の上に、〈青い壜〉が落ちた。

　夜が明けるころ、クレイグが口笛を吹きながらやってきた。暁のピンクの光に照らされた、人気のない白砂の上に、彼は壜を見つけた。拾いあげたとたん、炎のささやきがおこった。数知れぬだいだい色や赤むらさきの蛍が中空でひらめき、消えていった。

　あたりは静まりかえっている。

「ちくしょうめ」クレイグはほど近い街の死んだ窓に目をやった。「おーい、ベック！」

　すらりとした塔が、粉となって砕けた。

「ベック、あんたの宝物があるぞ！　おれはほしくない。取りに来いよ！」

「……来いよ」とこだまがこたえ、最後の塔が崩れた。

　クレイグは待った。

「おかしな話だぜ。壜はちゃんとここにあるのに、ベック先生はどこにもいない」彼は青い容器をふった。

　液体の音がした。

「やっぱりだ！　前とおんなじじゃないか。バーボンがいっぱいはいってる！」栓を抜き、ラッパ飲みして口をぬぐった。

　彼は壜をだらんとさげた。

「たかがバーボン一本に、なんて騒ぎだ。ここでベック先生を待って、壜をくれてやろう。

それまで――飲むことにするか、クレイグさんよ。かまうもんかい」

死んだ世界にひびくのは、かわいた喉を流れくだる液体の音だけだった。〈青い罎〉が、日ざしをあびてきらめいた。

クレイグは幸福そうに笑みをうかべ、ふたたび罎を口もとに上げた。

死　人

「あいつ、ほら、あそこにいる」リブモール夫人は通りのむかい側を見てあごをしゃくった。「ジェンケンズさんのお店の前のタール樽にのってるでしょう？　あいつなのよ。みんなが、変《オッド》てこマーティンていってるのは」

「自分は死んだっていってる人？」アーサーが大声でいった。

リブモール夫人はうなずいた。「煙にまかれたイタチみたいに気が狂ってるわ。〝大水〟のときからずっとよ、自分は死んでるんだっていいはってる。そんなバカな話、聞く人なんかいやしないのに」

「毎日あそこにすわってるよ」とアーサー。

「そりゃ、そうさ、すわってるしか能はないんだから。すわりこんで、ぽかんと目をあけてるだけ。あんなやつは早く牢屋にいれないと、町の恥になるわ！」

アーサーは男にあかんべえをした。「べえ！」

「そんなことをしても駄目。気がつきやしないわ。この町に、あんな失礼なやつがいるかしら。何を見せても喜んだ顔ひとつしたことない」彼女はアーサーの腕をひっぱった。「おいで、買いものをしなくちゃ」

母親と子供は通りを歩きだし、床屋の前を通りすぎた。窓の中では、二人が歩き去ったあと、シンプスン氏が味のなくなったガムを嚙みながら、青いはさみをチャキチャキ鳴らしていた。彼は、蠅が点々ととまる窓ガラス越しに考え深げに、タール樽の上にすわった男をすかし見た。

「オッド・マーティンは、結婚するのがいちばんいいんだ」と彼はいった。目がいたずらっぽく輝いて、肩越しにマニキュア係のミス・ウェルドンを見た。彼女は一心不乱に、ギルパトリックという農夫のでこぼこした爪をみがいている。彼の今の言葉にも、ミス・ウェルドンは顔をあげなかった。聞き慣れていたのだ。人はみんな、オッド・マーティンのことで彼女をからかうのだった。

シンプスン氏は持場にもどり、ふたたびギルパトリックのほこりっぽい髪にはさみを入れはじめた。ギルパトリックが低い声で笑った。「オッドなんかと結婚する女がどこにいるね？　ときどき、あいつ、本当に死んでるんじゃないかと思うことがあるぜ。それに、あいつの臭いときたら」

ミス・ウェルドンはギルパトリック氏の顔を見上げると、小さなナイフの一つをとって注意ぶかく彼の指を切った。「いてて！」彼はとびあがった。「気をつけろ！」ミス・ウェルドンは、小作りな白い顔にある穏やかな小さなブルーの目で彼を見上げた。髪は、ねずみ色がかった茶色だった。化粧気はなく、誰ともほとんど話をしなかった。

シンプスン氏は笑いだし、青いはがねのはさみを鳴らした。「ホープ、ホープ、ホープ！」そんな笑い声だった。「ギルパトリック、彼女はな、承知でやってんだぜ。気をつけないかね、ミス・ウェルドン。ギルパトリックは去年のクリスマス、やつにオーデコロンをやってるんだ。それほど臭くないのは、だからなんだよ！」

ミス・ウェルドンは道具を置いた。

「ごめんよ、ミス・ウェルドン」シンプスン氏は詫びた。「もういわん」

しぶしぶ、彼女は道具をとりあげた。

「おい！」店の中で待っていた四人の男の一人が叫んだ。「また、はじめたぞ――」シンプスン氏は、ふりむいた拍子に、ギルパトリックのピンクの耳をはさみで切り落としそうになった。「来いよ、みんな！」

通りのむかい側では、郡治安官《シェリフ》が事務所のドアをあけて出てきたところだった。彼にも、それは見えた。オッド・マーティンはたしかに何かを始めていた。

通りに並んだ小さな店から、ばらばらと人びとがとびだしてくる。

シェリフは歩いていき、どぶの中を見おろした。

「出てこい、オッド・マーティン、出てこないか」彼はどなると、てらてら光る黒いブーツの先で、どぶの中をつついた。「出てこい、起きろ！　おまえは死んじゃいない。おれと同じくらいピンピンしてるんだ。そんなところに寝ていたら、ガムの包み紙やタバコの吸い殻といっしょに凍りついちまうぞ。さあ、起きるんだ！」

シンプスン氏がやってきて、横たわるオッド・マーティンを見た。「こうしてると、まるで牛乳壜だね」

「こんなことされちゃ、パーキングの邪魔だ。金曜の朝なんだから」シェリフはこぼした。「この場所を使いたい人がたくさんいるんだぞ。さあ、オッド！　ふーむ。よし……みんな、手を貸してくれ」

彼らは歩道に体を引きあげた。

「そこにおいといてくれ」ブーツで歩きまわりながら、シェリフはいった。「寝るのに飽きるまで、おいとこう。今まで、何千回と同じことをやってるんだ。人に見られるのがお好きらしいな。行け行け、チビ助たちは！」

彼はくわえタバコで子供たちを追い払った。

床屋にもどると、シンプスンはぐるりと見まわした。「ミス・ウェルドンはどこだ？

ふん？」彼は窓の外を見た。「ほう、いた。寝ているオッドの服にブラシをかけている。上衣をぴんとのばして、ボタンをかけて。もどってきた。みんな、からかうなよ、おこるから」

床屋の時計が十二時を知らせた。そして一時、二時、三時。シンプスン氏の話題はまだ変わっていなかった。「賭けてもいい、マーティンは四時まではあそこにいるね」

だれかがいった。「四時半まではいるさ」

「この前は――」はさみが鳴った。「――五時までいた。今日はあったかだ。六時まで居眠りしているかもしれない。よし、六時だ。さあ、みなさん、お金をいただきましょう！」

金はヘアクリームの棚におかれた。

若者の一人が棒を小型ナイフでけずりはじめた。「考えてみると、おれたちがオッドのことをからかうってのも、おかしなもんだね。ときどき、おれたちは恐がってるんじゃないかと思うことがあるよ。つまり、あいつは本当に死んでるのに、おれたちは信じようとしないんだね。信じる勇気がないんだ。信じたら、いてもたってもいられなくなる。だから、冗談でまぎらわす。そのまま放っとく、やっこさんは、だれにも何もしやしない。ただ、いるだけだ。だけど、おれは気がついたんだ、あの医者のハドスンじいさん、じいさんはオッドの胸に一度も聴診器をあてたことないぜ。きっと、こわいのさ」

「こわい、とね！」笑い。シンプスンは笑って、はさみを鳴らした。ごわごわのひげを生やした二人の男が、少し大声で笑いすぎた。笑いは長くはつづかなかった。「バカも休み休みいえ！」やせた膝をたたいて、みんながいった。

ミス・ウェルドンは客のマニキュアをつづけた。

「起きたぞ！」

店の中の全員がなかば腰をうかせ、何人かは首をまげて、オッド・マーティンが立ちあがるのを見物した。「片膝をついた、今度はもう片方、だれかが手を貸したぞ！」

「ミス・ウェルドンじゃないか。いつのまにとんでったんだ！」

「何時だ？」

「四時十五分。負けたぞ、シンプ！　払っていただきましょう！」

賭けは終わった。

「ミス・ウェルドンというのも変わった人だね。オッドのようなやつの面倒をみるなんて」

シンプスンはカチャリとはさみを鳴らした。「みなし子だったから、静かなのが好きなんだな。無口な男が好きだ。オッドっていうのは、ほとんどしゃべらないだろう。おれたちみたいながさつな連中とはわけが違うってよ、みんな。おれたちはしゃべりすぎる。ミス・ウェルドンには、それがお気に召さないんだ」

「どうだい、あの二人。ミス・ウェルドンとオッド・マーティンは」

「なあ、耳のあたりをもうちょっとつめてくれよ、シンプ」

赤いゴム・ボールをはずませて、小さなラドニイ・ベローズが通りをかけてきた。ふさふさしたブロンドの髪が、青い目の上で踊っている。舌を唇のあいだにはさみ、彼はうわの空でボールをはずませた。ボールは、前と同じようにタール樽の上にすわるオッド・マーティンの足元に落ちた。食料雑貨店では、ミス・ウェルドンがスープや野菜の缶詰をバスケットに入れ、夕食の買いものをしていた。

「ボールとっていい？」小さなラドニイ・ベローズは、六フィート二インチのオッド・マーティンを見あげてきいた。ほかに聞いているものはいない。

「ボールとらせていい？」たどたどしく、マーティンはいった。彼の頭の中で言葉がひっくりかえった、そんなふうに見えた。彼の穏やかな灰色の目は、小さな粘土の球をこねあげるようにラドニイの姿をこねあげた。「うん、ボールとらせていい。とりな」

ラドニイはゆっくりとかがむと、まっ赤なゴム・ボールをとってゆっくりと体をおこした。その目には、ためらうような表情があった。

「ぼく、知ってるよ」

オッド・マーティンは見おろした。「きみ、知ってる？」

ラドニイは前にのりだした。「おじさんは死んでるんだ」

オッド・マーティンはすわったままだった。

「おじさんはほんとに死んでるんだよ」小さなラドニイ・ベローズはささやいた。「でも、それを知ってるのは、ぼくだけさ。ぼく、おじさんのいうことを信じるよ、オッドさん。ぼくも一度やったことあるんだもの。死ぬことを。苦しいんだ。疲れるよ。一時間、ゆかに寝ていたの。でも、おなかがかゆくなったから掻いたんだ。そうしたら頭に血がのぼってきてね、くらくらっとした。それから——やめちゃった。どうしてって？」彼は自分の靴を見た。「だって、便所に行きたくなったんだもの」

オッド・マーティンの長い骨ばった顔の、たるんだ艶のない皮膚に、ゆっくりと理解ある微笑がうかんだ。「疲れるんだ。やさしくないよ」

「ときどき、おじさんのこと考えるんだ」ラドニイはいった。「家のそばを通るとき見えるから。夜だけど。ときどき、朝の二時ごろ、目がさめるんだ。おじさんが歩いてるのがわかるよ。見てみようと思って見ると、ほんとにいるんだ。歩いてる。同じところをぐるぐる」

「行くところがないのさ」オッドは大きな角ばったかさかさの手を膝の上にのせてすわっていた。「どっかへ行こうと——思うん——だけ——ど——」くつわを引かれた馬のように、彼の言葉は遅くなった。「——考えると疲れるんだ。一所懸命、やってみるんだけど。

ときどき、ああ、あれをしよう、あそこへ行こうということがわかりかけてくる。と、また、忘れちゃうのさ。一度は、お医者のところへ行って、おれは死んだということにしてもらおうと考えた。だけど、どうしてか――」言葉はゆっくりで、声は低く、かすれていた。「――行かなかった」

ラドニィはまっすぐ彼を見た。「行きたかったら、連れてってあげるよ」

オッド・マーティンは手持ちぶさたに沈みゆく太陽を見た。「いや。面倒くさい、疲れた。おれは――待つよ。ここまで来たからには、つぎに何がおこるか見たいのさ。農場も家畜もみんな大水に流されて、おれのほうは、バケツの中の鶏肉みたいに水につかって、魔法壜に湯を入れるみたいに水をがぶがぶ飲んで溺れた。だけど、どうにかこうにか大水の中から出てきたのさ。でも、そのときにわかった、死んだんだってね。夜遅く、自分の部屋で耳をすましていても、耳にも、胸にも、手首にも脈が聞こえない。死んだコオロギみたいに寝ころんでいるだけだ。中はからっぽで、暗闇と安息と理解しかない。だけど、おれがまだ歩いてるのには何かわけがあるはずだ。もしかすると、まだ若くて死んだからかもしれない。たった二十八で、結婚もしていなかった。前から結婚したいと思ってたんだけど、とうとうできなかった。それでも、今ここにいる、うろつきまわって、お金をためて。なぜかって、何も食べないんだから、いいや、食べられないんだ。ときどき、あんまり気が滅入って、たまらなくなって、どぶに寝て、みんながおれをパインの箱に入れてどこかへしまってくれないかと思う。といっても、心の中では——そうしたくないんだ。何かを待っている。ミス・ウェルドンが通りかかると、それに気がつくな。小さな茶色の羽根みたいに、ミス・ウェルドンの髪が風にゆれている——」彼はため息をついて口をつぐんだ。

ラドニイ・ベローズは一分ほど待ち、それから咳払いすると、ボールをはずませて走り去った。

「またね！」

オッドはラドニイがいた場所を見つめていた。五分後、彼はまばたきした。「ええ？だれかいたのかな？　だれか話していたのかな？」

ミス・ウェルドンが食品のバスケットを手に食料雑貨店から出てきた。

「わたしをおくっていかないこと、オッド？」

二人は気持のいい静けさの中を歩いた。注意ぶかく足をおろすオッドにならって、彼女も先に出ないよう気をつけた。道すがら、風がヒマラヤ杉を、楡を、楓をざわめかせた。何回かオッドは口をひらきかけ、彼女をちらっと横目で見ると、また口をとじ、百万マイルも遠くのものを見るかのように目を細めた。

やがて、彼はいった。「ミス・ウェルドン？」

「なあに、オッド？」

「おれはお金をためにためている。相当持ってるよ。あんまりつかうことはないから——きっとびっくりする」彼は心をこめていった。「千ドルもあるんだ。もっとあるかもしれない。ときどき数えるけど、飽きてしまって、もう数えない。それで——」彼は混乱し、とつぜん彼女に対して腹をたてたように見えた。「どうして、おれが好きなんだ、ミス・ウェルドン？」と彼はきいた。

彼女はちょっと驚いたようだったが、すぐ微笑した。彼女が見せた表情は、人なつっこい子供のそれに似ていた。「どうしてって、あなたがおとなしいから。大声を出す、卑しい人ではないから。床屋の人たちみたいじゃないの。それに、一人ぼっちのわたしにあなたが親切だから。わたしを見てくれたのは、あなたがはじめてなのよ。ほかの人たちは、一度だってわたしに気をとめてくれなかったわ。みんな、わたしをバカだと思ってるのよ。六年生も終えてないから、低能だと思ってるの。でも、さびしかったの、オッド、あなたとお話ししているときがいちばん楽しいわ」

彼はミス・ウェルドンの小さな白い手を力強くにぎった。

彼女は唇をしめらせた。「みんながあなたについていってること、なんとかできればと思うわ。べつにとがめだてするんじゃないけど、死んだ死んだと人びとにふれまわるのはやめてよ、オッド」

彼は足をとめた。「じゃ、あんたも信じてないんだな」彼はつきはなした口調でいった。

「あなたは、あなたに好意を持っている女の人の料理や、愛や、満足な暮らしがなかったから〝死んだ〟のよ、オッド。あなたが〝死んだ〟というのは、そういうことでしょ。ほかの何でもないんだわ！」

彼の灰色の目は深く、途方に暮れていた。「おれのいうのはそういうことだって？」オッドは彼女の真剣な顔をまぶしそうに見た。「そう、そういうことさ。あんたの考えたとおりだ。そういう意味だよ」

二人は歩調を合わせて歩いた、風に舞う葉のように。夜はしだいに暗く深くなり、星が出た。

その晩の九時、二人の少年と二人の少女が街灯の下に立っていた。通りのはずれを、だれかがゆっくりと静かに一人で歩いている。

「あそこだ」少年の一人がいった。「おまえ、きいてみな、トム」

トムは不安げに顔をしかめた。少女たちは彼を見て笑った。トムがいった。「オーケイ、じゃ、ついてくるんだぜ」

オッド・マーティンは歩いてきた。ときどき立ちどまり、靴の先で落葉をひっくりかえし、舞いあがらせた。

「オッドさん。ねえ、オッドさん、たら！」

「うん？　ああ、こんちは」

「オッドさん、ぼくらは——」トムは唾を呑みこみ、助けを求めて周囲を見まわした。「あの——ぼくらは——その——ぼくらはあなたをパーティに招待したいんです！」

トムの清潔な、石鹸のにおいのする顔と、十六歳のガールフレンドのかわいいブルーのジャケットを一分ほどながめたのち、オッドは答えた。「ありがとう。だけど、わからない。忘れるかもしれない」

「いいえ、忘れませんよ。今夜は、万聖節前夜《ハロウィーン》なんだから！」

トムのガールフレンドが彼の腕を引っぱった。「行きましょうよ、トム。呼ばなくたっていいじゃない。いいでしょ、ねえ。来ないわよ、トム」

「どうしてそう思うんだ？」

「この人——この人、あんまりこわそうじゃないもの」

トムは彼女の手をふりはらった。「ここはまかせてくれよ」

少女は懇願した。「おねがい、よして。ただのきたない浮浪者よ。ビルがオッドの指にロウソクの獣脂をつけて、口に恐ろしい瀬戸物の歯をはめさせて、目のまわりに緑のチョークで線をかいて、わたしたちをこわがらせるだけだわ。こんな人に来てもらいたくないわ！」彼女は挑むようにオッドを見上げた。

オッド・マーティンは靴先にある葉を見つめていた。少年少女が行ってしまったことに気づくまで十分ほど、彼は星が天空を動く音を聞いていた。乾いた笑いが、小石のように口の中にわきあがった。子供たち。ハロウィーン。あんまりこわそうじゃない、か。ビルのほうがうまくやるだろう。ロウソクの獣脂と緑のチョーク。ただの浮浪者。彼は笑いを味わってみ、それにふしぎな苦い味がすることを知った。

ふたたび朝。ラドニィ・ベローズは店の羽目板を相手にキャッチボールをしていた。だれかがうしろで鼻歌をうたった。彼はふりむいた。「なんだ、オッドさんか！」

オッド・マーティンは、緑のドル紙幣を数えながら歩いていた。彼はひとところで立ちどまり、そのままの姿勢で動かなくなった。その目は焦点が定まっていなかった。

「ラドニイ」彼は叫んだ。「ラドニイ！」手が空《くう》をつかんだ。

「ここにいるよ、オッドさん！」

「ラドニイ、おれはどこへ行こうとしてたっけ？　今、どこへ行こうとしていた？　ミス・ウェルドンのために何かを買おうとどこかへ行くところだったんだ！　おい、ラドニイ、助けてくれ！」

「うん、オッドさん！」ラドニイはかけより、彼の影の中に立った。

手がおりてきた。お金がその中にあった。七十ドル。「ラドニイ、ひとっ走り、ミス・ウェルドンのためにドレスを――買って――きてくれ――」手が開いた。お金が落ちた。

手はその位置でとまったまま、開いたり、とじたり、まさぐるような動きをしたり、もつれあったり、所在なげに動いた。オッドの顔には、しびれたような恐怖と熱望があった。

「場所、思い出せない、おお神さま、助けてください、思い出させてください。ドレスとコートです。ミス・ウェルドンの。場所は――場所は――」

「クローズマン・デパート?」ラドニィがいった。

「ちがう」

「フィールダー?」

「ちがう!」

「ライバーマンさんの店?」

「それだ! ライバーマンだ! さあ、さあ、ラドニィ、ひとっ走りその――」

「ライバーマン」

「――のところへ行って、新しいグリーンのドレスを――ミス・ウェルドンのために、それからコートも。グリーンのドレスで黄色いバラの模様がある。それを買って、ここへ持ってくるんだ。おっと、ラドニィ、待て」

「なに?」

「ラドニィ――きみの家で体を洗えないか?」静かな声でオッドはたのんだ。「ふ――風呂へ入らなくちゃ」

「それは、わかんないよ、オッドさん。家の人、変なんだ。わかんない」

「わかった、ラドニイ。いいんだ、さあ！」

ラドニイは全速力で走り去った。オッド・マーティンは日なたに立ち、口の中で歌をうたっていた。ラドニイは床屋の前を走りすぎようとし、中に首をつっこんだ。シンプスン氏はトランブル氏の髪にはさみを入れるのをやめ、こちらをにらみつけた。「ねえねえ！」ラドニイはいった。

「オッド・マーティンが歌をうたってるよ！」

「どんな節だ？」シンプスンがきいた。

「こんなだよ」ラドニイはハミングした。

「これは、これは、また！」シンプスンは叫んだ。「だから、ミス・ウェルドンが今朝マニキュアをしに来ないんだ！　それは、結婚行進曲だぜ！」

ラドニイはかけていった。たいへんだ！


叫び声、笑い声、水のはねかえる音。床屋の奥の部屋は、蒸気がもうもうとたちこめ、壁には水滴が流れていた。みんなにそれぞれ役が割りあてられた。シンプスン氏は、亜鉛びきの錫の浴槽にすわったオッド・マーティンにバケツの湯をぶちまけた。トランブル氏は、オッドの青白い背中をごわごわの毛のある長い大きなブラシでごしごしと磨いた。ギルパトリックは半クォートの牛乳石鹸を彼にかけた。石鹸は泡をたて、甘いにおいをまきちらした。そのあいまに、ショーティ・フィリップスがオーデコロンを彼にふりかけるのだった。みんな蒸気の中で上機嫌でかけまわり、足をすべらせた。「もっとかけろ！」さらに湯。「もっとごしごし洗わないか、おい！」オッドの背中でブラシが音をたてた。シンプスン氏は喉で奇妙な音をたてた。笑ったのだ。

「いつもいってたじゃないか、あんたに必要なのは結婚することだって、オッド！」ほかのだれかがいった。「おめでとうよ」そして、オッドの右肩のでっぱりに氷水をぶっかけた。オッド・マーティンはその衝撃にも気づかないようだった。「いいにおいになってきたぞ！」

オッドは丸めた片手の泡を吹いていた。「ありがと。こんなことしてくれて、ありがと。洗ってくれて、ありがと。ありがと、これをやってもらいたかったんだ」

シンプスンは笑いのとまらぬ自分の口に手をおいた。「ほんの気持だけさ、オッド」だれかが蒸気のたちこめた奥でささやいた。「考えてみろ……あいつと……こいつだぜ……結婚するって……うすのろが……白痴と結婚……どうしてまた……」

「うるさいぞ、うしろ！」シンプスンは顔をしかめた。

ラドニイがとびこんできた。「ほら、グリーンのドレスだよ、オッドさん！」

一時間後、彼らはオッドを床屋の椅子にすわらせていた。だれかが新しい黒い靴を彼に貸していた。トランブル氏はそれを力強くみがきながら、みんなにウィンクした。シンプスン氏は彼の頭にはさみを入れたが、金をとろうとはしなかった。「いいや、オッド、金はしまっときな、これはあんたの結婚祝いだ。そうだとも」彼は唾を吐いた。そして、オッドの頭にバラの香水をふりかけた。「そら、月光とバラだ！」

オッド・マーティンはあたりを見回した。「この結婚のことをだれにもいわないな？」彼はきいた。「あしたまで。おれもミス・ウェルドンも、町の人に騒がれずに結婚したいんだ。わかったかい？」

「いいとも、オッド」仕上げをしながら、シンプスンはいった。「他言はしない。どこに住むんだ？ 農場でも買ったのか？」

「農場？」オッドは椅子からおりた。だれかが彼にすてきな新品のコートを着せ、ほかのだれかが彼のためにズボンをプレスした。こう見ると、彼もなかなかエレガントだった。

「うん、これから地所を買うよ。すこし値がはるけど、その価値はあるんだ。値がはる。その行こう、ラドニイ」彼はドアのところでとまった。「家は町のはずれのところだよ。そのお金を払いに行かなくちゃならない」

シンプスンは彼をとめた。「どんな家だ？ それほど持ちあわせはないんだろう？」

「小さな家なんだ」オッドはいった。「でも、それでいい。すこし前に、だれかがつくって、それから東部に引っ越したんだ。たった五百ドルで売りに出ていたから、買ったよ。

ミス・ウェルドンとおれは結婚したら今夜そこへ引っ越す。でも、だれにもいわないでくれよ、おねがいだから、あしたまでは」

「もちろんだとも、オッド。もちろんさ」

オッドは四時の日ざしの中に、ラドニイを従えて出て行った。床屋の男たちは椅子にすわりこみ、あばら骨に手をおいて笑った。

太陽はのろのろと沈み、はさみのチャキチャキいう音はつづき、蠅がブーンととび、時計がチクタクと時を刻み、男たちはすわったままうなずき、歯をむきだし、手をふり、冗談をとばした……

翌朝、朝食のテーブルで、小さなラドニイ・ベローズは考えぶかげにシリアルをすくっていた。テーブルのむかい側にいた父親は新聞をたたみ、母親を見た。「オッド・マーティンとミス・ウェルドンのかけおちは町中の評判だ」と父親。「みんなさがしているが、見つからない」

「そうね」と母親。「家を買ったとか聞いたわ」

「わたしもそれを聞いた」父親は認めた。「それで今朝、カール・ロジャーズに電話したんだが、オッドに地所なんか売ってないという。カールは、この町でたった一軒の不動産屋だ」

ラドニイ・ベローズはシリアルをもうすこし食べた。彼は父親を見た。「ちがうよ、不動産屋はほかにもいるったら」

「どういうことだ？」父親がきいた。

「なんでもないよ、ただ夜遅く窓から外をのぞいたとき見たんだ」

「何を？」

「月の光で明るかったよ。そうしたら、何を見たと思う？　ふたりの人がエルム・グレードの通りを歩いていたんだ。男の人と女の人が。新しいすてきなコートを着た男の人と、グリーンのドレスを着た女の人が。うんとゆっくりと歩いていた。手をつないで」ラドニイは息をついだ。「そのふたりの人は、オッド・マーティンさんと、ミス・ウェルドンなんだ。だけど、エルム・グレードをどんどん行っても家なんかない。あるのは、トリニティ・パーク墓地だけさ。グスタフスンさんは、この町でトリニティ・パーク墓地のお墓を売ってる。町には、事務所もある。だからいったんだよ、カール・ロジャーズさんが町で一人の不動産屋じゃないって。だから――」

「なんだって？」父親はいらだたしげに鼻を鳴らした。「きっと夢でも見たんだろう！」

ラドニイはシリアルの上に顔をかがめると、横目で遠くを見た。

「そうだよ」やがて、ため息をついて彼はいった。「夢を見たんだ」

ほほえむ人びと

その家でもっともきわだっているのは、静けさだった。グレッピン氏が玄関のドアからはいったときも、開いて、うしろですうっとしまるドアの油のきいた沈黙は、まるで開いて閉じる夢――ゴム・クッションの上で、潤滑油に浸って、ゆっくりと、実体もなく始まって終わる出来事を思わせた。彼自身がごく最近に敷いた廊下の二重カーペットは、歩いても音ひとつたてない。夜遅く、風が家をゆすることはあっても、庇《ひさし》ががたついたり、はまり具合の悪い窓が震えたりする心配はない。防風窓もすべて自分で点検した。網戸は、ピカピカの新しい丈夫な留め金で、しっかりと留められている。暖房炉はノッキングもせず、暖かい風が暖房系統の喉元でひっそりとため息をつくばかり。立ったままきびしい午後の寒さから体を暖めている彼の、ズボンの折り返しを、その風がそっとゆり動かす。沈黙の重さを、小さな耳のなかにある驚くべき天秤ではかりながら、彼は満足げにうなずいた。沈黙は、みごとに統一され、完成している。以前には、ネズミが壁と壁の隙間を動きまわった夜もあったのだ。だがネズミ取りとネコイラズのおかげで、壁も今では黙りこくっている。大時計さえ動きを止められ、その真鍮の振子は、前面にガラスのはいった、長いセイヨウ杉の棺のなかで凍りつき、鈍く光っていた。

四人は、食堂で待っている。

彼は耳をすました。音をたてるものはない。よし。上出来だ。やっと静かにすることを学んだのだ。教える手間はかかったが、それだけのことはあった――食堂からは、ナイフやフォークの音ひとつ聞こえて来ない。彼は厚地の灰色の手袋を脱ぎ捨てると、冷えきったオーバーコートの鎧《よろい》をハンガーに掛け、ためらいとあせりの表情を顔に見せて立ちつくした……何をしたらいいだろう。

グレッピン氏は、家のようすを知りぬいた、無駄のない足どりで食堂にはいった。食事の仕度ができたテーブルの前には、家族四人が身じろぎもせず、無言ですわっていた。聞こえるのは、彼の靴が厚いカーペットを踏む、問題にならないほどかすかな音だけ。

いつものとおり、彼の目は本能的に、テーブルの家長の席にすわる婦人に向けられた。わきを通りすぎながら、一本の指を彼女の頰の近くで振った。まばたきもしない。

ローズ叔母は、家長の席にどっしりとすわっている。塵が一つ、天井から軽やかに舞いおりてきたとしたら、その目は塵の行く先を追うだろうか？

なめらかな眼窩にはまったその目は、無表情に、的確に、ぐるぐると回るだろうか？　もし塵が、たまたまその濡れた目の玉に乗ったとしたら、目は動くだろうか？　筋肉がゆるんで、まつ毛がおりるだろうか？

いや。

ローズ叔母の手が、食卓用のナイフ類さながらにテーブルにのっている。珍しい、上製の、錆びついた骨董品。けばだったリンネルのサラダの下に隠れた胸。その乳房が、愛を、赤ん坊の口をうけつけなくなってから、もう何年にもなる。今では、それは蠟引布に包まれ、永遠にしまいこまれたミイラにすぎない。テーブルの下、ボタン留めの長靴におさめられた棒の足は、ずっと上って、セックスのないずん胴のドレスのなかに消えている。だが、じつはその足もスカートの裾までで、そこから上は蠟と屑だけのデパートのマネキンであることは想像がつく。遠いむかしには、夫が彼女を、まるでウィンドウのマネキンのように抱いたときがあったにちがいない。それに対して、彼女も同じ蠟の冷たい動作と、マネキン人形の熱意でこたえ、無口と無反応に厭気がさした夫は、ふとんの中で背を向け、しだいに激しさを増す欲望に震えながら、幾夜も過したことだろう。だが、やがて彼は、夕方の散歩に出かけるふりをして黙って、町のはずれ、谷のむこうにある小さな家に足をむけるようになった。そこへ行けば、ピンクのカーテンをおろした窓に明るい灯が輝き、彼の押すベルに若い婦人がこたえてくれたからだ。

そう、そのローズ叔母がすわって、グレッピン氏をまっすぐ見つめている。そして——彼は笑いを呑《の》みこむと、嘲るようにピシャリと手を打ち合わせた——彼女の鼻の下に、ほこりの口ひげの最初の徴候が現われているではないか。

「こんばんは、ローズおばさん」会釈をして、彼はいった。「こんばんは、ディミティおじさん」と、ていねいに。「そうそう、なにもいわない」片手をあげる。「だれも、なにもいわない」もう一度、会釈。「ああ、こんばんは、ライラと、それからレスター」

いとこのライラは左側にいる。彼女の髪は、旋盤にかけられた真鍮の管の金色のけずり屑。そのむかい側にいるレスターは、髪で四方八方を指し示している。二人ともまだ若い。レスターが十四、ライラが十六。二人の父親（だが「父親」とは、何といやらしい言葉だろう！）、ディミティ叔父は、——ライラのとなりにかけている。家長の席にすわると隙間風があたって体に悪いと、ローズ叔母が彼を低い席に代えてしまったのは、遠い遠いむかしのことだ。ああ、ローズおばさんったら！

グレッピン氏は、ぴっちりしたズボンにつつまれた小さな尻の下に椅子をひくと、リンネルに無造作に肘をおいた。

「話したいことがあるんですよ。重要なことです。もう何週間ものばしてきたんだ。もう待てない。恋をしてるんです。でも、それはこないだ話したな。ほら、みんなを微笑《わら》わせてあげたあの日ですよ」

椅子にかけた四人はまばたきもしない。手も動かなさい。

グレッピンは、内省的になった。彼が一家にほほえみを教えたあの日。二週間前のことだった。帰宅して食堂にはいると、一同を見て彼はいったのだ。「ぼくは結婚します！」四人はふりむいた。不意に割れた窓ガラスを見るような顔つきだ。

「あなたが、なんですって？」ローズ叔母が叫んだ。

「アリス・ジェーン・ベラードとですよ！」体をこわばらせながら、そういった。

「おめでとう」ディミティ叔父がいった。「というところかね」と、妻の顔をうかがって付け加えた。「でも、まだ少し早くないかね？」もう一度、妻の顔をうかがって、「そう。そう、ちょっと早すぎるな。まだ賛成はできないね。まだ、ね」

「この家だってガタがきているし」と、ローズ叔母。「まだ一年は修理の予定はありませんよ」

「去年だって、そういったじゃないですか。その前の年だって」グレッピン氏はいった。

「どちらにしても」と、ぶっきらぼうに、「ここはぼくの家だ」

ローズ叔母のあごがこわばった。「こんなにまでしてあげたというのに、そのわたしたちを放りだすなんて、なんと、まあ――」

「放りだしゃしませんよ。バカなことといわないでください！」腹をたてて、グレッピンはいった。

「な、ローズ――」力のない声で、ディミティ叔父はいった。

ローズ叔母は両手をおろした。「世話をしてあげたわたしを――」

その瞬間、グレッピンは四人を何とかしなければならないと決心したのだ。まずおとなしくさせ、それからほほえむことを教えて、そのあとで荷物のようにどけてしまうのだ。こんな意地悪だらけの家にアリス・ジェーンを連れてくることはできない。どの部屋に行くにも、ローズ叔母はあとについて来る。姿がないときでもついてくるような気がする。子供たちは、母親の一瞥だけで意地悪をはじめる。三番目の子供といってもおかしくない父親は、忠告をうまく並べて、独身でいることをすすめる。グレッピンは、一同を見つめた。彼の愛が、生活がどうかしてしまったのは、彼らのせいなのだ。彼らを何とかすれば――そうすれば、夜毎に見る、愛を求めて柔らかな肢体に汗をうかべた女たちの、あの熱っぽい、燐光を放つ夢も、手のとどくものになるかもしれない。そのときこそ、この家は彼の――そして、アリス・ジェーンのものとなるのだ。そう、アリス・ジェーンの。

叔父も、叔母も、それにいとこも、どこかにやってしまわなければ。急いで。今までのように、ただ出ていってくれというだけなら、ローズ叔母が色あせたにおい袋とエジスン蓄音機をまとめるうちに二十年も過ぎてしまうだろう。その前に、アリス・ジェーンのほうが行ってしまう。

グレッピンは肉切り用のナイフをとりあげると、四人の顔を見まわした。

疲れで、頭ががくんとさがった。グレッピンは、思わず目を開いた。ええ？ そうだ、考えながら、うたたねしてしまったのだ。

そのすべては二週間前におこった。二週間前のこの夜、結婚と引っ越しとアリス・ジェーンのことが話題にのぼったのだ。ちょうど二週間前。彼が四人の顔に笑みをうかばせたのも、二週間前だった。

回想からさめると、グレッピン氏は、黙りこくったまま身じろぎもしない四人に笑顔を向けた。彼らも、機嫌をとるような独特の微笑をかえした。

「ほんとに、あんたは嫌いだ。憎たらしい婆あだよ」彼はローズ叔母にあからさまにいった。

「二週間前だったら、こんなことはいえやしない。今夜は、うん、まあ――」そして振りかえると、酔ったような声で、「ディミティおじさん、こんどはこっちが忠告する番ですよ――」

よもやま話をしながら、彼はスプーンをとりあげ、空《から》の皿にのった桃を食べる仕草をした。下町のレストランで、ポーク、ポテト、パイそれにコーヒーの食事をすませていた。だが、ここでデザートを食べる仕草をするのは楽しかった。彼は噛む真似をした。

「さあて――いよいよ、あなたたちが引っ越す晩ですね。いろいろ考えて、二週間待ちましたよ。こんなに長く置いといてあげたのも、ある意味では、あなたたちをながめていたかったからかもしれません。引っ越されたら、もうぼくは——」

そこまで話したとき、彼の目が恐怖に輝いた。

「もしかしたら、夜中にやってきて、家のまわりでうるさい音をたてるかもしれませんね。それは、ご免こうむります。この家で変な音を聞きたくないんです。アリスがきたとしても……」

足元の二重カーペットは厚く音もせず、いかにもたのもしい。

「アリスはあさって引っ越して来たいといっています。結婚するんですよ」

ローズ叔母が、疑わしげに、悪意に満ちたウィンクをした。

「ああ！」とびあがって、彼は叫んだ。それから、目を皿のようにして見つめ、唇をふるわせながら椅子に崩折れた。笑って、彼は緊張を解きほぐした。「なあんだ。蠅なのか」

蠅はローズ叔母の象牙色の頬をたしかな足どりでゆっくりと進み、飛び立った。どうして、わざわざあんなときに、蠅は彼女に疑いのウィンクをさせたのか？「ぼくの結婚を信じないんですかね、ローズおばさん？ぼくが結婚できないと思っているんですか？愛の義務をつとめる能力がないとでも？女性や、女性のやり方について行けないほど未熟だというんですか？白日夢を見ているだけの子供だというんですか？おい！」首を振りながら、彼は努めて自分をおさえた。「なんだ、どうした？」と、自分にいう。「ただの蠅じゃないか。蠅が、人間の愛に茶々をいれるもんか。それとも、おばさんが蠅を使ってウィンクしたのかな？　ばかな！」彼は四人にむかって指をつきだした。「これから炉をもっと熱くしますよ。一時間もすれば、あなたがたはみんな、この家から出て行ってしまうわけだ。わかるでしょう？　そう。えらい、えらい」

外では、雨が降りはじめた。家をずぶ濡れにする、冷たい土砂降りの雨。グレッピンの顔に、いらだちの表情がうかんだ。雨の音だけは止めることができない。聞かずにはいられない。新しい蝶つがいも、潤滑油も、留め金も役に立たない。屋根から布切れをすっぽりかぶせて、音をやわらげようか？　ばかな。だめだ。雨の音をさえぎるものは何もない。静けさが、むしょうにほしかった。今までの人生で、これほどほしいと思ったときはない。音の一つ一つが、恐怖だった。それを片っぱしから消さなければ。

いらだった男のこぶしの音さながら、雨音は平たい面を叩いた。彼は、ふたたび回想にわれを忘れた。

思い出の残りが、心にうかびあがった。彼が一家にほほえみを教えた、二週間前のあの日の、それから後におこったこと……

彼はナイフをとりあげ、テーブルの上の鶏を切ろうとした。いつものとおり、一家は全員そろい、厳粛な、清教徒的な表情をうかべている。ローズ叔母の足が子供たちの笑いをけがらわしい虫のように踏みつぶしてしまうのだ。

ローズ叔母が、鶏を切るグレッピンの肘の位置のことで小言をいった。そしてもう一言、ナイフの切れが悪いと付け加えた。そうだ、ナイフの切れ味だ。そこで彼は回想をいったん止め、目をきょろきょろさせると、ひと笑いした。それから、グレッピン氏は行儀よく砥ぎ棒でナイフをとぎ、ふたたび鶏にむかったのだった。何分かして、その大部分を切ったところで、ゆっくりと目を上げ、瑪瑙《めのう》の目がついたプリンを思わせる、四人のきびしい、とがめるような顔を見つめた。しばらくそうしていたが、不意に自分の切っていたのが、皮をむかれたヤマウズラではなく、裸の女であることに気づいたようにナイフをあげ、しわがれた声で叫びだした。「どうして、あんたたちは微笑《わら》ったことがないんだ？　よし、微笑わせてやる！」

彼はナイフを持って、何回か魔術師の杖のように振った。すると、大した時間もたたないうちに——一人残らずほほえんだのだ！

彼はその思い出を二つに破り、くしゃくしゃに丸めて捨てた。元気よく立ちあがると、廊下に出、廊下から台所へ、そこから薄暗い階段をおりて地下室にはいり、暖房炉の口をあけると、火をすこしずつ器用に、みごとな炎にしあげていった。

地下室からあがると、彼はあたりを見まわした。掃除人を呼んで、空《から》の家をきれいに片づける必要がある。装飾家を呼んで、くたくたのカーテンをおろし、つやつや光る新しい生地を吊るそう。床には、新しい厚地の東洋風絨毯を敷けば、お望みの静けさは微妙に確保される。すくなくとも来月までは、静かな中で暮らしたいものだ。それが一年つづかないとしても。

両耳を手にあてがった。もしアリス・ジェーンが家の中を動きまわって騒がしい音をたてたとしたら？　音が、どうかして、どこかで！

彼は笑い出した。まったく、お笑いだ。その問題は、すでに解決している。アリスが音をたてる心配はないのだ。ばかばかしいほど単純な問題だ。アリス・ジェーンの楽しみを十分味わうことができ、その夢をぶちこわす騒ぎや不快さはいっさいない。

静けさの質をあげるには、もう一つ付け加えたいものがある。しまるドアが風に引っぱられ、大きな音をたてることがしばしばある。だからドアの上に、図書館にあるような最新式の圧縮空気ブレーキを取りつけるのだ。そうすれば、梃《てこ》がしまっても、空気のもれるかすかな音しかしない。

食堂を横切った。人影は、はじめの位置からすこしも動いていない。彼らの手はふだんの姿勢でとまっている。彼への無関心は、礼儀を忘れたからではない。

家族の引っ越しを始めるにあたって、彼は着替えのため階段をのぼった。美しいカフスから鎖をはずしたところで、彼は首をかしげた。

音楽。

はじめは気にしなかった。顔がゆっくりと天井を向くにつれ、頬から血の気がひいていった。

家の屋根から、音楽がひびいてくる。一音、また一音。彼は戦慄をおぼえた。

竪琴の糸を一本一本はじくような音色。完全な静けさのなかで、その小さな音はしだいに大きくなり、ついには途方もなく誇張されて無音の空間に狂ったようにひろがった。

手のなかで爆発がおこり、ドアが開き、同時に足は三階へかけあがっていた。締め、ゆるみ、滑り、つかみ、引っぱる手のなかで、手すりが磨きあげられた長い蛇のようにのたうった！　はじめの階段はうしろに去り、もっと長く高く暗い階段に変わった。よろめく足でゆっくりとのぼりはじめたが、いまでは全速力になっていた。たとえ、行手にとつぜん壁が立ちはだかったとしても、そこに血だらけの爪あとが刻みつけられるまで進もうとするにちがいない。

彼には自分が、巨大な鈴のなかを走るネズミのように思えた。鈴の空洞の高みで、竪琴の糸が一本ブーンとうなっている。それが彼を引き寄せ、音のへその緒で彼を捕え、恐怖に養分と生命を与え、彼をいつくしむ。恐怖が、母親ともがく赤子のあいだをとびかう。両手で接続を断ち切ろうとするが、できない。へその緒からうねりが伝わったかのように、彼は倒れ、のたうつ。

また一つ、はっきりと、糸をはじく音。そして、また。

「やめろ！」彼は叫んだ。「この家に音があるはずがないんだ。二週間前から。音はないといっただろう。だから――ありえないんだ！　やめてくれ！」

屋根裏にかけあがった。

安堵は、激情の引金をひく。

屋根の通気孔からしたたり落ちる雨の雫が、丈の高いスエーデン風のカット・グラスの花瓶にぶつかってとびちっているのだ。

彼は力いっぱい足を蹴りあげ、花瓶を破壊した。

部屋で着古したシャツとズボンに着替えながら、彼はくすくすと笑った。音楽はない。通気孔はふさぎ、花瓶は一千のかけらに砕き、静けさはふたたび確保された。

沈黙や静けさには、無数の種類がある。それぞれが独特の個性を持っているのだ。夏の夜の静けさ。それは静けさではない。幾重にも幾重にもかさなった虫の合唱と、人気《ひとけ》のない田舎道に寂しく吊るされた電灯が、貪欲な夜の暗闇に弱々しい光の輪を投げながら、ゆっくりと揺れる音――夏の夜の静けさが、本当の静けさであるには、聞き手の怠惰と不注意と無関心が必要だ。そんなものが、静けさであるはずはない！　そして冬の静けさ。しかし、それは閉じこめられた静けさだ。春の最初のうなずきに、たちまち爆発する。すべてが押さえつけられ、飛び立つ日も近いという感じを宿している。そこでは静けさ自体が音となる。凍結は完璧で、あらゆるものがチャイムとなり、真夜中のダイヤモンドのような大気のなかに吐く息の一つ一つが、口にする言葉の一つ一つが爆発となる。そう、そんなものを静けさとは呼べない。別の種類では、たとえば――恋人同士のあいだの沈黙。言葉を必要としないとき。頬に色がさし、彼は目をふせた。それは、すばらしい沈黙にちがいない、たとえ完全ではないにしても。なぜなら、女というものは、少しばかりの圧迫を、あるいは圧迫のなさを、すぐぶつぶつ口に出して沈黙を破るからだ。彼は微笑した。だが、アリス・ジェーンに関するかぎり、その心配はない。あらゆることに気を配った。すべてが完全なのだ。

ささやき。

バカみたいに奇声をあげたのを、近所の人びとに聞かれなかっただろうか、と彼は思った。

かすかなささやき。

さて、静けさのことだが……最高の静けさは、個人、つまり、ここでは彼自身が作りだすものにちがいない。結晶のつながりがこわれないように、電気虫が鳴かないように――人間の心はあらゆる音、あらゆる事態に対処できる。そのような完全な静けさが達成されたときには、手のなかで細胞が組みあわされる音さえ聞こえるかもしれない。

ささやき。

首を振った。ささやきなど聞こえない。家のなかにいるのは、彼ひとりだからだ。汗がじとじとと流れだす。あごがゆるみ、目は眼窩の束縛を逃れる。

ささやき。低い話し声。

「結婚するといったでしょう」弱々しく、無気力に、彼はいった。

「嘘をいって」というささやき。

あごを胸元におろし、首をつったような恰好で、頭をかたむけた。

「名前はアリス・ジェーンって――」柔かな、湿った唇のあいだから、それをいう。言葉が形にならない。姿のない客にまばたきで暗号を送りだすかのよう、片方の目蓋が上下した。「とめようったって、どうにもなりませんよ。愛しているんだから――」

ささやき。

彼はやみくもに一歩踏み出した。

隅にある通気孔の格子までやってくると、片足のズボンの裾がゆれた。暖かい風が、裾を丸くひろげた。ささやき。

暖房炉だ。

階下へ行く途中、おもてのドアをノックする音が聞こえた。

彼は身を引いた。「どなたですか？」

「グレッピンさん？」

グレッピンは息をのんで、「はい？」

「入れてくれませんか？」

「どなたです？」

「警察ですよ」外の男はいった。

「ご用は？　食事をするところなんですよ！」

「お話ししたいのです。となりのかたから電話がありましてね。あなたのおじさんやおばさんに、もう二週間も会ってないと聞いたものですから。ちょっと前に、音が――」

「なんでもありません」彼は笑いをしぼりだした。

「それなら」外の声はつづいた。「気楽にお話しできるでしょう。あけていただければいいのです」

「すみませんがねえ」グレッピンはいいはった。「疲れて、おなかがへってるんです。あした来てください。あしたなら、お話しします」

「こちらにも考えがありますよ、グレッピンさん」

彼らはドアをたたきはじめた。

グレッピンはぎごちなく機械的に踵《きびす》をかえすと、廊下の冷えきった時計の前を通りすぎ、無言で食堂へはいった。だれともなく見ながら、自分の席に腰をおろすと、はじめはゆっくりと、やがて早口で話しだした。

「ドアの外にうるさいのがいるんです。ローズおばさん、あなたが話してください。行ってしまうようにいってください。食事どきでしょう？　みんな食べていて、そのまま楽しそうにしていれば、はいって来ても、すぐ行ってしまいます。ローズおばさん、話してくれるんでしょうね？　さあて、いよいよおこることがおこったから、みんなに話します」

熱い涙が二、三粒、何の理由もないのに流れ出た。それが、白いリンネルに落ち、ひろがって消えるのを見つめた。「アリス・ジェーン・ベラードという女の子なんか知らないんですよ。アリス・ジェーン・ベラードなんていう名前は、聞いたこともないんだ！　みんな――みんな――どういったらいいかわからない。愛してる、結婚したいっていったでしょう？　そういえば、みんなも微笑《わら》ってくれると思って。そうですよ、みんなのにこにこした顔が見たかったんだ。理由はそれだけですよ。恋人なんかできるはずがない。そんなことは、何年も前からわかっていたんだ。ポテトをこちらにください、ローズおばさん」

正面のドアがめりめりと破れて倒れた。重い、こもった足音が廊下で聞こえた。食堂にためらい。

警官たちが乱入してきた。

警部があわてて帽子をとった。

「あ、これはどうも」彼は詫びた。「食事中のところをお騒がせするつもりは——」

警官たちが急にとまったため、部屋がゆれた。その勢いで、ローズ叔母とディミティ叔父の体がカーペットの上にのめりこんだ。そこに横たわった二人の喉の耳元から耳元にかけて、半月形の傷口がパックリと開き——それが、テーブルにかけたままの二人の子供も含めて、あごの下に微笑のおそろしい幻影をつくっている。遅すぎた到着を迎え、単純な表情ですべてを語る、切り裂かれたほほえみ……

死の遊び

「死んじまえ！」十六人の少年少女は、教室のマイクルにかけより、まわりを取りかこむなり叫んだ。マイクルは悲鳴をあげた。休み時間は終わったが、しだいに生徒の増えてくる教室に、ハワード先生の姿はまだ見えない。「死んじまえ！」十六人の少年少女は群がり、押しあい、荒々しく息をしながら窓をあけた。歩道から三階の高さ。マイクルは抵抗した。

十六人はマイクルの手足をつかみ、窓の外に押しだした。

ハワード先生が教室に入ってきた。「待ちなさい！」彼は叫んだ。

マイクルは三階から転落した。マイクルは死んだ。

これには何の処置もとられなかった。警官は雄弁に肩をすくめた。みんな歳《とし》は八つか九つですからねえ、どんなことをしでかしたかわかっているかどうか、というわけ。

ハワード先生の神経衰弱はその翌日からはじまった。もう絶対に学校へは行かない！というのだ。「でも、どうして？」友人たちはきいた。ハワード先生は答えなかった。黙りこくったまま、目におびえた光を宿しているだけだった。のちに彼はこう語ったという、もし本当のことをいえば、狂人と思われるにきまっている、と。

ハワード氏はマディスン・シティを出た。彼は近くの小都市、グリーン・ベイに移り住み、七年間そこで詩や小説を売りながら暮らした。

結婚はしなかった。何人かの女性とつきあいはしたが、彼女たちが望むのは、いつも——子供だったからである。

不本意な引退から七年後の秋、ハワード氏の親友で教師をしている男が、病気になった。適当な代任がいないため、ハワード氏が呼ばれ、説得されることになった。期間はわずか数週間。ハワード氏はしぶしぶ仕事をひきうけた。

「ときどき」九月のその月曜の朝、ハワード氏は教室の通路を歩きながらいった。「ときどき、わたしは本気で思うことがある。子供は異次元からの侵入者ではないか、とね」

立ちどまった彼の輝く黒い瞳は、聴衆の小さな顔を一つ一つながめた。片手はうしろでにぎりしめられていた。もう一方の手は、青白い生きもののように服の折り襟をのぼりおりした。それは、しばらくのちまたのぼってきて、今度は紐のついたメガネをもてあそんだ。

「ときどき」ウィリアム・アーノルドを、ラッセル・ニューウェルを、ドナルド・バワーズを、チャーリー・ヘンクープを見て、彼はつづけた。「ときどきわたしは、子供というのが地獄から追いだされた小怪物ではないかと思うことがある。悪魔でも、手におえなくなったのだ。子供の野蛮な性根を叩きなおすためなら、何をやってもかまわないとさえ思っているよ」

彼の話の大半は、アーノルド、ニューウェル、バワーズとその仲間たちのきれいな耳、きたない耳をすどおりした。しかしその声には、聞いているものをおびえさせる何かがあった。少女たちは座席にそっくりかえり、おさげの髪をかばっている。ハワード氏がそれを鐘の綱のように引っぱって、悪の天使を呼びだすのではないかとおそれているのだ。全員が、催眠術にかかったように彼を見つめていた。

「きみたちは、まったく別の種族だ。きみたちの動機、きみたちの信念、きみたちの不従。きみたちは人間ではない——子供なのだ。だから、おとなと呼ばれるようになるまで、きみたちには特権を要求する権利も、目上のものに異議をとなえる権利もない」

彼は言葉を切ると、塵一つない整頓されたデスクのうしろにある椅子にきゃしゃな尻をおちつけた。

「きみたちの世界は幻想でも」陰気に顔をしかめながら、彼はいった。「ここには幻想はないのだ。もうすぐそれを知ることになるだろう。きみたちの手にある定規は、夢でもなければ、妖精の飾りでも、ピーター・パンどもの冒険でもないことをな」彼は鼻を鳴らした。「こわがらせてしまったかな？　そうか。よし！　上々だ。きみたちをこわがらす必要がある。わたしは、おたがいの立場というものをきみたちに教えたかっただけだよ。忘れるな、わたしはきみたちなんぞ恐れていない。ぜんぜん」彼の手は震えていた。全員の視線を浴びて、彼は椅子にもどった。

「おい！」彼の目は教室の一個所にとんだ。「そこの二人、何をひそひそ話している？　妖術の相談か？」

小さな少女が手をあげた。「ヨウジュツって何ですか？」

「それは、アーノルドくんとバワーズくんがひそひそ話の内容を説明してくれたあとで、話すとしよう。どうだ？」

ドナルド・バワーズが立ちあがった。「この先生はいやだ、そういっただけです」少年は席についた。

ハワード氏は眉をつりあげた。「わたしは真実、率直が好きだ。正直にいってくれて、わたしはうれしい。しかしまた、わたしは軽々しい反抗でも容赦しない。きみたち二人は放課後、学校に残って、黒板のふき掃除をしなさい」

放課後、秋の落葉が舞いおちる道を帰る途中、ハワード先生は四人の生徒に追いついた。彼は杖で歩道を鋭くたたいた。「おい、きみたち何をしている？」

少年二人と少女二人は、まるで肩を杖でたたかれたようにびくりとした。「ああ」四人の口から同じ声が漏れた。

「さて」ハワード先生はいった。「説明してくれたまえ。わたしが来たとき、ここで何をしていた？」

ウィリアム・アーノルドがいった。「毒遊びをしていました」

「毒！」ハワード先生の顔がゆがんだ。そこには計算された皮肉があった。「毒ねえ、毒、毒遊びか。ま、いいだろう。それで、どうやって遊ぶんだね？」

ウィリアム・アーノルドが不承不承かけだした。

「もどってきなさい！」ハワード先生は叫んだ。

「これから見せてあげるんですよ」少年はいい、歩道のセメント・ブロックの上をとんだ。「遊びかたを。死んだ人がいたら、いつもその上をとびこすんです」

「そりゃあ、そうだろう」

「もし死んだ人の墓の上にとびおりると、毒がかかって倒れて死ぬんです」こざかしげに、イザベル・スケルトンが説明した。

「死んだ人、お墓、毒がかかる」ハワード先生はあざけるようにいった。「どこから、そんなことを考えついたんだね？」

「これ」クララ・パリスが算数の教科書で指し示した。「この四角い石に、死んだ人の名前が二つ書いてあるんです」

「ばかな」横眼で見おろして、ハワード先生はいい返した。「これは、このセメント舗道を請負ってつくった人の名前じゃないか」

イザベルとクララは驚きの声をあげ、とがめるように二人の少年を見た。「墓石だなんて嘘ついたのね！」二人はほとんど声をそろえて叫んだ。

ウィリアム・アーノルドは足元に目をやった。「うん。そうだよ。そう思ったんだよ。いいじゃないか、そんなこと」彼は目をあげた。「もう遅いや。おれ、帰らなくちゃあ。行くよ、もう」

クララ・パリスは歩道に刻まれた二つの小さな名前を見た。「ケリイさんとテリルさん」彼女は名前を読んだ。「では、これはお墓じゃないんですか？　ケリイという人もテリルという人も、ここには埋まっていないんですか？　だからいったでしょ、イザベル」

「そんなこといわなかったわ」イザベルはふくれた。

「意識的な嘘だ」ハワード先生はいらだったように杖で歩道をたたいた。「第一級の欺まん行為だ。たいへんなことをしたな。アーノルドくん、バワーズくん、今後二度とこういうことはしない。わかったな？」

「わかりました」少年たちはもぐもぐといった。

「大声で！」

「わかりました」

ハワード先生は威勢よく向きをかえて立ち去った。ウィリアム・アーノルドは、その姿が見えなくなるまで待って、いった。「鳥があいつの鼻のてっぺんへ何かおっことしてくれるといいのになあ――」

「クララ、続きをしましょうよ」イザベルが明るい顔でいった。

クララは口をとがらした。「あいつのおかげで、だいなしだわ。あたし、帰る」

「うわっ、毒だ！」ドナルド・バワーズが歩道に倒れ、愉しそうに泡を吹いた。「ちくしょう、毒にやられた！　グァーッ！」

「何よ」クララはおこったようにいい、走り去った。

土曜の朝、玄関の窓から外をのぞいたハワード先生は、イザベル・スケルトンが歩道にチョークで線を描き、その上をとびながら単調な声で歌っているのを見て、悪たいをついた。

「やめないか！」

とびだした勢いで、彼はイザベルを歩道につきとばしそうになった。彼は少女をつかむと激しくその体をゆさぶり、やがて手を離して、少女とチョークの線の上に立ちはだかった。

「石けりをしてただけです」両手で顔をおおって、彼女はすすり泣いた。「そんなことは知らん、ここで遊ぶんじゃない」彼はかがむと、ハンカチでチョークの線を消した。「まるで魔女だ。五芒星形《ペンタグラム》。押韻、呪文。それも無邪気そうに見せておいて。なにが、無邪気だ、この小鬼め！」なぐりそうな剣幕でのしかかったが、そこで思いとどまった。イザベルは泣きながら逃げた。「行け、馬鹿者！」怒り狂って彼は叫んだ。「逃げて、仲間に、失敗したと告げてこい。何かほかの手を考えださなきゃならんさ！　わたしがその手にのると思うか、ばかな！」

彼は大股に家に入ると、強いブランデーをグラスに注いで飲みほした。その日いっぱい、彼の耳にはかんけりやかくれんぼをしている子供たちの声が聞こえていた。馬とび、玉投げ、コマ、おはじき。茂みや木蔭のいたるところにいる小さな怪物たちの物音で、彼は休息をとることさえできなかった。「あと一週間もこれがつづいたら、おれは気が狂ってしまう」彼は痛む頭に手をやった。「神さま、人間はどうして、おとなのまま生まれてこないのでしょう？」

そして一週間。彼と子供たちのあいだの憎しみは深まった。みるまに憎悪と恐怖はふくれあがった。いらだち、些細なことでのかんしゃく、そして——子供たちは沈黙して待った。リンゴの木にのぼり、熟しすぎたリンゴをほおばりながら。やがて、秋のメランコリックな香りが町を包み、日は短く、夜は長くなった。

「だが、やつらに何もさせはせんぞ、させてたまるものか」グラスにブランデーを注いでは飲みほしながら、ハワード先生は思った。「ばかばかしいことだ。何の意味もない。もうすぐここから出られる――やつらの巣から。もうすぐ――」

窓に、白いどくろが見えた。

木曜日の夜八時。今週もまた、怒りの爆発と、叱声ばかりの長い週だった。彼は始終、家の前の送水本管工事現場から子供たちを追い払っていなくてはならなかった。工事現場や隠れ家、導管や溝ほど子供たちのお気に入りはない。人さえいなければ、彼らは新しいパイプの埋まっているその穴を出たり入ったりしている。しかしさいわい、工事は終わった。明日には人夫がやってきて、土を盛り、新しいセメントを上に敷くだろう。しかし今は――

窓から、白いどくろがのぞいているのだ！

子供の手がガラスのそばでそれを支えて動かしているに違いない。くすくす笑いも外から聞こえる。

ハワード先生は家からとびだした。「おい、きみたち！」彼は、逃げようとする三人の少年のまん中にとびこんだ。そしてどなりちらしながら、三人を追ってかけだした。通りは暗かったが、人影が前方で動くのは見えた。彼らは跳躍したように見えたが、その理由に気がついたときには遅すぎた。

とつぜん、彼の下で大地が穴をあけていた。彼は転がり落ち、埋めてあった水道管をもろに頭にうけて穴の底でへたばった。消えてゆく意識は、雪崩のようなものを感じていた。彼の落下によってひきおこされたそれは、冷たい、湿った、小粒の土を滝のように数かぎりなく降らし、ズボンを、靴を、上衣を、背中を、首筋を埋め、口を、耳を、目を、鼻孔をつまらせていた……

ナプキンに卵をつつんだとなりの奥さんが、その翌日、ハワード先生の家のドアを五分間ノックしつづけた。最後に思いきって中に入った彼女は、日光に照らされて漂うわずかばかりの敷物のほこりと、人気のない廊下、石炭と焼塊《クリンカー》のにおいのする地下室、ネズミとクモと日にあせた手紙しかない天井裏の小部屋を見ただけだった。「変なこと」それ以後、何年か口ぐせのように彼女はいった。「あのハワードさんが急にいなくなるなんて」

鈍感なおとなたちは、秋が来るたびに子供たちがオーク・ベイ・ストリートで〝毒〟遊びをするのに何の注意も払わなかった。子供がある一つの四角いセメントをとびこえて、ふりかえり、その上に刻まれたこんな文字を読んだときも……

「M・ハワード――R・I・P（その眠りの安らかならんことを）」

「ハワードってだれ？　ビリー」

「うん、きっとセメントを敷いた人だよ」

「じゃ、Ｒ・Ｉ・Ｐは？」

「そんなこと知るかい。その下は、毒だぞ！　毒がかかった！」

「さあ、行きなさい、行きなさい、さっさと。おかあさんが歩くのに邪魔よ！」

時の子ら

風が、四人の紅潮した顔から長い年月を吹きとばした。

タイム・マシンはとまった。

「一九二八年」とジャネットがいった。二人の少年は彼女の肩越しに目をやった。

フィールズ先生が身じろぎした。「いいかね、きみたちは古代人の行動を観察するために、この時代に来たのだ。研究心を発揮し、理性をもって観察しなさい」

「はい」きちんとしたカーキ色の制服を着た、少女と二人の少年はこたえた。三人とも同じ髪型で、同じ腕時計をし、同じサンダルをはき、同じような髪の色、目、歯、肌をしているが、血のつながりはない。

「しっ！」とフィールズ先生がいった。

彼らは、春を迎えたイリノイ州の小さな町をながめた。早朝の通りには、ひんやりする霧がおりていた。

道のはずれから、ひとりの小さな少年が、まっ白なクリームのような月の最後の光をうけて、走ってくる。どこか遠くで、大時計が午前五時を打った。ひっそりした芝生にテニス・シューズの跡を残して、少年は目に見えないタイム・マシンのそばまでやってくると、家々の高く暗い窓の一つに向かって叫んだ。

窓があいた。またひとりの少年が、屋根を伝わって地面におりたった。二人はバナナを口にほおばって、暗い冷たい朝の中にかけて行った。

「あとを追いなさい」フィールズ先生がささやいた。「生活様式を研究するのだ。早く！」

ジャネットとウィリアムとロバートは春の冷たいアスファルトの上を走った、まどろむ町を抜け、公園を抜けて。三人の姿は、もうだれの目にも見えた。周囲では明かりが一つ一つ消え、ドアがカタンとあいて、子供たちがあるいは一人であるいは一団となって家からとびだし、丘を下り、にぶく光る青い線路めざして走ってゆく。

「来たぞ！」夜が明けないうちから、町は子供たちでいっぱいになっていた。光る線路のはるか遠くに、小さな明かりが見え、それから数秒後には雷鳴のような蒸気の音が聞こえてきた。

「なあに、あれ？」ジャネットが頓狂な声できいた。

「汽車だよ、バカ、写真を見たじゃないか！」ロバートが大声でいった。

時の子供たちが見守る前で汽車はとまると、中から途方もなく大きい灰色の象が現われた。それは、すごい勢いで放尿するとアスファルトに湯気を立ちのぼらせながら、冷たい朝の空へむかって長い鼻を疑問符のかたちに高々とあげた。赤や金色の大きな馬車が、貨物台からおろされた。暗い檻の中では、ライオンが行きつ戻りつしながら吠えている。

「まあ——これ、きっと——サーカスじゃない？」ジャネットがふるえながらいった。

「そう思うかい？　こんなの見たことないよ、どうなっちゃったんだろう？」

「クリスマスと同じさ。ずっと昔になくなったんだ」

ジャネットはあたりを見まわした。「まあ、気味がわるいわ」

少年たちは呆然と立ちつくしていた。「ほんとだ」

夜明けの薄明かりの中で、男たちが叫んでいた。寝台車が近づき、その窓から、眠そうな顔が目をぱちくりさせて子供たちを見つめた。馬のひづめが、アスファルトに落下する石のように鳴りわたった。

とつぜん、フィールズ先生がうしろに立っていた。「見るに忍びないね。野蛮で。動物を檻に入れて飼うなんて。もしこんなものが来ることを知っていたら、決してきみたちを来させなかっただろう。おそろしい祭りだ」

「ええ」しかし、ジャネットの目には疑いの色があった。「でもウジの巣みたい。研究したいわ」

「わからないな」ロバートがいった。彼の目はあちこちへとんだ。指がふるえていた。

「まるで気ちがいじみてるよ。これで論文を書いたらどうだろう？　フィールズ先生が許可してくれたらだけど……」

フィールズ先生はうなずいた。「こういうものに興味を持ってくれるとはうれしいね。動機をさがして、この恐怖を研究するんだ。よし——きょうの午後はサーカスを見に行こう」

「きっと気持が悪くなるわ」ジャネットがいった。

タイム・マシンがうなりをあげた。

「あれがサーカスなのね」ジャネットが厳粛にいった。

トロンボーンの饗宴がとだえた。彼らが最後に見たのは、メリケン粉のおしろいを塗りたくった道化師がはねまわり、はしゃいでいる上で、ブランコをゆすっている、ピンクの菓子のようなタイツを着た曲芸師たちの姿だった。

「どう考えても、思考ヴィジョンで見たほうがいいよ」ゆっくりと、ロバートがいった。

「あの動物のにおい、興奮」ジャネットは目をしばたたいた。「子供にはよくないんでしょう？　それから、子供たちといっしょにいた、おとなたち。父とか、母とかいう人たち。

変だわ」

フィールズ先生は、クラスの成績表に何か書きこんだ。

ジャネットは放心したように首をふった。「もう一度、見たいわ。動機がちょっとピンと来ないの。朝もう一度、町の中を走ってみたいわ。顔に冷たい風があたって——足にかたい歩道がふれて——サーカス列車が町にやってくる。子供たちが起きて、汽車を見に行くのは、あの空気と朝のせいかしら？　もう一度、パターンをそっくり再追跡してみたい。どうしてあんなにはしゃいでるんだろう。答えを見逃してしまったような気がするのよ」

「みんな、よく笑っていたね」ウィリアムがいった。

「躁鬱症さ」ロバートがいった。

「夏休みというのは何ですか？　みんなが話していたけど」ジャネットはフィールズ先生を見た。

「彼らは夏のあいだ、白痴のように友だちを追いかけまわし、殴りあいながら暮らすんだよ」真剣な顔で、フィールズ先生は答えた。

「ぼくらはいいな、毎年、政府が計画した勉強プランに従って生活するんだから」空《くう》を見つめたまま、小声でロバートがいった。

タイム・マシンはふたたびとまった。

「七月四日、独立記念日だ」フィールズ先生がいった。「一九二八年。人びとが、おたがいの指を火薬で吹きとばしあった、古代の休日だよ」

一行は同じ通りの同じ家の前に立った。しかし、季節は夏、時間はおだやかな夕暮れどきと変わっていた。花火の輪がシューシューいいながら回っている。おもてのポーチでは、子供たちが笑いながら、バーンと破裂するものをほうり投げていた。

「逃げてはいけない！」フィールズ先生が叫んだ。「これは戦争じゃないんだから、こわがらなくてもいいんだ！」

しかし、ジャネットの顔も、ロバートの顔も、ウィリアムの顔も、炎の泉の光を受けて、今はピンクに、今はブルーに、今は白にと絶えず色を変えていた。

「だいじょうぶです」身じろぎせず立ったまま、ジャネットがいった。

「さいわいなことに」とフィールズ先生がいった。「花火は一世紀前、禁止になった。危険な爆発物はいっさいなくなったんだ」

子供たちは妖精のように踊りながら、暗い夜の中に花火で自分たちの名前や運命を書きつづっていた。

「あれ、やってみたいわ」ジャネットが小声でいった。「空気の中に、名前を書くのよ。ね。おもしろそうじゃない」

「え？」フィールズ先生はきいていなかったらしい。

「なんでもありません」ジャネットはいった。

「バーン」ウィリアムとロバートがつぶやいた。おだやかな夏の木かげに立って、美しい夏の芝生の中で明滅する、赤、白、緑の火を見つめながら、二人はつぶやいていた。「バーン！」

十月。

それから一時間後、タイム・マシンは紅葉の季節でとまった。これで、旅は終わるのだ。人びとがかぼちゃやとうもろこしの毛を持ち、薄暗い家の中へぞろぞろはいってゆく。骸骨が踊り、コウモリがとび、ロウソクには火がともり、だれもいない家のドアの前にはリンゴがゆれていた。

「万聖節前夜《ハロウィーン》だ」フィールズ先生がいった。「ここで恐怖は頂点に達する。知ってのとおり、この時代は迷信の時代なのだよ。このあと、グリム兄弟、幽霊、骸骨とかそういうでたらめは、みんな禁止になった。きみたちが影や幽霊を恐れずに住めるようになったことに、感謝の気持を持たなければならない。それに、ウィリアム・C・チャタートン生誕記念日とか、労働記念日とか、機械記念日のように、ちゃんとした祭日だってあるのだから」

一行は、さむざむとした十月の夜の、同じ家の近くを歩いた。そして、三角の目をしたカボチャや、暗い屋根裏部屋から、湿った地下室からにらむ仮面をながめた。いま家の中では、招待された子供たちがすわって話に興じ、笑っている。

「中にはいってみたい」ジャネットがとうとういった。

「社会学の勉強にかい？」二人の少年がいった。

「ちがうわ」

「え？」フィールズ先生がいった。

「なんでもありません。中にはいってみたいっていったんです。ぜんぶ見たいんです。ここにいて、ほかのところへなんか行きたくありません。花火と、かぼちゃと、サーカスでいいんです。それから、クリスマスと、バレンタインと、七月四日と。いままで、見てきたみたいなことをしたいんです」

「いったい、どういうことに……」フィールズ先生はいいかけた。

しかし、とつぜんジャネットは消えていた。「ロバート、ウィリアム、もどるんだ！」彼女は走った。少年たちも後を追ってかけだした。

「とまれ！」フィールズ先生は叫んだ。「ロバート！　ウィリアム、さあ、つかまえたぞ！」彼はいちばん遅れていた少年をつかまえたが、残りは逃げてしまっていた。「ジャネット、ロバート――もどりなさい！　七年生を終えることができなくなるぞ！　落第するぞ、ジャネット、ボブ――ボブ――」

十月の風が荒々しく通りを吹きすぎて、悲しげに騒ぐ木立の中に、子供たちといっしょに消えた。

ウィリアムはもがき、けとばした。

「だめだ、きみにそんなことはさせんぞ、ウィリアム。いっしょに、わたしと帰るんだ。あとの二人には、一生忘れないような教えをたたきこんでやる。過去にいたいのなら、そうさせてやるさ」フィールズ先生は、町中の人びとに聞こえるような大声でどなった。

「ようし、ジャネット、ボブ、この恐怖の時代にいろ、この混沌の中で暮らせ！　一、二週間もすれば、めそめそ泣きながら、もどってくることはわかっているんだ。だが、わたしはいないぞ！　この世界で気が狂うがいい！」

彼はウィリアムを連れて、急ぎ足でタイム・マシンにもどった。少年は泣いていた。

「もう、ここへ連れてこないでください。現地調査なんかしたくありません、お願いです、フィールズ先生、お願いです……」

「静かに！」

一瞬の間だった。タイム・マシンは未来へと進みはじめていた。地下の蜂の巣都市《ハイヴ・シティ》へ、金属の建築群へ、金属の花へ、金属の芝生へ、と。

「さようなら、ジャネット、ボブ！」

十月の冷たい風が、水のように町を流れすぎた。そして、風がやんだときには、子供たちはみんな、招かれた子も招かれなかった子も、仮面をかぶった子もかぶっていない子もみんな、どれかの家々につつみこまれていた。もはや、夜の通りを走っている子供はひとりも見えなかった。木々のはだかのこずえで、風がすすり泣いていた。

そして大きな家の中、ロウソクの火の下では、だれかが冷やしたリンゴ酒を、だれかれかまわず、そこにいる子供みんなに注いでまわっているのだった。

全額払い

火星の大洋の底にすわる三人の男。小さな銀色のロケット船からおりたった三人の男。身震いのおさまらない、すさみきった三人の男。ウィスキーがかれらの喉を灼く。冷や汗を流し、身を震わせ、泣き叫ぶ。ロケットは動かない。火星の運河の水は、石の堤のあいだで、黒くひっそりと静まっている。

かれらは酒を飲みほした。火星の星空の下、

「原爆に！」

「火星に」

「地球に」

かれらは新しい壜をあけた。

「こなごなに砕け、永遠に消えさった、かの古き良き美しき地球に乾杯」ジョーンズが叫んだ。

「おれと結婚してくれ、ウィリアムズ」と、コンフォートがいった。「おれの女房になってくれ。きっとおれたちは、仲のいい……」

「うるさい」

「結婚してくれよ。はじめから文明をやりなおそう」

「すわれ！」

コンフォートは腰を落とすと、泣いた。

コンフォートはこぶしを手の平にぶつけ、指の涙をすばやく激しくこすった。ほんの六時間前まで、ジョーンズとウィリアムズとかれは、地球に帰るロケットに糧食を積みこんでいたのだ。かれらは、火星に残った最後の人間だった。かれらは、地球の核戦争が宇宙ラジオの伝えるほどひどいものか半信半疑だったのだ。そのことで冗談をとばしあったりした。一ヵ月もするうちにはニューヨークに帰って保養気分だと思っていたのだ。

そのとき――空の一郭で、強烈な青い閃光がひらめいた。

そして、新しい小さな太陽となって燃えさかる地球は、地平線の下に沈んだ。

かれらは、そのあと、すぐ酒を飲みだした。

そして今、時間と夜に、燃える地球と恐怖に、ウィスキーと悪夢にしびれたようになって、かれらはこうしてすわっているのだった。

空《くう》を見つめたまま、ジョーンズは酒をぐいと飲んだ。「乾杯、アリスと妹と兄貴のハーブのために。それから、おばあちゃんと親父とお袋と――」かれは口をつぐんだ。「ミルウォーキー動物園に乾杯」コンフォートはひっそりと笑った。「イリノイ州メリン・タウンの歩道で、おれがせっせとわきにどけた雪に、乾杯。それから、一九六八年四月の、カリフォルニア州ヴェニスのスパゲティ・レストランに乾杯――」

「スタンリー大統領に、カウォレフスキー首相に、バリントン＝スミス首相に。世界中の原子に。ワナムーク・クリークという原子と、ノース・ウッズでおれがフライにした鱒の原子に、乾杯。あそこで夜、目をあけてじっと耳をすましていたとき、木々のあいだを吹いていった原子に、乾杯。ありとあらゆる原子に、乾杯」ウィリアムズがいった。

ジョーンズがいまいましげにいった。「ちくしょうめ！　おれにできることはなかったのか」かれは、目が涙でいっぱいになるまで、空を見あげていた。「何かしなきゃ、何か巻きかえしの方法があるはずだ。何か、何でもいい！」

「おれだって！」ウィリアムズは壜をたたきわった。

「なんにもあるものか」目をとじたまま、コンフォートがつぶやいた。

「だが、やらなきゃ、やらなきゃ！」

一分ほどして、火星人が現われた。

火星人はたったひとり、海の底を歩いてやってきた。かれは黄色い電気の明かりの下で足をとめた。かれは青銅色の仮面をかぶっていた。その中で、目がブルー・ダイアモンドのように光っていた。

「おい」ウィリアムズがよろめく足で立ちあがった。

「おれは気が変になったのかな。だれかいるのが見えるぞ！」

ほかの二人も、それを見ていた。

火星人はかれらに挨拶した。言葉はない。考えだけが、あった。それらは吐きだされた息のように、空中をただよってきた。

コンフォートが片手をのばした。「こいつ、本物だ。さわれる！」

青銅色の仮面はうなずいた。考えが、三人の頭があるあたりの宙をただよった。

「わたしはイーオと申します」

「じゃ、火星人はほんとうだったんだ！」三人の男は呆然としていた。

仮面は向きを変えた。「あの高い山にある町に、わたしたちは一千人ほど生き残っています。月が十回満ち欠けする前、あなたたちの船のくるのが見えました。それらが、つぎつぎと空へもどっていくのも見ていました。わたしたちは、みんなが行ってしまうのを待っていたのですが、今朝、空が燃えるのを見て、ここにやってきたわけです。あなたたち、最後の三人を保護してさしあげたいのです」

「保護するって！」ウィリアムズがどなった。「行きやがれ、おれたちだけでたくさんだ！」

「ですが――」ジョーンズがいった。

「心配ご無用」ウィリアムズはいった。「どうして、もっと前にこなかったんだ？　ひきょう者。こわかったのか？　震えて隠れてやがったんだ。そうだよな？　コンフォート。な？　ジョーンズ」

「そうさ」

「何がこわかったんだ？」ウィリアムズは千鳥足で火星人のまわりを歩くと、細い体をつつむ青い絹をつまみ、すばやく上から下までながめた。「おれたちをか？　土星に誓って、そうだろうさ！　おれたちは、地球なんだ！　地球人なんだ。この宇宙に並ぶもののない強大な種族なんだ！　どこにいたってそうなんだ。どこかにいるとすればだがな、怪しいもんだが！　きさまらは何だ？」彼は鼻を鳴らした。「男なのか、女なのか？　仮面の下の顔を見ようじゃないか。仮面をつけて歩きまわってやがるやつを見ると、むしゃくしゃする！」

火星人はあとずさりした。「あなたたち生存者を助けに来たのです」

「どうしておれたちの言葉がしゃべれるんだ？　テレパシーか？　何カ月も隠れていやがって、おれたちの心をのぞいていたのか？　そうだろうさ！」ウィリアムズは吐きだすようにいった。「いいか、おれたちはおまえらのために生き残ったんじゃないんだぜ。おれたちは、分別もある、大学卒の紳士なんだ。お恵みなんかいらん！」

「では、わたしたちがしてあげられることはない、と？」

「行けよ」コンフォートがいった。「おれは気が滅入ってるんだ」

「それだけじゃない」ジョーンズは汗ばんだてのひらにこぶしを打ちつけた。「頭にきて、むかむかしてるんだ。口ではいえんほどな。おれをおこらすんじゃないぜ」

コンフォートは考えた。こんなことをしてはいかん。何かしでかしそうだ。何か悪いことを。とめなければ。おれたちは気が変になっている。火星人なんかいるはずがない。おびえて、おこって、打ちひしがれていたため、こんなものをつくりあげてしまったんだ。

「もう止めよう、そうして――」

火星人の両手が動いた。

「わたしたち火星人も、そういう時代に苦しみました。そして、知恵を学びました。原子爆弾がわたしたちを滅ぼす前に、それらを廃棄したのです。今、わたしたちは生きのび、図書館や町やモザイクや噴水――」

「自慢するじゃないか、え？」ウィリアムズは拳銃のホルスターを手ではたいた。「体に似合わずでかいことをいうんだな。あんまり変なことをいわんほうがいいぜ。おまえらはこうして生きている。おれたちの仲間はもういない。おまえらは一千人生き残っているが、おれたちはみんないなくなった。そういうことをいうのは、身のためにならないぜ、この

「――」

「冷静に考えましょう」火星人は静かにこたえた。「文明や惑星の興亡、幸運なものもあれば、そうでないものもあります。武器はいけません。火星では、もう一万年も武器というものは使われていません」

「行きやがれ」ウィリアムズがいった。

かれらはいらだち、体をほてらせていた。口はぴくぴく震え、目はまばたきをくりかえした。

火星人は肩をすくめた。「いつでもいらして、わたしたちの町に住んでください。すてきな場所です。バラや宝石や、今まで山の中に隠れていたありとあらゆる色が、危険が去ったので、今夜はじめて光の中にうかび出るのです。わたしたちの宝石のような町を、ぜひごらんになってください。緑の芝生や、さわやかな大気の中に霧のように湧きあがる噴水や、青いモザイク張りのプロムナードを笑いながらかける子供たち、中庭でワインをくみかわす人びと、輝くばかりに美しい女たち、青銅のマスクを着けたハンサムな男たち、音楽……こういうものをぜひ見てください」

コンフォート、ジョーンズ、そしてウィリアムズは、顔をこわばらせ、ぎごちなく足を踏みだした。

火星人は、地名をいろいろと並べた。一瞬も止むことなく、さまざまな色のインクがまじりあって湧きだす泉を見てほしい。燃えながら、変化しつづける炎の絵を見てほしい。水晶の塔にのぼって、そこに一千年も昔からこれからのちも永遠に咲き乱れる花、まっ白い子供たちのように可憐で繊細で暖かい花を見てほしい。五万年の昔に作曲され、銀線と風と思い出と陶器の笛で奏でられる音楽を聞いてほしい……

三人の男の体はゆらいでいた。世界が溶けてしまうようだった。かれらの目は大きく見開かれ、頬は涙に濡れていた。

「黙れ」ウィリアムズがいった。

火星人が口をひらいた。

「いったはずだ、やめろ」ウィリアムズはいった。

声を落として、火星人は身ぶり手ぶりをした。

「ようし」とウィリアムズはいった。

かれは拳銃を抜いて発砲した。

仮面は、くすぶる燃えかすと、火花と、破片になって砕けた。火星人は、ヴェールと肉のやわらかな骸《むくろ》となって倒れた。

コンフォートも拳銃を抜いて、生命の消えた肉塊に弾を射ちこんだ。ジョーンズがその荷を押して、運河の水につき落とした。

「さて」ウィリアムズはしっかりと拳銃をにぎった。その目は輝き、声はきびきびしていた。「あいつのいってた町はどこだ？」

三人の男は顔を見あわせてうなずいた。

「さがそう」

かれらはロケットに乗りこんだ。

「おれの母校は、カリフォルニア大学だ」ロケットを操縦しながら、コンフォートがいった。かれらは低い青い山脈を越えて、ゆっくりと北をめざして飛んだ。ロケットの窓から、彼らは深い谷をさがした。

「おれは、ミシガン大学さ」ウィリアムズがいった。「おれはサウス・カロライナ大学だったんだ。それに乾杯しよう」

「古き良きミシガンよ」ジョーンズがいった。

かれらは口をかたく結んでいた。体は熱くなり、今にも何かがおこるかのように興奮していた。

こんなことをしちゃいけない、コンフォートは思った、このままではいけない。おそろしい、気ちがいじみたことだ、おれには理性がある、このままにはさせておかないぞ、こういうことをしないように教育を受けた人間じゃないか。とめなければ。

かれは何もいわなかった。

「下に何か見えないか？」ウィリアムズがきいた。

「さがしている」コンフォートは乾いた唇をなめた。「一所懸命にさがしてるんだぜ」

「見つけたら、知らせてくれ」

「三人の大学出か、お笑いだよ」

「大学とは何だ？」

「知らねえな」

「キャンパスが附属する施設、都市というものの中にある、地球上のな」

「キャンパスとは何だ、施設とは何だ、地球とは何だ？」

「原子だよ」

「そのうち帰って、母校へもう一度行ってみよう」

「木炭と硫黄、ミイラのほこり、灰、煙、それに燃えかすだよ」

「古き良きミシガンに。どうだ飲まないか」

「うるさい！」

かれらはロケットの舷窓から外をのぞいて、まばたきした。

「町がある」コンフォートがいった。かれは微笑した。

かれらは目をこらした。

そして、いっせいに微笑した。

「これはこれは」ジョーンズがいった。

かれらは銀色のロケットを着地させた。

かれらは町のまん中、青銅色の仮面をつけた男たちがエメラルドの霧をまとった女たちに付き添って歩いているところに踏み出した。子供たちが笑いながらかけまわっている。冷たい夜気の中に噴水が高くあがっていた。すべてが、バラ、クチナシ、スイレンの色で、それらが絶えず動き、変化しているのだった。どこかですばらしい音楽が演奏されている。静かな夜で、空気には新鮮な香りがただよっていた。だれもが幸福そうだった。コティヨンが踊られ、青水晶の窓のむこうに人びとが輪をつくって回っているのが見える。花が咲きほこり、草は目にしみるほど緑だった。図書館では、人びとが古い本を前にしてすわり、甘い静けさの中でそれらを竪琴のように奏でて、太古の声が古い知識を歌うのに聞きいっていた。

町は、ロケットが着陸したことに気づいていなかった。

ロケットのハッチが開くのを見たものには、ふりかえり、仮面のうしろで微笑するだけの時間しかなかった。

「やれ」機関銃を手にコンフォートがいった。

「やれ」ジョーンズがいった。

「やれ」ウィリアムズが叫んだ。

かれらはそれぞれの機関銃の引金を引いた。

銃弾がいくつもの塔をまばゆい騒々しい残骸に変えた。銃弾は噴水を襲い、それらを音の洪水とこわれたポンプ機械に変えた。三人の男はふりかえりふりかえって、銃弾を発射した。いたるところ、明かりが爆発し、カーテンが落ち、踊りがやみ、音楽はとぎれ、ガラスの柱や壁や石はかたちものこさず砕けた！　ウィリアムズが狙った塔のひとつは百万の水晶片に砕け、ガラスの轟音と一種の音楽を伴って巨大な蝶のように地上に落下した。町にかたちのあるものはなかった。銃弾がすべてに触れ、それらを破壊してしまったからだ。仮面には穴があき、町じゅうの人口が穀物の粒のように地上にちらばった。爆発がつぎつぎとおこった。火星人たちは、泣き叫ぼうとはしなかった。かれらはただ、自分のいたところに立ちつくしていた。

銃弾はかれらをさがし求め、沈黙させ、ふたたびさがし求めた。やがて音楽の源という源はすべてこわされ、踊りはとめられ、図書館には火が放たれた。

三人の男は、なかば微笑をうかべ、われを忘れていた。

静けさの中で、かれらは銃に弾をこめると、また発射した。

「まだ残した塔があるぞ！」

かれらはいっせいに狙いを定めた。

「あれを見ろ！　ひとり逃げて行く！」

かれらは男を途中で倒した。

「まだ音楽が鳴っている！」

最後に残った楽器、それともレコードだろうか、それが水晶のテラスから聞こえてくる。

かれらは銃を射ちつづけた。やがて、音楽は止んだ。

町は静まりかえった。

ガラスの最後のかけらが落ちた。

それからあとは、燃える図書館のすべてをなめつくす炎の音、青い大気の中にひろがっていく光と色と熱気のつぼさだけ。

銃は熱し、からっぽになっていた。

かれらは汗を流し、疲れきって町を出た。だれもひと言もいわなかった。

かれらは足をとめて、崩れ去り、ひろがったすべてをもう一度ながめた。そして、唇をぬぐった。

かれらは目をこすり、呆然と、焦点も定まらないように、力なく何回かつづけてまばたきした。銃は手から重くさがっていた。かれらは最後の壜を出し、喉を灼く熱い酒を飲んだ。と、とつぜん力が脱けて歩けなくなっていた。

かれらは海底の砂の上にすわりこむと、目をとじて体を投げだした。

「ジョーンズィ、ジョーンズィ、ジョーンズィ」長い夜のしじまを破って、ウィリアムズの泣き声が聞こえた。「ジョーンズィよう」

「なんだい?」

「飲まないか?」

「ああ」

「そら」

かれらは渇えたように飲み、よごれた制服の上にそれをこぼした。両手は汗でべとべとしていた。夜風が冷たかった。

「やつらにもわかったろうな」

「そう、そう、そう、そうにきまってらあ!」

コンフォートは両手で頭を支えた。「ウィリアムズ、おまえ、まだいってなかったな、まだ答えてくれてないだろう」

「何を?」

かれらは動かなかった。夜の闇があたりを包んでいた。

「おれと結婚してくれるかということさ、ウィリアムズ」

「そのことか」

「おれたちきっと仲のいい夫婦になるぜ。ウィリー。新しい世界を作るのには、まず七人くらい子供をつくらなくちゃ」

「わかった、わかった」疲れきって、ウィリアムズはいった。「新しい世界か。子供は十人がいいな」

「ジョーンズ、おまえ、あいだに立ってくれるだろう？　な、ジョーンズ。おまえは牧師だ、いいか？　ジョーンズィ」

「わかった、わかった」

「そうだ、いい子だ」コンフォートはいった。「聞いたか、今の？　ウィリアムズ」

「聞いたよ。黙って寝ないか。朝になったら結婚してやるから」

「約束するか？」

かれの声はかん高く、遠く、嘆願しているように聞こえた。

「約束するさ、もちろん！」

「おれにはおまえが必要なんだ、ウィリー、ああ、どうしても。おれはこわいんだよ！」

「うん、わかった。寝よう。疲れた。疲れた」

かれらは目を閉じ、冷たい砂の上に横になった。

「いい夢を見な」ジョーンズがいった。

監視者

この部屋では、タイプライターの音は、木に打ちつけられるこぶしの音。震える指が休みなく叩くキーの上に、汗が流れおちる。そして、この手記を綴る音にかぶさるように聞こえてくるのは、前かがみになったわたしの頭の上で輪を描く一ぴきの蚊と、金網にぶつかって唸りをあげる数ひきの蠅とが奏でる皮肉な旋律である。そして天井からさがる黄色い電球の、そのむきだしのフィラメントの骨格のあたりに見える白い紙の切れはしは、はばたく一ぴきの蛾。蟻が壁をのろのろとあがってゆく。わたしはそれを見つめる——決して消えることのない苦々しさをこめて、笑う。何という皮肉だろう、あのてらてら光る蠅といい、あの赤い蟻といい、あのよろいに身をかためたコオロギといい。それにひきかえ、何という誤解をしていたのだろう、われわれ三人は、スーザンとわたしとウィリアム・ティンズリーは。

あなたがどなたであろうと、どこにおられようと、もしこういうことがあったときには、つぎのことを守っていただきたい。歩道の蟻を今後は踏みつぶさないこと、窓のそばを唸りをあげて飛びすぎる蜜蜂を叩きつぶさないこと、炉床に棲みついたコオロギを駆除したりしないことだ！

ティンズリーがとほうもない間違いをしでかしたのは、その点なのだから。ウィリアム・ティンズリーをお忘れではあるまい。蠅殺し噴霧器や、殺虫剤、蟻駆除用ペーストに百万ドルも投げだしたあの男だ。

ティンズリーのオフィスには、蠅や蚊のとまる場所は一個所もなかった。白い壁や、グリーンのデスクや、その他どこであれ汚れ一つない表面に蠅がとまりでもすれば、たちまちティンズリーの比類ない蠅叩きが飛んできて、それを叩きつぶしてしまうのである。あの虫殺し器具を、わたしは決して忘れることはないだろう。絶対君主であるティンズリーは、あの蠅叩きを王の持つ笏に見たてて会社を支配していたのだ。

わたしは、台所用品会社の社長ティンズリーの秘書であり、また彼の右腕であった。ときには、数多い彼の投資の助言もした。

ティンズリーがあの蠅叩きを小脇に会社に現われたのは、一九四四年七月のある日のことだった。その週が終わるころには、たとえファイル用キャビネットのかげに引っこんでいても、わたしにはティンズリーの出社がわかるようになっていた。午前中の受持ち分を殺すべく、蠅叩きがヒューヒューと空気を切る音が聞こえてくるからだ。

日がたつにつれ、わたしはティンズリーがいつも何かに気を奪われているのに気づくようになった。わたしに口述筆記させるのだが、そのあいだも彼の目は、東西南北の壁や、絨毯、書棚、そればかりかわたしの服をもじろじろ見つめているのだ。あるとき笑って、ティンズリーと、おそれを知らぬ動物調教師クライド・ビーティとの共通点を話題にしたことがある。ティンズリーは身体をこわばらせ、背を向けてしまった。わたしはあわてて口をつぐんだ。どんなにエキセントリックだろうと、他人がそれに文句をつける筋合いはない。

「おはよう、スティーブ」ある朝、ティンズリーは蠅叩きを振りながらいった。わたしは帳簿の上に走らせていた鉛筆をとめた。「はじめる前に、死骸をかたづけてくれないか」

代赭《たいしゃ》色の厚い絨毯のふみしだかれた通路一面に、落ちた敗者がちらばっていた。羽根をもがれ、つぶされ、沈黙させられた蠅の骸《むくろ》だった。わたしはぶつぶつ不平をいいながら、一ぴき一ぴきつまんで紙屑籠に捨てた。

「フィラデルフィアのS・H・リトル宛。リトル殿、貴下の殺虫噴霧器に、下記の金額を出資いたします。金五千ドル——」

「五千?」わたしはつっかかった。そして書く手を休めた。

ティンズリーはそれを無視した。「五千ドル也。戦況の許すかぎり、可及的速やかに生産を始めてください。敬具」ティンズリーは手にした蝿叩きをねじまげた。「気が狂ったと思ってるんだな」

「それは追伸か、それともぼくにいったのか?」とわたしはきいた。

電話が鳴った。白蟻駆除会社だった。ティンズリーは、その会社が彼の家に白蟻よけの処置を施した代金として、わたしに一千ドルの小切手を書かせた。それがすむと彼は金属製の椅子を叩いていった。「このオフィスには一ついいところがある——総鉄筋コンクリート製で、白蟻どもの喰いこむ隙がどこにもないことだ」

彼は椅子から飛びあがった。蝿叩きが宙で一閃した。

「ちくしょうめ、スティーブ、いままでずっといやがったんだ!」

何かが小さな弧を描いてブーンといいながらどこかへ飛び、静まった。静けさのなかで四つの壁が、わたしたちのほうに狭まってきたように思われた。しみ一つない天井が頭上から見つめていた。ティンズリーの荒々しい鼻息が聞こえた。そのいまわしい虫はどこにも見えなかった。ティンズリーはかんしゃくをおこした。「おい、見つけてくれ! 馬鹿、早くしろ!」

「まあ、おちつけ——」わたしは口答えした。

だれかがドアを叩いた。

「よるな!」ティンズリーの叫び声はかん高く、おびえていた。「ドアから離れろ、近よるな！」彼は突進すると気違いじみた動作でドアに錠をおろし、あたりをきょろきょろと見まわしながらドアを背でおさえた。「急げ、スティーブ、虱《しらみ》つぶしに捜すんだ！　そんなところにすわってるな！」

デスク、椅子、シャンデリア、壁、気が狂った獣のようにティンズリーは捜しまわった。そして、ついにブーンという羽音の根源を見つけだすと蠅叩きを振りおろした。命を奪われた小さな光るものがフロアに落ちた。彼は奇妙に誇らしげな動作でそれを踏みつぶした。

つぎに彼はわたしをとがめにかかった。だがわたしも黙ってはいない。「おい、ビル」わたしはいいかえした。「ぼくは秘書で、あんたの右腕役のぱっとしない男かもしれない。だが飛ぶ虫の監視役じゃないんだ。頭のうしろに目がついてるわけじゃないからな！」

「やつらだって同じことさ！」とティンズリーはどなった。「やつらのたくらみがわかっているのか？」

「やつら？　やつらとはだれだ」

彼は口をつぐんだ。そしてデスクのところへ行くと、疲れはてたようにすわり、やがて口を開いた。「まあ、いい。忘れろ。誰にも話すなよ」

わたしも態度をやわらげた。「ビル、精神科医をたずねたらどうだ」

ティンズリーは苦々しげに笑った。「するとその精神科医は自分の女房に話す。女房は友人たちに話し、やつらに知れてしまう。やつらはどこにでもいる、どこにでもいるんだ。

このキャンペーンを妨害されてたまるか」

「それがこの四週間にあんたのつかった十万ドルのことなら、いくら虫殺し噴霧器や蟻駆除用ペーストだからといって、だれかがとめるべきだと思うがな。自分はおろか、ぼくや株主たちまで破産させてすむと思うか？　正直にいって、ティンズリー——」

「うるさい！　おまえさんにわかるものか」

たしかに、その時にはわからなかった。わたしは自分のオフィスにもどり、一日じゅう空気を切るあのいまいましい蠅叩きの音を聞いていた。

その晩、わたしはスーザン・ミラーと食事をした。ティンズリーのことを話すと、彼女は専門家らしく同情的に耳を傾けた。やがて彼女はタバコをトントンとやると火をつけて、いった。

「スティーブ、それは、あたしは精神科医かもしれないけれど、ティンズリーが会いに来なければどうしようもなくてよ。彼が助けを求めていなくては、あたしだって助けてあげられないわ」彼女はわたしの腕をやさしく叩いた。「どうしてもというなら、あたしから会ってもいいけど。でも患者に協力する気がなければ、半分負けたと同じことなのよ」

「助けてくれ、お願いだよ、スーザン」とわたしはいった。「あとひと月もすれば、気が狂ってしまうだろう。被害妄想だと思うんだ——」

わたしたちはティンズリーの家に車でむかった。

最初の会見はうまくはこんだ。わたしたちはブラウン・ダービイに行き、笑い、ダンスし、遅い食事をとったが、その間ティンズリーは、自分の腕の中でワルツを踊りつづけるこの静かな声の細身の女性が、彼の反応をひとつひとつ吟味している精神科医だとは夢にも思っていないようだった。わたしはテーブルから、踊る二人をながめながら、片手を口の上にかざしてこっそりと笑っていた。彼のジョークにスーザンが笑うのが聞こえた。こころよい、くつろいだ静けさのなかを、わたしたちは帰途についた。楽しい、幸福な宵がもたらした静けさだった。スーザンの香水のにおいが車の中に漂っていた。ラジオからは低いボリュームで音楽が流れ、車輪がハイウェイと接触するかすかなささやきが聞こえていた。

スーザンに目をやると、彼女もわたしを見た。そして眉をあげ、今晩のところティンズリーには、精神の不安定を示す徴候は何も見られなかったと無言で教えた。わたしは肩をすくめた。

その瞬間である。一ぴきの蛾が窓からとびこんできて、そのビロードに似た白い翅《はね》をばたつかせながら、ガラスのところであばれはじめたのだ。

ティンズリーは叫びをあげ、われを忘れたようにハンドルを切ると、顔面を蒼白にし、わけのわからないことをつぶやきながら、手袋をはめた片手で蛾につかみかかった。車輪がくがくした。スーザンがハンドルをがっちりおさえたので車は道路からとびだすのをまぬがれ、ゆっくりととまった。

わたしたちがわれにかえるころには、ティンズリーはこわばった指でさっきの蛾をつぶし、その芳しい粉がスーザンの腕に落ちるのを見つめていた。そのままわたしたち三人は、荒い息をしながらすわっていた。

スーザンがわたしを見た。その目には理解が読みとれた。わたしはうなずいた。

ティンズリーは前方を凝視している。やがて彼は夢を見ているようにいった。「この世界の生命の九十九パーセントは、虫なんだ——」

それ以上何もいわず、彼は窓ガラスをしめ、わたしたちを家におくった。

一時間後、スーザンから電話があった。「スティーブ、彼には強いコンプレックスがあるのよ。あしたの昼食を約束したわ。あたしが気にいったのね。何かわかるかもしれなくてよ。それはそうと、スティーブ、彼は何かペットを飼ってる?」

ティンズリーは猫や犬を飼ったことがない。動物が嫌いなのだ。

「だろうと思った」スーザンはいった。「じゃ、おやすみなさい、スティーブ、またあしたね」

夏の真昼の直射光の下、うじゃうじゃと繁殖した金色の蝿が、精巧な百万の電気器具のように唸りをあげている。わたしの見守る前で、それらは渦巻いて飛び、視界をさえぎると、汚物の上に舞いおりた。そこへ卵を産みつけ、交尾し、羽ばたき、ふたたび舞いあがっていくのだ。舞い狂う蠅を見ながら、わたしは複雑な気持でティンズリーのことを思った。なぜ彼は虫をそんなに恐れるのだろう、なぜそんなに脅威に感じ、殺すのだろう？通りを歩くわたしの周囲には必ず蠅がいて、空をいくつにも切りとっては、透明な翅をうち震わせて耳ざわりな音で飛びまわっていた。それからわたしは、蜻蛉《とんぼ》を見つけた。じが蜂、すずめ蜂、黄色い蜜蜂、そして茶色い蟻を見つけた。とつぜん世界は、今までになく生命に満ちあふれだした。ティンズリーの不安が、わたしにそんな見かたを教えたのだった。

通りすぎたリラの茂みから一ぴきの蟻がわたしの上着に落ちた。払いおとそうとしたとき、もう目の前に見慣れた白い家があり、その方角に曲がっていた。それが、レミントン弁護士の家であることは知っていた。ティンズリーが生まれる前から、四十年も彼の家族の代理人をしている人である。レミントンは仕事の上の知人にすぎなかったが、わたしは今、その家の門に手を置き、ベルを鳴らした。数分後、わたしはきらめくシェリーのグラスを前に彼とむかいあった。

「覚えているよ」回想にふけりながら、レミントンはいった。「かわいそうなティンズリー。あれがおこったのは、まだ十七のときだった」

興味をそそられてわたしは身体をのりだした。「あれがおこった？」わたしの指の背に生えている毛の林を狂ったように進んでいたさっきの蟻が、手首の茨に動きがとれず、歯ぎしりしながら退却しているところだった。わたしは蟻を見つめた。「何か不幸な事件ですか？」

レミントン弁護士はゆううつそうにうなずいた。その思い出は、彼の年老いた茶色の目のなかになまなましく写っていた。彼はそれをテーブルにひろげると見やすいようにピンでとめ、当を得た注釈を二言三言つけ加えた。

「ティンズリーが十七になった年の秋だ、父親があの子をアローヘッド湖の猟場へ連れていった。景色のよい田舎で、すみきった冷たい秋らしい上天気だった。なぜ覚えてるかというと、同じ日の同じ午後、わたしもそこから七十マイルばかり離れたところで狩りをしていたからなんだ。獲物はいっぱいいた。パインの木がぷんぷんにおうなかで、湖のほうから猟銃の音がひっきりなしに聞こえてくる。ティンズリーの父親は靴の紐をしめ直そうと、銃を茂みにたてかけた。そのとき、うずらの一団が驚いて、そのうちの何羽かが逃げ道を求めて父親と息子のほうにとびだしてきたんだ」

レミントンはグラスに目をおとして、話の続きをながめていた。「一羽のうずらが銃を倒した。はずみで、それは暴発した。弾は父親の顔にまともにあたってしまった！」

「ひどい！」

血まみれの顔をおさえながらよろめく父親の姿が、わたしの心に見えた。やがて真紅の布につつまれた両手がだらんと垂れ、身体が倒れる。少年は血の気のない顔で身体をこわばらせたままふらふらしている。目にうつったものが信じられないのだ。

わたしは慌ててシェリーを口に運んだ。レミントンはつづけた。

「だが、おそろしいのはまだこれからだ。これだけで十分の人もいるだろうが、そのあとにおこったことは、あの子には言語に絶するようなことだった。あの子は助けを求めて五マイル走った。死んだ父親を残してきたんだが、自分では死んだとは思いたくなかったんだな。叫び、息をきらし、服が引き裂けるのもかまわず、ティンズリーは道路に出ると、医者と男二人を連れて六時間ほどのち現場に戻った。パインの林のなかを死体のあるところまでたどりついたときには、陽は沈みかけていた」レミントンは言葉を切り、目を閉じて首を左右にふった。「そこに見たのは、全身、腕といわず、脚といわず、つぶれた顔面――すこし前までは、意志の強そうな、ハンサムな顔であったものの上まで、むらがってうごめいている、ありとあらゆる種類の虫だったのだ。血のあまいにおいにひかれて集まったのだ。父親の身体そのものは、そとからは一平方インチも見ることができなかった！」

心のなかで、わたしはパインの林と、一人の少年と、その背後に立った三人のおとなを思い描いた。少年の前には死体があり、その表面は飢えた小さな生きものにおおわれている。引いては寄せ、退却してはまた前進してくる虫の潮。どこかで、きつつきが木をたたき、リスが走り、うずらがはばたいている。三人の男は少年の腕をとり、目をそむけさせる……

少年の苦悶と恐怖がわたしの口から漏れていたかもしれない。わたしの心が書斎に戻ると、レミントンが目を丸くして見ているのに気づいた。シェリーグラスが二つに割れており、痛みもないのに手から血が流れだしていた。

「だから、ティンズリーは、あれほど虫や動物を嫌うのですね」何分か後、わたしは椅子に背をもたせかけると、ささやくようにいった。心臓はまだ高鳴っていた。「それが年ごとにイースト菌みたいにふくらんで、彼に取り憑くようになった」

レミントンはティンズリーの問題に興味を示した。しかしわたしはごまかし、逆にたずねた。「彼のお父上の職業は何だったんですか？」

「知っているとばかり思っていた！」レミントンは少々おどろいたようすで叫んだ。「非常に有名な博物学者だった。かけ値なしに有名だったよ。皮肉だと思わないかね、自分の研究していた生きものに殺されるなんて？」

「そうですね」わたしは立ちあがるとレミントンと握手した。「ありがとう、レミントンさん。おかげでいろいろなことがわかりました。そろそろ行かなければなりません」

「さようなら」

レミントンの家を出ると、わたしは外気のなかに立ちつくした。さっきの蟻はまだわたしの手の上で悪戦苦闘していた。ティンズリーへの同情と理解が、はじめて深まった。わたしは車の中で待つスーザンのところへ行った。

スーザンは帽子のベールを頭の上にあげ、遠くを見るようにいった。「その話で、ティンズリーのことがわかってきたわ。それが悩みになっているわけね」彼女は手をふった。「見てごらんなさい。虫をこわいものだと思いこむことなんて簡単よ。ほら、まだら蝶が追いかけてくる」彼女は爪をはじいた。「あたしたちの話をみんな聞いているのかしら？ティンズリーのおとうさんは博物学者。何がおこったか？はいりこむべきでないところにはいりこんで、おせっかいしたのね。それで、やつら、動物や虫を支配しているやつらが殺してしまった。そんな考えが、この十年間、夜となく昼となくティンズリーの心の中にあったんだわ。そして見わたせば、どこもかしこも虫だらけ。疑惑がかたちをとり、実体を持ちだしたのよ！」

「無理もないさ。もしぼくの父が同じような死にかたをしたら――」

「部屋のなかに虫がいるとき、彼は話をしないわね、スティーブ？」

「うん、自分の考えが虫に気づかれるのをおそれてるんだ」

「ばかなことだと思わない？　秘密になんかできるわけないわ、たとえ蝶や蠅や蟻が悪玉だとしても。あなたやあたしが話しているんですもの。ほかの人たちも。でも、自分さえやつらのいる前でいわなければいいんだという妄想にとらわれている……それにしては、生きてるのは変じゃない？ 彼がまだ殺されていないということ。もしやつらが悪玉で、彼の知識をおそれているとしたら、とっくに殺していていいはずでしょう？」

「彼をおもちゃにしてるとは思わないかい？ 不思議なんだ。ティンズリーのおとうさんは、死ぬ前に何か重大な発見をしかけていた。そう考えると、なんとなく筋が通るんだよ」

「あなたを日蔭に避難させなくちゃ」スーザンは笑って、車を影の多い小径に乗り入れた。

あくる日曜の朝、ビル・ティンズリーとスーザンとわたしの三人は、教会に出かけ、静かな音楽と大いなる沈黙とおちついた色彩のなかにすわった。礼拝の最中、ビルが一人で笑いだした。わたしは彼のあばらをこづき、どうしたのかときいた。

「あそこの牧師を見てみろよ」ティンズリーは見とれたまま、こたえた。「禿の上に蝿がとまってる。教会のなかの蝿だ（蝿は悪魔の使者と見られている）。いっただろう、やつらはどこにだって現われるんだ。いくら牧師が話したところで、どうにもなりゃしない。おお、寛大であらせられる神よ」

礼拝が終わると、わたしたちは田舎へ出て、暖かな青空の下でピクニック・ランチとしゃれこんだ。ビルと話しながら、スーザンは二、三度、彼の恐怖のことへ話題を持っていこうとした。だがビルはリンネルの敷物の上を通過する蟻の行列を指さしただけで、腹をたてたように首をふるのだった。あとになって彼はそれを詫びると、やや緊張した顔つきでわたしたちを夕食に招待した。一人ではこれ以上はとてももちこたえられそうもない、資金ぐりは苦しくなり、事業も暗礁に乗りあげかねない状態になっている、わたしたちが必要だ、というのだ。スーザンとわたしは彼の手を握りしめ、事情を理解した。四十分後には、わたしたちは錠をおろした彼の家の書斎で、カクテルをまん中にすわっていた。ティンズリーは、いつもの蠅叩きをもてあそびながら、不安げに行ったり来たりして部屋中さがしまわると、話をはじめる前に二ひきの蠅を殺した。

彼は壁を叩いた。「金属だ。ウジ、ダニ、テッポウ虫、白蟻、何のはいりこむ隙もない。椅子も金属、何もかも金属さ。ぼくらだけだろう、な？」

わたしはあたりを見まわした。「だと思うね」

「そうだ」ビルは息を吸い、吐きだした。「きみたちは神とか悪魔とか宇宙について考えたことがあるか、スーザン、スティーブ？　世界がどんなに残酷なものか一度ぐらい思い知ったことがあるか？　どれだけ進もうと努力しても、ほんのすこしでも進めば頭を叩かれる」わたしは無言でうなずいた。ティンズリーはつづけた。「神はどこにいるのだろうとか、悪の力はどこにあるのだろうとか、きみたちはときどき考える。たとえ姿の見えない天使がやっているにしても、どういう仕組みになっているのか。そこでだ、答えは簡単なんだ。気がきいていて、科学的だ。ぼくらは常に監視されているんだよ、蠅が部屋のなかをブンブン飛んでいたり、行く道を蟻が横断したり、犬や猫に蚤がついていたり、暗闇のなかを飛んでくる黄金虫でも蛾でもいい、網戸のそとを飛ぶ蚊でもいい、そういったものがわれわれの生活に片時も存在していなかったという時間があるか？」

スーザンは無言だったが、くつろいだようすでティンズリーを見ており、彼が人目を気にしだすようなへまはしていなかった。ティンズリーは酒をすすった。

「ぼくらは羽虫などには目もくれない。ところが、そういう取るに足りない生きものが始終まわりにいて、ぼくらのあとをつけ、ぼくらの祈りや希望、欲求や恐怖をいちいち聞き、そのうちの肝心なところを向こうに伝えている。報告を受ける側にいる悪魔というか何というか、その得体の知れない力が連中をこの世界に送りだしている元締めなんだ」

「おい、よせやい」わたしは反射的にいった。

驚いたことに、スーザンがわたしを制止した。「終わりまで聞くの」そしてティンズリーを見ると、「つづけて」といった。

ティンズリーはいった。「馬鹿みたいに聞こえるだろう。だが、相当に科学的な態度で調べたことなんだ。こんなにたくさんの虫が、さまざまな種類にわかれて存在している理由はまだつかめていない。ぼくら人間にとっては、いらいらの原因になるくらいのものだ。そこで、いちばん単純な解釈を考えると、こうなる。やつらの統治組織は非常に小さいんだ。たった一人かもしれない。だから、やつだかやつらだかはいたるところにいるわけにはいかない。蠅にはそれができる。蟻やその他の虫も同じだ。しかも、ぼくら人間にとっては蟻のその一ぴきと別の一ぴきの区別がつかないから、どれがどれかはまったくわからない。蠅だって充分な役目を果たすことができる。これで機構は完全になる。あまりにもたくさんいて、これまで何年となくそうだったから、何の注意も払わなくなったんだ。ちょうどホーソーンの『緋文字』みたいに、目の前にあるのに、あたりまえすぎるものだから見えないんだ」

「信じられない話だね」わたしは単刀直入にいった。

「終わりまで聞けよ！」ティンズリーはせいているようすでいった。「判断はそれからにしてくれ。ある一つの勢力が存在する。それは、接触によって成り立つ組織、通信が縦横に行きから機構を持っているにちがいない。個体それぞれの反応にしたがって、生物界全体がねじまげられたり、調整されたりするんだ。考えてみろ、何百億という虫が、それぞれの専門分野で調査を行ない、事実を相関させ、報告しあいながら、人類を支配しているんだぞ！」

「たくさんだ！」わたしはこらえきれず叫んだ。「子供のときの事故が原因だとしても、今のきみは何だ？　自分の心がむしばまれていることに気がつかないのか！　いいかげんにしたまえ！」わたしは立ちあがった。

「スティーブン」スーザンも頰を紅潮させて立ちあがった。「そんないいかたをしたら助けるも何もないでしょう！　すわって」彼女はわたしの胸を押した。そして、すぐさまティンズリーに向いた。「ビル、もしあなたのお話が本当だとしたらよ、そしてあなたの計画、家の防虫処置、虫が部屋のなかを飛んでいるとき、あなたが黙っていることや、あなたのキャンペーン、白蟻駆除ペーストやとるに足らない殺虫噴霧器なんかがみんな何か意味を持っているとしたらよ、あなたはどうしてまだ生きていられるの？」

「どうしてかって？」ティンズリーはどなった。「一人きりで何でもやってきたからさ」

「だけど本当にやつらがいるとしてもよ、ビル、やつらはもう一カ月も前からあなたのことを知っているのよ。スティーブとあたしはやつらの前でこのことを話したんですもの、ね、スティーブ、それでもあなたは生きているわ、あなたがまちがっていたという証拠じゃない、これは」

「話した？　話したって！」ティンズリーは怒りをあらわにして白目をむいた。「いや、そんな馬鹿な、スティーブに約束させたんだ！」

「聞いて」スーザンは幼児の首筋をつかむような調子で彼にいった。「悲鳴をあげるまえに、あたしの話を聞くの。実験に同意してくれます？」

「どんな実験だ？」

「今後、あなたはどんな計画をたてるにしても大っぴらにやるの。もし八週間以内に何もおこらなかったら、自分の恐怖が何の根拠もないことにあなたは同意せざるをえなくなるわ」

「そんなことをしたら殺される！」

「聞いて！　スティーブとあたしも命がけよ、ビル。もしあなたが死ねば、スティーブとあたしも死ぬわ。命はとても大切なものだとあたしは思ってるし、ビル、スティーブだってそうよ。でも、あなたの恐怖は信じられないの。だから、そこから救いだしてあげたいのよ」

ティンズリーはうなだれ、フロアを見つめた。「わからん、わからん」

「八週間ね、ビル。それは、お望みなら今までの生活をつづけたっていいわ、殺虫剤をせっせと作る。でも、それくらいのことで神経衰弱になってはおしまいじゃない。あなたが生きながらえているという事実は、やつらがあなたに何の悪意も持っていない証拠じゃなくて？」

ティンズリーもそれを認めないわけにはいかなかった。だが、それはいやいやながらの譲歩だった。彼が自分にいいきかせるようにつぶやいた。「これはキャンペーンのはじまりなんだ。千年かかるかもしれない。だが最後には、ぼくらは解放される」

「八週間で解放されるわ。ビル。虫に何の罪もないことがわかるときに。これから八週間、キャンペーンをつづけるの。週刊誌や新聞に広告なさい、徹底的におしすすめなさい、みんなに話して。あなたが死んだあとでも、言葉はのこるくらいに。そして八週間が過ぎたとき、あなたは解放されるわ。すばらしいことだと思わない、ビル、今まで長いあいだ苦しんできて？」

そのとき驚くべきことがおこった。わたしたちの頭上を、一ぴきの蝿がブーンと唸りながら通りすぎたのだ。はじめからこの部屋にいたのだろう、だがさっきまでどこにも見えなかったことは誓ってもいい。ティンズリーはがたがた震えはじめた。わたしは自分のとった行動に気づかなかった。何かわからない内部衝動に従って機械的に動いたようである。わたしは空《くう》につかみかかると、椀のかたちにした手のなかに唸る生きものを捕えた。そしてビルとスーザンを見ながら、それを握りつぶした。二人の顔は蒼白だった。

「やったぞ」わたしは気が狂ったようにいった。「とうとう、こいつを殺した。どうしてこんなことをしたんだろう？」

わたしは手のひらをひろげた。蝿はフロアに落ちた。わたしは、いつもビルがしていたように、それを踏みつぶした。なぜか身体が冷えきっていた。スーザンは、最後の友を失ったかのように、わたしを見つめていた。

「いったいおれは何をいってるんだ？」わたしは叫んだ。「こんな話をひと言も信じていないのに！」

厚い窓ガラスの外には闇がおりていた。ティンズリーはおぼつかない手つきでタバコに火をつけると、わたしたちが奇妙な興奮状態にあることを察して、今晩は泊まっていけとすすめた。スーザンは、「もし、あなたが八週間の試練に耐えることを約束するなら」という条件つきで、同意した。

「きみは自分の命をかけるのか?」ビルにはスーザンが理解できないようだった。スーザンは真剣な顔でうなずいた。「来年には、この話はジョークになっているわ」

ビルはいった。「よし。八週間の試練だ」

二階のわたしの部屋からは、広々とした丘陵地帯が見わたせるようになっていた。スーザンはわたしの部屋のとなりに泊まり、ビルは廊下のむかい側の部屋で眠った。ベッドに寝ると、窓の外からコオロギの鳴き声が聞こえてきた。長いあいだ聞いていられる音ではなかった。

わたしは窓をしめた。

その夜遅く、眠れないでいたわたしは、暗い部屋のなかを自由に飛びまわっている一ぴきの蛾を想像しはじめた。だが、とうとう我慢できなくなり、ローブをはおり、台所にはいった。空腹だったわけではない。高ぶった神経を静めるためには、何かしなければならなかったのだ。スーザンが冷蔵庫の盆のうえにかがんで、食べものを選っていた。

わたしたちは顔を見合わせた。そしてテーブルに皿を置くと、ぎごちなく椅子にすわった。周囲の世界には現実感がなかった。ティンズリーのそばにいると、なぜか足元の宇宙がぼんやりした不安定なものに思えてくるのだった。長年の訓練と学問にもかかわらず、スーザンもやはり女なのだ。そして女は、心底では迷信ぶかいものなのだ。

いっそう悪いことに、わたしたちが半分食べかけのチキンにナイフを入れようとしたとき、一ぴきの蠅がその上にとまった。

わたしたちは五分ほど蠅を見つめていた。蠅はチキンの上を歩きまわり、とびあがり、輪を描いたあと舞いもどってきて、腿肉の上を歩きはじめた。

わたしたちはこの出来事についてひっそりと冗談をとばしながら、チキンを冷蔵庫にもどした。そして、しばらくぎごちない会話をかわしたあと、それぞれの寝室にもどると部屋をしめきった。ベッドにはいったが、目をつむるまえからもう悪夢がはじまっていた。闇のなかでわたしの腕時計が気味の悪いほど大きな音で秒を刻んでいた。数千回もカチコチ鳴ったころだろう、わたしは悲鳴を聞いた。

女の悲鳴はしばしば聞くから、それほど驚かない。しかし男の悲鳴は異様であり、耳にするのも非常に稀なことなので、それを聞いたときには、わたしの血は冷えきった激流と化した。悲鳴は家の隅々にまで運ばれていくようだった。また気違いじみた言葉も聞こえたように思う。それは、こんなふうだった。「やつらがおれを生かしておいたわけがやっとわかった！」

　ドアをあけると、廊下を走っていくティンズリーが見えた。着ているものはぐっしょり濡れ、彼自身も頭から足の爪先までずぶ濡れだった。わたしが見ているのに気づくと、彼はふりかえり、叫んだ。「近よるな、スティーブ、おれにさわるな、さもないとおまえも同じことになるぞ！　おれは間違っていた。たしかに間違ってはいたが、真相に近いところまではいっていたんだ！」

　とめるまもなく彼は階段をおり、階下のドアをしめた。気がつくとスーザンがそばにいた。

「狂ったんだわ、たしかよ、スティーブ、押さえなければ」

　浴室の騒音が注意をひいた。わたしはのぞきこみ、黄色いタイルの上に滝のように騒々しく降りそそいでいるシャワーの熱湯をとめた。

　ビルの車に轟然とエンジンがかかった。ギアをいれる音。そして車はとてつもないスピードで遠ざかった。

「あとを追わなければ」スーザンが主張した。「自殺するわ！　何かから逃げようとしているようよ。あなたの車はどこ？」

　わたしたちは、冷たい風を切って車のところまで走った。困惑し、息をきらして車に乗りこむと、エンジンを暖め、とびだした。「どっちだ？」わたしはどなった。

「東よ、きっと」

「じゃ東だ」スピードをあげながら、わたしはつぶやいた。

「ああ、ビル、間抜け、馬鹿。速度を落とせ、もどって来い。待っていろよ、馬鹿野郎」

肘のところからスーザンの手がすべりこみ、腕を力いっぱい締めるのが感じられた。「急いで！」と彼女はささやいた。わたしは答えた。「いま六十マイルだしている。この先には急カーブがあるんだ！」

夜がわたしたちの身体にまでしみこんでいた。虫の鳴き声、風、かたいコンクリートをこするタイヤの音、怯えた心臓の鼓動。「あそこだわ！」スーザンが指さした。一マイルほど先で、車のライトが丘を切り裂きながら進んでいた。「急いで、スティーブ！」

車はスピードをあげた。足は痛み、エンジンは轟音をあげ、星が頭上で気が狂ったように回転していた。ライトは闇をばらばらの部分に分解した。一方、わたしの心はふたたび、廊下で見たびしょ濡れのティンズリーのことを考えていた。彼はあの熱湯のシャワーの下に立っていたのだ！　なぜ？　なぜなんだ？

「ビル、とまれ、間抜け野郎！　エンジンをとめるんだ！　どこへ行く、何から逃げようとしているんだ、ビル？」

追いつきはじめていた。一ヤード一ヤードと少しずつ、わたしたちは接近した。カーブへ来るたびに、勢いで車は花崗岩の岩肌にぶつかりそうになった。それでも丘を越え、まっ暗な谷を抜け、橋を渡り、またカーブを曲がり、追跡はつづいた。

「あと六百ヤードばかりだわ」

「追いつくぞ」わたしはハンドルを切った。「もうすぐだ！」

そのとき、まったく意外なことがおこった。

ティンズリーの車が速度をおとしたのだ。それは遅くなり、道路に沿ってのろのろと進んだ。わたしたちはカーブも傾斜もない、一直線に一マイルほどつづくコンクリート道路に出ていた。彼の車は這うようにぐずぐずと動いている。わたしたちが追いついたときには、ライトをぎらぎら輝かせたティンズリーのロードスターは、時速三マイル、人間が歩くくらいの速さでしか走っていなかった。

「スティーブ——」スーザンの爪が強くわたしの手首に喰いこんだ。「何か——おかしいわ」

それはわたしも気づいていた。わたしはクラクションを鳴らした。沈黙。もう一度鳴らした。空虚な闇に鳴りわたる寂しい耳ざわりな音だった。わたしは車をとめた。ティンズリーの車は金属のかたつむりのように動いている。排気装置のかすかな響きが闇の中に聞こえている。わたしはドアをあけ、すべりおりた。「ここにいるんだ」わたしはスーザンに注意を与えた。反射光のなかで、雪のように白い彼女の顔と、震える唇が見えた。

「ビル、ビル――！」と呼びながら、わたしは車まで走った。

ティンズリーの返事はなかった。返事ができなかったのだ。

彼はハンドルを前にして、ひっそりとすわっていた。車はゆっくりと、非常にゆっくりと動いている。

腹のあたりが急にむかついてきた。わたしは彼の方を見ないようにして、車のなかにはいるとブレーキをかけ、イグニッションを切った。わたしの心を新しい種類の戦慄がゆっくりとおかしはじめていた。

わたしはもう一度、頭をのけぞらせているビルに目をやった。

蠅や、蛾や、白蟻や、蚊を殺したところでどうなるものでもなかったのだ。邪悪な存在は、そんなものよりはるかに利口だったのだから。

目にはいる虫をみんな殺すもよい。犬や猫や鳥、イタチやリスや白蟻、世界中のあらゆる虫や獣を殺すもよい。殺し、殺し、殺しつくせば、いつの日か、それも成功するだろう。だが、それが終わったあと、仕事がすんだあと、まだ残っているものがある――細菌だ。

バクテリア。細菌。そう、単細胞の、あるいは多細胞の顕微鏡的な生命なのだ！

身体のどの個所をとっても、どの毛孔にも、何百万、何百億もの細菌がいる。ものをいうその唇に、話を聞くその耳の穴に、物を触知するその皮膚に、物を味わうその舌に、物を見るその目に！　それを洗い流すことはできはしない、この世から絶滅させることなどできはしないのだ！　不可能なのだ、まったく！　そのことに気がついたのだ、そうじゃないか、ビル？　わたしは彼を見つめた。ぼくらはきみの説得にほとんど成功したな、ビル、悪いのは虫ではない、監視しているのは虫ではないと。その部分については、ぼくらは正しかった。きみは納得し、今晩そのことを考えた。そして問題の核心にたどりついたのだ。バクテリアだ。だからこそ、あのときシャワーが出しっぱなしだったのだ！　だが、バクテリアは簡単には殺せない。たちまち何倍もの数にふくれあがってゆく！

わたしは力なくすわっているビルを見つめた。「蠅叩きか、きみは蠅叩きで充分だと考えた。お笑いだったな――あれは」

ビル、そこにいるのはきみか、壊疽と結核とマラリアと腺ペストに刻々とおかされてゆくその身体の主は？　顔の皮はどこへやった、ビル、骨をつつんでいた肉は、ハンドルをにぎりしめているその指はどうした？

おお、ティンズリー、きみのその色とにおい――病菌にむしばまれ、腐って悪臭を放つ肉のかたまりなのだ、きみは！

細菌。彼らは使者なのだ。何百万、何百億ものそれらが。

いくら神でも同時にあらゆる場所にいられるわけではない。蠅やその他の虫は、もしかしたら神が人びとを見守るために創ったのかもしれないのだ。

だが悪魔どもも奸智にたけていた。彼らはバクテリアを創ったのだ！

ビル、変わりはてて……

やがてわたしは車にもどったが、なかにいるスーザンを見ても、いうべき言葉がなかった。わたしを置いて帰ってくれと指示するだけで精一杯だった。わたしには仕事があった。ビルの車を溝に落とし、死体に火をつけることである。スーザンはふりかえることなく去った。

そして今、あれから一週間がすぎた今夜、少しでも役にたてばとわたしはこの手記をタイプしている。夏の宵で、何びきかの蠅がぶんぶん部屋のなかを飛んでいる。今になると、なぜビル・ティンズリーがあれほど長生きしたか、理由がわかる。よい勢力の代表である虫や、鳥、獣に彼が注意を向けていたからこそ、悪い勢力は彼を泳がせていたのだ。そして彼は自分では気づかずに、悪魔に加担していたのだ。しかしバクテリアこそ真の敵であり、はるかに数が多く、油断ができないことに気づいた瞬間、悪魔は彼を殺してしまった。ティンズリーの父は、飛んできたうずらが銃にぶつかったために死んだ。わたしにはその情景がはっきりと見える。表面的には、それは理屈にそぐわない。なぜ善の代表であるうずらが、ティンズリーの父を殺したのか？　今では、その解答ははっきりと出る。あのうずらが病菌におかされていたのだ。病気は彼らのあいだの中立関係を破壊する。遠い昔のあの日、病菌はうずらがティンズリーの銃を倒すように仕組んだ。そして彼を殺し、間接的に獣や虫を殺させるのに成功したのだ。

そして、もう一つわたしに思いあたるのは、赤い、うごめく虫の毛布で全身をおおわれていたティンズリーの父の姿である。もしかしたら彼らは腐敗してゆく死体を慰め、われわれが死ぬまで聞くことのない虫だけの無言の言語で話していたのではないか。

善対悪のチェス・ゲームはつづく。そのゲームに、わたしは負けようとしている。

今夜、わたしはこうして手記を綴りながら待っている。皮膚がむずがゆく、弾力がない。スーザンはそんなこととは知らず、この町の遠い反対側にいる。たとえ殺されても、この知識は記しておかねばならない。わたしは蠅の不規則な羽音に耳をすます。何か有効なメッセージが聞けるかもしれないという期待も、けっきょく空《むな》しい。

これを書いているあいだにも、指の皮膚はたるみ、変色してゆく。顔の皮膚は一部でかさかさに乾いてはげ落ち、一部ではぬるぬると湿っぽく、やわらかくなった骨にへばりつく力を失っている。難病にかかったのか、目から涙があふれでる。皮膚は腺ペストを思わせる病気に黒ずんでいる。胃が発作をおこしてきりきりと痛む。舌はまずく、いがらっぽい。歯のゆるくなったのがわかる。耳鳴りがする。あと何分かすれば、指の筋肉も小さな細い骨もいっしょくたにまじりあい、どろどろになってこのタイプライターの黒いキーの上にこぼれおちるにちがいない。使い古したぼろぼろのマントのように、肉が骨格から崩れおちるだろう。だがわたしは書かなければならない、時間の……

再会

月曜の朝が来るたびに、裏のポーチから騒々しいゴトゴトという音がひびき、家のそこかしこの梁や継ぎ目がきしって、洗濯の儀式の始まりを告げる。

選りわけられた衣服は、はなやかな山をいくつも作って大鍋の前に待機し、古ぼけた金属の腕は、イイイオオウ、イイイオオウといいながら上下し、盛んに水をかきたてる。その電気じかけの機械のなかでは、水の勢いはたいへんなものにちがいない。衣服は泳ぎまわり、プランジャーの容赦ない攻撃にあっては沈んでゆく。からっぽの袖をひらつかせ、首のない襟をとびあがらせ、恥じらいもなく下着をあらわにする、まるで生きているような服。この気ちがいじみた水の活動は、午後おそくまでつづく。そしてつぎは、リンゴの花の咲きほこる下、何連隊も勢ぞろいした洗濯物を、風がひるがえらせる番だ。

マルカム・ブライアーの仕事は、地下室からフレーク石けんを運んできたり、こぼれた洗濯ばさみを集めたり、むだ口をきかず、風にはためくリンネルにほこりがとばないようおとなしくしていることである。マルカムは、オーピーおばさんのかん高い指図の声に従って、庭を行ったり来たりする。だが心のなかでは、そんな命令にひどく反発しているのだった。

こうして——ある月曜日。オーピーおばさんは洗濯ばさみを口にいっぱいくわえ、物干し紐を雑巾でふいて服をかけはじめた。ところがマルカムは、最初のすきを盗んで、家の屋根裏に身を隠した。オーク・ストリートにあるその古い家は、彼の両親が、亡くなる前に住んでいた家でもあった。

庭では、オーピーおばさんが金切り声で呼んでいる。台所のポンプの柄がきしっているような声だった。

「マル！　マルったら！　マル！」

マルはほこりをかぶった窓にある小さな穴から、彼の王国を見おろした。オーピーおばさんがまた呼んだ、「マル！」

マルはくすっと笑った。ここなら見つかりっこない。ここは〈泥棒の隠れが〉なのだ。ドアをノックし、いそいで秘密の合言葉をささやかなければ、だれもはいることはできない。

彼のまわりにあるのは、人びとが生き、死んでいった五十年間に集められたさまざまな品物だった。人びとが年をとるにつれ、まとめて棚にあげ、押しこんでしまったありとあらゆる無用な道具、小物、衣類、がらくた。子供の小さなぜんまい玩具――それで遊んだものたちは、今ではその年ごろの子供を持つ皮肉屋のおとなになっている。ほこりのつもったベビー用食事いす――もはやその上には、まともな巣をはる努力もしなくなった、太った怠けものの年寄りグモしかすわろうとしない。

変なにおいのする壁のあちこちにきちんとたてかけてあるのは、家族の写真。父さんと母さん、おじいさんとおばあさん、大おじいさんと大おばあさん、いとこたち、そして七つで死んだ兄のデイヴィッド。

掛け金のある三つの大きな茶色のトランク。もし息を吹きかけ、掛け金をみがけば、それは屋根裏の夜のなかにこつぜんと現われた真鍮の星のように輝きだすだろう。そして掛け金を引っぱれば、トランクのふたはぱっくりとあき、たまりにたまった防虫剤のにおいが鼻にとびこんでくるだろう。それとともに、思い出を解きはなつにおいが部屋にわきあがる、たとえようのないにおいが。

ここではマルは、この上なく幸福だった。

下へ行っても、ちっともおもしろくはない。そこにはウォルターおじさんがいる。青白いしなびた虫のような病人で、毎日毎日、熱い湯と氷水に足をつけ、腐った肉のような息を吐いている。長い年月は、オーピーおばさんをびくともしない鋳型にはめこんでしまった。クジラの骨のコルセットが彼女の体をしめあげるように、ウォルターおじさんは彼女の人生をしめあげてきたのだ。

「マル！」

マルは耳をすました。陽のあたる地上の世界では、まだ洗濯機の不気味な雷鳴がとどろいている。もっとよく注意すれば、ウォルターおじさんの休みない苦しげな咳も聞こえるだろう。

衣類のつまった古ぼけたトランクのなかに小さな両手をつっこんで、マルが最初に見つけたのは、赤んぼうの服だった。彼の幼い、小さい、無知な部分が死んでしまう前、彼が着ていた服。それを見るのは、自分の死を見るのに似ていた——こんなもののなかで生きていたとは信じられなかった。今では十一になり、オギャーオギャーと泣いていたあのころにもどることはできない。こんなに小さくてよく生きながらえたものだと、彼はいまさらながらに驚いた。

それをわきにのけると、マルはつぎに兄の服をとりあげた。かわいらしいグレイの子供服、いっしょにあるグレイの帽子は、デイヴィッドのかわいい頭にぴったりとおさまったことだろう。だがデイヴィッドはもうそれをかぶることはできない。琥珀のなかの蠅のように棺に閉じこめられ、ローズ・ローン墓地の地中で永遠の眠りについているのだ。命日になると、マルはデイヴィッドのお墓を訪ね、ヒナギクをそなえて、デイヴィッドのありがとうという声を待つのだった。

つぎは、父さんの古い杖。どこかの神秘的な友愛会の銘文が、その上に刻まれている。そのとなりには、父さんが大学時代にアメリカン・フットボールの試合で使った古びたゴムの防御マスク。

「父さん、ねえ、父さんってどんな人だったの？　どんな人だったの？」

父さんは今では、オークの額縁におさめられた一枚の写真。高いきついカラーの服を着、きらりと光る目をした若いハンサムな人。

母さんは髪をやわらかく束ね、ちらりと歯を見せて笑っている。小さな、女性的な歯——まるでトウモロコシの白い粒のよう。

それらは、ただの写真。ぶかっこうな屋根裏部屋に集められた、ただの衣服、宝石、がらくた。

そこには、網レースのブラウスもある。時代を経て黄色くなっているが、たぶん母さんは、ブリッジにさそわれたり、麻雀をしたり、ジョン・バリモア演ずる《ハムレット》を見にいったりしたとき着たのだろう。

「母さん、母さん！」と彼はいった。「今どこにいるの？　母さんってどんな人だったの？」

涙がいくすじも頰を伝った。すすり泣きをやわらげるのは、理解ある屋根裏部屋だった。すべてを見てきたその部屋は、涙さえも棚にしまい、ほこりのなかに埋めてしまうのだった。

マルはおなかがへっているのに気づいた。

お昼だ。三階下《した》では、ウォルターおじさんの車椅子が廊下を動いてゆく。洗濯機もしばしのあいだ止まり、沈黙した。

服をしまい、思い出をきちんと元の場所にもどし、トランクの掛け金をかけ、涙をぬぐうと、マルはそろそろと階段をくだり、がみがみ声のとぶ昼食のテーブルをめざした。

「まあ、そこにいたの、マルカム！」

お昼がすみ、ウォルターおじさんが暑さしのぎの昼寝のため部屋にこもると、マルは洗濯物のとりこみを手伝い、台所のアイロンのそばにおいた。アイロンは、唾をはけばジュッと音をたてるほど熱くなっていた。オーピーおばさんは夕方まで、マルの手を借りてアイロンをかけるのだった。夕方には、マルも一時間だけ近所の子供たちと遊ぶのを許される。ただし、「暗くなる前に、まっすぐ家に帰ってくること。川のほうには行っちゃだめよ！」

マルは足をぶらぶらさせて椅子にかけていた。

「行って遊んできなさい！」ようやくアイロンをおいて、オーピーおばさんはいった。「そんなとこで油を売ってるんじゃないよ。めざわりじゃないか。あんたみたいな役立たずはいないよ、ほんとにもう！」

「そんなに役立たず、オーピーおばさん？」

「そうさ。じゃまだよ、どいて、どいて！」

「きっと何をしてもだめなんだ」彼は身じろぎもせず正面を見つめていた。「人って、どうして生まれてくるんだろう、オーピーおばさん？」

「葬儀屋を繁昌させるためさ。さあ、遊びに行ってったら」

「疲れてるんだよ」

「じゃ、寝てしまいなさい」

「ベッドへも行けないくらい疲れてるんだよ」

「ばかなことをいって」

彼は網戸を力いっぱいしめて家を出た。

「力まかせにしめるんじゃないよ、マル！」

彼はゆっくりとポーチを歩いた。

「そんなふうに靴をつっかけないで。かかとがすりへるじゃないか」

パチン。彼のなかで何かがはじけた。

つぎの瞬間、彼は二階にいた。太陽が膝に落ちてきたように決断がひらめいた。その一瞬の記憶はない。部屋にかけあがったことも覚えていない。ベッドの上に自分のありったけの財産を集めながら、彼は涙もなく泣いていた。

おはじき、ハンカチ、シャツ、靴、鉛筆、本、針金、ぱちんこ、羽根、コード、石、リボン——彼はそのすべてを大きな茶色の紙袋につめこんだ。

部屋を出たのは、陽が沈むころだった。あと何分かすれば、オーピーおばさんが銀色の笛——とじこめられた小鳥がはばたくように、内部の石片が震動するピカピカの笛——を吹いて、彼の名を呼ぶだろう。

「マル！」

ほら。呼んでいる。

「マル！」

彼はほぼ完全な闇につつまれたおんぼろの階段をのぼって、屋根裏部屋のすえた、むっとする、だが慣れ親しんだにおいのなかに足を踏みいれた。

「マル！」

まるで夢のなかで聞くような、遠くかぼそいオーピーおばさんの声。階下のもう一つの世界は、もはや存在しない。それは取り除かれ、頑丈な板の下に埋められているのだった。

マルは自分の服を手近のトランクの奥深く、遠い年月のなかへ、二度と使われることとのない品々が埋められている場所に埋めた。シャツは、父さんのシャツや兄のシャツといっしょに。小さな帽子はデイヴィッドの帽子といっしょに。靴は、母さんの銀色のバレーシューズといっしょに。こまごましたものは、長年のあいだに蓄えられた小物のなかにまぜた。

父と母の写真は、よごれきった窓の小さな穴の前においた。そこから、ひとすじの光がさしこんでいる——黄金のクモがつむぎだす糸に似た細い光。光は、母さんの最後のほほえみを、父さんの目の最後の慈愛にみちた輝きを照らした。

光が消えた。

ほほえみと目の輝きは、残像となって暗い中空にうかんだ。

「母さん！　父さん、ねえ、父さんってどんな人だったの？　ぼくがどんなに大きくなったか見たくない？」長い沈黙。「ん？」沈黙。「返事してよ」沈黙。「母さん」沈黙。「父さん？」

暗闇のなかで何かが動いた。

「ここにいたいんだ——みんなと」

ここにはたくさんのものがある。みんなの使っていたものが。それらをまとめることができたら——もしかしたら、父さんや母さんやデイヴィッドをもとどおりにできるかもしれない。みんな生き返るかもしれない！

そのとおりだ！　これらのトランクの奥深くには、父さんの流した汗のしずくがしみこんでいる。父さんの指からはがれた小さな肉片が保存されている、皮膚や爪のかけらもある！　上着には、父さんの体から流れでたたくましいけものの汗がしみこんで、夏も冬もたくわえられている。完全なままで！　服は父さん自身なのだ！　人はまるでトカゲのように皮を脱ぎ捨ててゆく。小さなかけらのかたちで。それらがここにあるのだ。目にもとまらないほどの小片が！　トランクのなかに。父さんはここにいる！　母さんはここにいる！　デイヴィッドも！

マルはトランクの縁に震える手をおいた。きょうからここで暮らそう。もう決して下へはもどらない。ここにいてみんなの仲間入りをし、だんだんかすんでいってしまおう。壁にかかった写真みたいになるまで、折りたたまれた服やがらくたのおもちゃみたいになるまで。

これは冒険のはじまりにすぎない。なぜって、今まで生きていたとは、お義理にもいえないのだから。一時間が過ぎるごとに確信は強まり、彼はしだいに父や母やデイヴィッドのいる現実に近づいていった！

風にあおられるロウソクの炎のように、彼は震えていた。内に荒れくるう嵐によって消されてしまいそうだった。

母の身の回りのものをみんな選りわけると、彼はそれらを調べた。ボタンの一つ一つにいたるまで胸に押しあて、キスし、いたわった。そして、まん中に写真をおいた。宝石、ブレスレット、模造真珠の首飾り、カビくさくなったコンパクトをおいた。

母さんのこの形身を使って、色白の小さな魔法使いさながらに屋根裏部屋の床に模様を描き、子供のかん高い声で呪文をとなえれば、この棺を思わせる三つのトランクから、家族のだれかを、いや、みんなを呼びもどせるかもしれない！　トランクの一つ一つにおさめられているのは、マルが一度も見たことのない三人の形身の品ばかりなのだ。

彼は三つのトランクのふたを同時にあけた。


「マル！」

早朝。あれから一週間。もしかしたら一ヵ月。もしかしたら十年、十五年。

「マル！」

緑の芝生からオーピーおばさんが叫び、銀色の笛を吹いた。彼女は落胆したようすで、のそのそと家にはいってゆく。おそらく電話でもかけるのだろう。

かりに警察を呼んだとしても、マルには関係のないことだった。屋根裏で体をおこすと、彼は笑いだした。最後の段階が近づいている。何もかもがうまく進んでいる。恐怖はなかった。きっと思うとおりになるという安らかな確信があるだけだった。

すでに彼は、捨てられたものの一部と化していた。オーピーおばさんがいったとおり、役立たずのもの。屋根裏に投げこまれ、クモのつづら織の恰好の支えとなる品物の一つだった。すっかり周囲になじみ、闇に沈みこみ、父や母と同じ影——ただの写真、ただの服、がらくた、おもちゃになろうとしていた。少々時間がかかりそうだが、それだけのことだった。

ずっと食事をしていなかった。飢えは感じなかったし、感じる隙もなかった。ここにいるだけで満足だった。顔はもう垢でまっ黒にちがいない。服もよれよれになり、体はやせ細ってしまっただろう。あともうすこし……

彼の見つめるなかで、時はまばゆいけもののようにのろのろと過ぎていった。

この場所をますます敏感に感じとれるようになっていた。さまざまな動きが聞こえた。においも何種類かあった——香水だろうか？　何かが見えた。見えるようになったのだ、とうとう！　今こそ願いは満たされる！　父さんと母さん、デイヴィッドとマル！　陽気な大家族！

皮膚のかけら、衣類のピラミッドにしみこんだ汗と香水、そのにおいのなかから、写真のなかから、黄色に変色した本のなかから、父さんや母さんやデイヴィッドがやってくる！　彼に会うために、手をつなぎ、キスし、迎え、抱きしめ、笑い、輪になって踊るために！

「父さん、母さん！　とうとう来てくれたんだね！　ほんとうだ！　わかってたんだ、そう信じてやれば、きっとできるんだって！　魔法がうまくいったんだ！　ほんとうに来てくれたの？　父さん、母さん！」

みんな、そこにいた。

喜びの暖かい涙がマルの頰をつたった。

その瞬間、闇はそのまん中から、鮮やかな陽光のナイフにすっぱりと断ち切られた。

マルは悲鳴をあげた。

屋根裏に通じるドアが引きあけられたのだ。そして日ざしのなかに現われたのは、オーピーおばさんのいかめしい姿だった！

「マル！　マル、あんたなの？　マル？　ここにいたんだね？」

マルはふたたび悲鳴をあげた。

「父さん、母さん、待って！　行かないでよ！　父さん、母さん、デイヴィッド！」

陽光は屋根裏部屋にすっかりひろがっていた。マルは、衣類やがらくたともつれあって床にころがった。オーピーおばさんがかけよった。

「四日もこんなところにいたの？　長いあいだ心配させて！　よくもまあ、マルカム・ブライアー、そのなりを見なさい！　自分のなりを見てごらん！　ちゃんと目をあけて！」

彼女はマルをつかまえると、その腕をねじあげてドアに押しやった。日ざしが目を射た。

彼はよろめいた。

「ウォルター！」とオーピーおばさん。

「ちょっと来て、見つけたのよ、マルを！」

最後の最後はまったく気ちがいじみていた。マルがどれほど悲鳴をあげようと、文句をいおうと、わめこうと、もがこうと、つかみかかろうと、オーピーおばさんは心を決めてしまったのだった。

春の大掃除だ。

屋根裏部屋にしまわれていたまがまがしい宝物は、すべて引きずりだされた。がらくたは無情に焼却炉に投げこまれた。写真は、高価な額縁とともに売却された。

だが、それ以上に想像を絶していたのは、裏のポーチで水をかきたてる洗濯機だった。洗濯機のなかでのたうつ衣服は、父さんと母さんとディヴィッドのものなのだ！　ねじれ、とびあがり、泡だち、震える父さんのシャツ、母さんのブラウス、ディヴィッドの遊び着！

魔法も思い出も象徴もすべて、洗い、かきまわし、打ちのめし、溶かし、しぼり、押し流す、非情なプランジャーと強力な石鹼とわきかえる水！

遠いむかしの汗も、不滅の香水のかおりも、もはや水とリゾールのおかげで取りかえすすべもない。人びとが生きたあかしとなる小片のすべてが、今では洗い流され、水にのみこまれてしまったのだ！

そして一枚一枚、機械のなかからとりだされる服は、はらわたのない死体のように、もはやよみがえることもなく、生命もなく、リンゴの花の咲きほこる下、おだやかな暑い風にゆられて吊るされた。

オーピーおばさんの頑丈な手のなかでもがきながら、マルは崩折れた。彼は叫び、なおも叫び、精も根も尽きるまで絶叫したのち、弱々しいヒステリックなすすり泣きをはじめた。

「父さん、母さん、デイヴィッド、行っちゃいけない！　おねがいだよ、ねえ、おねがいだから！」

むかつくような闇のなかに沈む途中、マルの耳に最後まで聞こえていたのは、洗濯機が非情に石鹸水をかきまわし、波だたせる音だった。思い出を殺し、踏みつけ、叩きつぶし、いつ果てるともなくつづく水の音だった……！

刺青の男

「さあさ、刺青男だよ！」

汽笛オルガンのかん高い音とともに、ウィリアム・フィリップス・フェルプス氏は、群衆の見まもる、夏の夜のやぐらの上に腕を組んで立った。

彼の体は、世界だった。中央の国、胸部には、巨大な生き物が棲んでいる――だぶついた肉、ほとんど女性的といえる胸をのたうちまわる、乳首の目を持った二頭の竜。へそは、細い目をした怪物の口だ――妖婆のように歯なしで、どこかわいせつな、しぼんだ口。そのほかにまた、夜の生き物が潜む秘密の洞窟、地中からしみだした酒がゆっくりとしたたり落ちる腋の下がある。そこでは、夜の生き物どもが、目を油断なく光らせ、はびこるつたや、たれさがるつる草のあいだから外界をうかがっている。

ウィリアム・フィリップス・フェルプス氏は、舞台から無数のクジャクの目とともに地上を見おろした。遠く、おがくずの原を行ったところで、妻のリザベスがチケットをもぎりながら、通りすぎる客たちの銀のベルト・バックルを見つめている。

ウィリアム・フィリップス・フェルプス氏の両手は、バラの刺青だった。妻が見ているのに気づいて、バラは落ちる日とともにしぼんだ。

一年前、リザベスを結婚登記所へ連れて行き、彼女が用紙にインクでゆっくりと名前を書くのを見ていたときには、彼の肌は白く、清潔で、しみ一つなかったのだ。ふいに恐怖をおぼえて、彼は自分の体を見おろした。それが今では、夜風にはためく大きな極彩色のカンバスなのだ！　どうしてこんなことがおこったのだろう？　どこからこんなことが始まったのだろう？

それは、口論と、そのあとのぜい肉と、そのあとの絵からはじまった。二人は夏の夜を幾晩もついやして口論した。彼女は、いつ終わるともなく鳴りひびく真鍮のトランペットだった。だから、彼は家をとびだし、湯気のたつホットドッグ五千本と、ハンバーガー一千万個と、新鮮な玉ねぎの森をたいらげ、オレンジ・ジュースの広々とした赤い海を飲みほしたのだ。はっかのキャンディは、ブロントサウルスのような彼の骨をつくり、ハンバーガーは、風船のようなぜい肉をこしらえ、ストロベリー・ソーダ水は、心臓の弁からうんざりするほど出たりはいったりした。そして、とうとう体重は三百ポンドにふえてしまったのである。

「ウィリアム・フィリッパス・フェルプス」結婚して十一カ月目に、リザベスは彼にいった。「あんたは、でぶで、大まぬけだわ」

見世物興業の親方が青い封筒をわたしたのも、その日だった。「残念だがな、フェルプス。そんな図体では、とてもうちの仕事はまかせられん」

「おれはいつだっていちばんの天幕張り《テント・マン》だったじゃありませんか、ボス」

「昔はな。今は違う。今はただすわって、油を売ってるだけだ」

「〝百貫でぶ〟に雇ってください」

「〝百貫でぶ〟はもういる。二人もいらんよ」親方は、彼を上から下までながめた。「それじゃ、こうしよう。ギャラリイ・スミスが去年死んでから、〝刺青男〟が抜けているので……」

それが一カ月前だった。短かった四週間。どこかのだれかから、彼は、なだらかな丘の起伏するウィスコンシンの田舎に、一流の腕を持つ年老いた女の刺青師がいるという話を聞いた。舗装してない道をまっすぐ行き、川のところで右に曲がれば、左側に……

彼は、太陽に照らされてかかりかかりに乾いた黄色の平原をわたった。足元では、赤い花が風に吹かれて茎をたわませていた。やがて、百万回もの雨に打たれたような、古い小屋の前に来た。

ドアをあけたところは、静かな、がらんとした部屋で、そのがらんとした部屋のまん中に老婆がすわっていた。

その目は、赤いやにの糸で縫われていた。その鼻の穴は、黒い蠟の撚糸《よりいと》でふさがれていた。かがり針トンボが彼女の五官を全部縫いあげてしまったように、二つの耳もふさがれていた。彼女は何もない部屋に、身じろぎもせずすわっていた。ほこりが黄色い粉となって、ところかまわずつもっている。何週間も、足で踏まれたあとがない。老婆が動いたなら、その証拠はあらわれているはずである。だが、動いたようすはなかった。その両手は、薄い、錆びついた二つの器具のように重なりあっていた。その両足は、ゴム長靴のようにむきだしで、わいせつだった。そのそばには、墨のはいった薬壜がおいてある——赤、ライトニング・ブルー、茶、キャット・イエロー。老婆は固く縫いこまれた、囁きと静けさだけの存在だった。

ただ口だけは縫われていず、動いた。「おはいり。かけて。ひとりだと寂しくてね」

彼はその言葉に従わなかった。

「絵をかいてもらいに来たんだね」老婆は高い声でいった。「そのまえに、一つ見せたい絵があるんだよ」

老婆は手の平をつきだすと、それを指であてずっぽうに突いた。「ごらん!」老婆は叫んだ。

それは、刺青で描かれたウィリアム・フィリップス・フェルプスの肖像画だった。

「おれだ！」

老婆の叫びが、ドアのところで彼の足を止めた。「行っちゃだめ！」

彼は老婆に背を向けたまま、ドアの縁で体を支えた。「おれだ、あんたの手にあるのはおれの顔じゃないか！」

「五十年前のものだよ」老婆はそれを猫のように何度も何度もなでた。

彼はふりむいた。「昔の刺青だ」おそるおそる進み出て、よく見ようとかがんだ。そして震える指をのばすと、絵の上に走らせた。「昔のだ。そんなばかな！　あんたはおれを知らん、おれだって、あんたなんか知らん。そんなふさがったような目をしていて」

「あんたを待っていたのさ。ほかにも、たくさんの人をね」老婆は骨董椅子の紡錘形の脚のような、腕と脚を見せびらかした。「この体には、ここへ来たものの絵がちゃんと刺青してある。ほかにも、これからの百年に、ここへ来るものの絵がある。きょうはあんた、あんたが来た」

「どうしておれだとわかるんだ？　見えもしないのに！」

「わたしにはね、あんたはライオンのようにも、象のようにも、虎のようにも見えるんだよ。シャツを脱いで。やってあげるから。こわがらないで。わたしの針は、お医者の指みたいにきれいさ。あんたに刺青するのが終わったら、まただれかがここへ来て、わたしを見つけるまで待っている。そうしていつか、今から百回も夏が過ぎるころだよ、わたしは森にはいって白いキノコの中に横になる。春になるころには、小さい青い矢車菊しかそこには残らない……」

彼はシャツのボタンをはずしはじめた。

「わたしは大昔も、今このときも、それから遠い未来も知っている」彼女は顔をあげ、盲《めし》いた目を彼に向けてささやいた。「わたしの体には、それがかいてある。それをあんたにもかいてあげよう。そうすれば、あんたはこの宇宙でたったひとりの、ほんとうの刺青の男さ。忘れられないような、特別の絵を彫ってあげるからね。未来におこる出来事の絵を」

老婆は針で彼を突いた。

その夜、彼は恐怖と興奮のあまり飲んだくれ、転がるように見世物小屋にもどった。ほこりまみれの妖婆が、彼の体に色と模様を縫いこむあの手の早さといったら！　銀の蛇に嚙まれながらの長い午後がすぎるころには、体一面にたくさんの絵がひしめくようになっていた。彼が倒れたその上に、印刷機の鋼鉄のローラーが通り、体中がグラビア刷りになって現われてきたようなものである。今や、彼は巨人たちと緋色の恐竜どもをその体にまとっているのだった。

「どうだ！」彼はリザベスにむかって叫んだ。妻はシャツを脱ぎすてる彼を、化粧台のところから見あげた。彼はトレイラーの裸電球の下に立ち、信じられぬような胸をあらわにした。そこには、半身が処女《おとめ》で、半身が山羊のかたちをしたぶるぶる震える生き物がむらがり、二頭筋が縮むたびに躍りあがる。あごは、失われた魂の国だ。そのあごを上げたり下げたりするたびに、アコーディオンのひだのような脂肪の上を、無数の小さなサソリやカブトムシやハツカネズミが、押しつぶされ、動きを止め、隠れ、目にもとまらぬ速さで現われては、また消える。

「まあ」リザベスはいった。「うちの亭主が半端者になっちゃった」

彼女がトレイラーからとびだして行ったので、彼はひとり鏡の前でポーズをとる羽目になってしまった。どうしてこんなことをしたのだろう？　もちろん、仕事にありつくためだ。だがそのほかに、自分の骨に信じられぬほどまつわりついた脂肪を隠すという目的も大きな部分を占めていたのだ。脂肪を色彩と幻想の層の下に隠すのは、妻の目から隠すというより、自分自身から隠すためだった。

彼は老婆の最後の言葉を思いだした。老婆は彼の胸と背中に一つずつ、特別な刺青を彫ったが、それをどうしても彼に見せようとはしなかった。その前に、布と絆創膏でおおってしまったのだ。

「この二つを見てはいけないよ」老婆はそういった。

「どうして？」

「あとでなら、見てもいい。未来が、この絵の中にあるのさ。いま見たら、それでダメになってしまう。まだ、できあがったわけじゃないのだよ。おまえさんの体に落とした墨は、汗とまじりあって、できあがっていない分をこさえる。おまえさんと汗とおまえさんの考えが未来をこさえるんだよ」老婆は歯の抜けた口で笑った。「このつぎの土曜の夜には、おひろめをしていいよ！　さあ、除幕式だよ！　刺青男がはじめて見せる刺青だ！　そうすれば、お金がもうかる。美術館みたいに、その除幕式に入場料をとればいいのさ。おまえさんでさえ見たこともない、今までだれひとり見たこともない刺青が、きょう見られる。そういうんだね。こんな刺青は今まで見たこともない。まるで生きてるよう。それには、未来がうつっている。鳴物入りで大宣伝さ。おまえさんはただ立って、その除幕式をやればいい」

「名案だな」

「だけど、胸の刺青だけだよ」老婆はいった。「はじめは、それ。それから一週間は、背中の刺青に絆創膏をしておかなけりゃならない。わかったね？」

「それで、お代は？」

「いらない。この刺青といっしょに歩いてくれれば、それだけでわたしは満足さ。わたしはこれから二週間ここにすわって、わたしの刺青がどんなにうまくできていたか考える。

どうしてかって、わたしはその人間の中にあるものにあわせて、ぴったりの刺青を彫ったんだからね。さあ、出てお行き、もどってくるんじゃないよ。さようなら」

「さあさ！　刺青の除幕式だ！」

夜風に、赤い看板がゆれていた。**ただの刺青男ではない！　刺青が体か、体が刺青か！　ミケランジェロをしのぐ！　いよいよ今夕！　入場料十セント！**

そして時刻がやってきた。土曜日の夜。観衆はおちつかなげに、熱いおがくずの上で足を踏みならしている。

「あと一分で――」親方はボール紙のメガフォンを向けながら――「わたしのすぐうしろの、このテントの中で、刺青男が自分の胸にある謎の刺青を、初めてみなさんにお目にかけます！　来週の土曜の夜、同じ時間、同じこの場所にて、刺青男は今度は自分の背中の刺青をお目にかけることになります！　さあさ、みなさん、お揃いでいらしてください！」

どもりがちに太鼓がとどろいた。

ウィリアム・フィリッパス・フェルプス氏はやぐらからとびおりると、姿を消した。テントになだれこんだ群衆は、その中にしつらえられたもう一つのやぐらの上に彼が立っているのを見つけた。楽団はジグを演奏している。

うに群衆にまぎれこみ、軽蔑と好奇心をあらわにしてこちらを見まもっていた。なんといっても、自分の夫であるし、これは彼女さえも知らないことなのだ。彼自身、今夜はこの騒々しい宇宙、見世物の世界の中心であることを意識して、興奮し、紅潮し、上機嫌になっていた。ほかの異形の芸人たち——骸骨男、アザラシ人間、行者、魔術師、風船男——も、群衆の中にまじっている。

「みなさん、歴史的瞬間です！」

鳴りひびくトランペット、ぴっちり張った牛の皮を打つばちの音。

ウィリアム・フィリップス・フェルプス氏は、マントを落とした。ぎらぎらした光の下に、恐竜が、巨人が、半身おんな半身ヘビの生き物がうごめいていた。

おお、と群衆はどよめいた。こんな刺青をした男は見たこともない！　けだものの目には赤い火、青い火が燃え、明滅し、のたうっている。指に彫られたバラは、甘いピンクの香りを放っているように思われる。たちあがったティラノサウルス・レックス、暑いテントの中に鳴りわたるトランペットの音は、怪物の赤い口からほとばしる前世紀の叫びだ。ウィリアム・フィリップス・フェルプス氏の体は、生気を吹きこまれた博物館だった。青色の墨の海に、魚が泳ぎまわっている。黄色い太陽の下で、泉がきらめいている。筋肉と鋼と肉の宇宙を、炎を噴きだして飛ぶロケット。ほんの少し息を吸っただけで、刻みこまれた宇宙のすべてが混沌にのみこまれそうに見える。息を呑んで立ちつくす観衆の前で、彼の体はふくれあがり、灼熱した。生き物たちは、炎にあおられ、彼の誇りが発する熱気にあてられて、体をちぢめ、退却した。

親方は、絆創膏の上に指を置いた。夜のテントの広々としたオーヴンの中で、観衆は無言のまま、どっと前に押しよせた。

「まだまだ、これからだ！」親方は叫んだ。

絆創膏がはがれた。

一瞬、何事もおこらなかった。一瞬、刺青男はこの除幕式が、惨憺たる、もはや取り返しのつかない失敗ではなかったかと思った。

しかし、つぎの瞬間、観衆は低い呻き声をあげた。

親方は目をむいたまま、うしろにさがった。

遠く、群衆のはずれで、ひとりの女がとつぜん叫び声をあげ、すすり泣きをはじめた。

それは、いつまでもやまなかった。

ゆっくりと、刺青男は自分のむきだしの胸と腹に目をおろした。

それを見た瞬間、彼の手に彫りこまれたバラは色あせ、枯れた。すべての生き物が生気を失い、体をまるめ、彼の胸から外側へ外側へと送られる死と破滅の北極の冷気をうけてちぢこまってしまったようだった。震えながら、彼は立ちつくした。手が泳ぐように動いて、その信じられぬ絵、生き、動き、震えるその絵に触れた。それはまるで、小さな部屋をのぞくようだった。だれかの生活をのぞき見るように、信じられないくらいなまなましく、とてつもなく、顔をそむけなくては、そのまえに長くは立っていられなかった。

それは、彼の妻リザベスと彼自身の絵だった。

その中で、彼は妻を殺しているのだった。

ウィスコンシンの田舎、黒い森の中の一つの暗いテント、その中にいる一千の人びとの目の前で、彼は妻を殺しているのだった。

花の咲き乱れる彼の両手は、妻の喉元にある。彼女の顔は黒ずんでいる。彼は妻を殺し、それでもまだ妻を殺し、一分間の休みをとるでもなく、なお殺しつづける。それは、真に迫っていた。群衆の見まもる前で、彼女は死んだ。彼は気持がわるくなって、目を離した。今にも、群衆の中へまっさかさまに落ちるのではないかと思われた。テントは巨大なコウモリの羽根のようにぐるぐる回り、グロテスクにはためいていた。彼が最後に聞いたのは、静まりかえった群衆のうしろから聞こえる、ひとりの女のすすり泣きだった。

泣いているその女は、リザベス、彼の妻だった。

夜のあいだに、彼のベッドは汗でぐっしょり濡れていた。見世物の騒がしい音はいつのまにか溶けるように消え、妻もいまでは隣りのベッドでひっそりしている。彼は胸をまさぐった。なめらかな絆創膏の手ざわりがした。誰かが元にもどしておいてくれたのだ。

彼は気を失ったのだ。息を吹きかえすと、親方がどなった。「ああいう絵だってことを、どうしていわなかったんだ?」

「おれは知らなかったんです、全然なんにも」刺青男はいった。

「ごくろうなこったよ!」親方はいった。「みんな、胆《きも》を潰したぞ。リジーも、このおれもな。まったく、きさま、どこでそんなろくでもない刺青を仕入れてきた?」彼はぞくっと身を震わせた。「リジーにあやまるんだ、さあ」

彼の妻は、そばに立ちはだかっていた。

「ごめんよ、リザベス」目をとじたまま、彼は弱々しくいった。「知らなかったんだ」

「わざとしたんだわ」彼女はいった。「わたしを恐がらせようとして」

「悪かった」

「それを消すか、あたしが出て行くかだわ」

「リザベス」

「聞こえたでしょ。その刺青がなくなるか、あたしがこのショウをやめるかよ」

「そうだ、フィル」親方がいった。「そういうことだ」

「損をしたんですか? お客が金を返せといったんですか?」

「金の問題じゃないよ、フィル。実をいうとな、このことが知れたとたん、何千人もの人間がはいろうとやってきた。だが、おれはキレイな見世物をやってるんだ。その刺青をとるんだ！　この悪ふざけは、本当におまえが考えたのかね、フィル？」

彼は暖かいベッドの中で寝がえりをうった。いや、悪ふざけなんかじゃない。まったくちがう。彼もまた、みんなと同じように胆を潰したのだ。あのほこりをかぶった妖婆は、いったい何をしたのか、どうやったのか？　老婆はあの刺青を彫ったのだろうか？　いや、老婆は、その絵がまだ完全にできあがってはいないといった。彼の考えと汗が、それを完成させるのだ、と。では、彼は上々の仕事をしたわけである。

それにしても、どんな意味があるのだろう？　だれも殺したくはない。リザベスを殺そうなどとは、思ってもいない。いったいどうして、こんなばかげた刺青が、暗闇の中にいる彼の、この胸にあるのだろう？

そっと指をのばし、注意ぶかく、絵のかくされた胸のぜい肉をさわってみた。強く指を押しつけると、そのあたりがひどく熱を持っているのがわかった。一晩中、殺して殺して殺しつづける、その小さな邪悪な刺青が手で感じとれるのではないかとさえ思えた。

いいや、いいや、リザベスを殺したくない、歯をくいしばり、彼女のベッドを見ながら、彼は思った。それから五分後、彼のささやきが声となった。「いや、それとも？」

「え？」目をさまして、彼女がきいた。

「なんでもない」間をおいて、彼はいった。「寝なさい」

男は、ズーズーとうなる機械を手にしてかがみこんだ。「一インチにつき五ドルだよ。刺青をするより、それをはがすほうが金がかかるんだ。いいよ、絆創膏を取んなさい」

刺青男はいわれるままにした。

男はすわりなおした。「神さま！　取りたいというのも無理ないね！　こいつはひどいな。まともに見ちゃいられないね」男は機械のスイッチを入れた。「いいね？　痛くはない」

親方がテントのはずれに立って、こちらを見つめていた。五分後、男は機械の頭をとりかえ、悪たいをついた。十分後、男は椅子をきいきいいわせてうしろにさがると、頭をかいた。三十分後、男は立ちあがると、ウィリアム・フィリップス・フェルプス氏に服を着るようにいい、機械をかたづけた。

「ちょっと待て」親方が声をかけた。「仕事が済んでないじゃないか」

「仕事をやってないんだからねえ」男はいった。

「たんまり払ってるんだ。どこが気にいらない」

「なんにもない。ただ、あのいまいましい刺青がはがれないっていうだけさ。ありゃきっと骨にまでしみこんでるよ」

「ばかばかしい」

「いいですか、わたしは三十年この仕事をしてますがね、こんな刺青は見たこともない。

きっと、深さが一インチもあるんだね」

「だが、これを取らなくちゃ！」刺青男は叫んだ。

男はかぶりをふった。「取る方法が一つありますよ」

「どうやる？」

「ナイフで、胸をそぎとるんだね。長生きはせんだろうが、刺青はなくなる」

「取ってくれ！」

だが、男は行ってしまった。

日曜の夜の巨大な群衆が待っている。その物音が聞こえてくる。

「たいへんな入りだ」刺青男はいった。

「だが、お目あてのものは残念ながら見られんな」親方がいった。「おまえは出て行くが、絆創膏つきだ。ちょっと動くな。背中にある、もう一つの刺青を見たい。こっちの方の除幕式をかわりにやるというのも手だ」

「婆さんは、あと一週間はだめだといってましたよ。墨がのって、模様ができるまで時間がかかるという話です」

刺青男の背筋の絆創膏がはがれる、やわらかい音がした。

「何が見えます？」フェルプス氏は息をつめて、首をねじった。

親方は絆創膏を元にもどした。「おい、おまえは刺青男としちゃあ落第だぞ！　どうして、あの婆あにそんな真似をさせたんだ？」

「何にも知らないもんで」

「おまえはペテンにかかったんだ、こっちのほうはな。何の模様もない。全然だ。何にも彫ってないんだ」

「そのうちはっきりしてきますよ。いいから、待ってなさい」

親方は笑った。「わかった。行こう。お客に、残りの刺青を見せなきゃならん」

二人は、金管楽器の音が爆発する中に歩み出た。


夜もふけたころ、彼はトレイラーの中で怪物さながらに立ちあがった。周囲の世界は傾き、浮きあがり、ときには彼をきりきりまいさせて、目の前の鏡の中につき落とそうとする。彼は盲人のように両腕を広げ、体のバランスを保った。薄暗い明かりに照らされたテーブルの上には、オキシフルと、酸と、銀色の剃刀と、四角いサンド・ペーパーがある。彼はかわるがわるそれを使った。胸に彫られた邪悪な刺青を酸で濡らし、皮膚をけずった。一時間ほど、彼は一心不乱に努力していた。

とつぜん彼は、トレイラーのうしろのドアのそばにだれかが立っている気配を感じた。時刻は、明け方の三時。ビールのにおいがかすかに漂ってくる。彼女が町からもどってきたのだ。ゆっくりした息づかいが聞こえた。彼はふりかえらなかった。「リザベスかい？」

「それをとったほうがいいわよ」サンド・ペーパーを持った夫の手を見つめながら、リザベスはいった。彼女はトレイラーの中に入ってきた。

「こんな刺青は、おれだってほしくない」

「いいえ。わざとやったんだわ」

「ちがう」

「知ってるわ。ええ、あなたはわたしを憎んでるんだから。でもそんなことはいい。わたしだって、あんたなんかまっぴら。ずっとむかしから、きらいだったわ。いいこと、こんなに肥りだしても、愛してくれる人間がいると思ってるの？ どれくらい嫌いか教えてやりたかった。どうしてきかなかったの？」

「出てってくれ」

「あんなにたくさんの人がいる前で、わたしを物笑いにするなんて」

「テープの下に何があるか、おれは知らなかったんだ」

彼女は腰に手をおいて、テーブルをまわった。そして、ベッドに、壁に、テーブルに、そのほか周囲のものすべてに語りかけた。彼は思った。おれは知っていたんだろうか？ この絵をつくったのは、おれだろうか、あの魔女だろうか？ だれが形づくったのだろう？　どうやって？　おれは、ほんとにリザベスに死んでほしいと思ってるのだろうか？　ちがう！　だが……彼は近づいてくる妻を見つめた。彼女の紐のような喉の筋が、叫び声につれてぶるぶる震えるのを見た。あんたのこと、ここと、ここが我慢ならない！　あんたのあそこと、あそこと、あそこは、とても救えたものじゃない！　あんたは、嘘つきで、小細工屋で、でぶで、怠け者のぶ男だわ。まるで、子供。親方や天幕張りとはりあっていけると思うの？　自分が妖精みたいに美しいと思ってるの？　額縁にはいったエル・グレコだと思ってるの？　ダ・ヴィンチ、はっ？　ミケランジェロ、ばっかばかしい！　彼女はあざけった。歯をむきだした。「そんないやらしい手でさわらないで！　こわがらせていっしょにいさせようったってだめよ！」彼女は勝ち誇った口調で、いい終えた。

「リザベス」彼はいった。

「リザベスリザベスいわないで！」彼女はかなきり声をあげた。「あんたの企みは知ってるわ。こわがらせようとして、彫ったのよ。こうすれば、おれのところをとびだすまいって。わかったわよ！」

「来週の土曜の夜には、二回目の除幕式がある。そのときには、おれを誇りに思うようになるよ」

「誇り？　なんて、ばかな、かわいそうな人でしょう。あんたはクジラだわ。浜にうちあげられたクジラ、見たことがあって？　子供のときわたし見たのよ。みんながやってきて、射ち殺したわ。救命員が集まってきて、鉄砲で射ったの。ねえ、クジラよ！」

「リザベス」

「出ていくわ。離婚しますからね」

「よせ」

「そして、人なみの男と結婚するわ。でぶの女とじゃなくて——あんたのことよ。そんなにでぶでぶして、もう男じゃないわ！」

「行ってはだめだ」

「いい気味だわ！」

「愛してるんだ」

「あら、そう。自分の刺青でもながめてなさい」

彼は手をのばした。

「離してったら」

「近くへ来ないで。反吐が出る」

「リザベス」

彼の体中にある目が、火と燃えたように思われた。体中の蛇が動き、体中の怪物がのたうち、体中の口が怒り狂ってぱっくりと開いたように思われた。彼はむかっていった——ひとりの男ではなく、まるで群衆のように。

貯蔵されていたオレンジエードが体内をかけぬけ、コーラと、香り高いレモン・ソーダ水が水門を破って、手に、足に、心臓に、むかむかする甘い怒りとなって流れこむのが感じられた。芥子と、調味料と、彼がこの一年間に飲んだ百万の飲料がすべて沸きかえっていた。彼の顔は、蒸した牛肉の色だった。そして、彼の手のピンクのバラは、なま暖かいジャングルの中に長いあいだ閉じこめられ、今やっと夜気に触れて逃れようとあがきだした、貪欲な、肉食性の花と変わった。

彼は妻を引きよせた。野獣がもがく小動物を引きよせるように。それは、加速され、加熱された、無我夢中の愛のジェスチュアだった。しかし、彼女がもがくうち、それは別のものに変わった。彼女は、夫の胸の刺青をたたき、引っ掻いた。

「おれを愛してくれ、リザベス」

「離して！」彼女はかなきり声をあげた。そして、彼の胸の燃える刺青をたたき、爪でそれを傷つけた。

「なあ、リザベス」彼女の腕を手で押しあげながら、彼はいった。

「大声を出すわよ」彼女は、夫の目を見つめた。

「リザベス」両手が妻の肩から首へと動いた。「行かないでくれ」

「助けて！」彼女は叫んだ。胸の刺青から血が流れた。

彼は妻の首のまわりに指をあて、しめつけた。

彼女の叫びは、中断された汽笛オルガンだった。

おもてで草がざわめいた。走ってくる足音。

ウィリアム・フィリップス・フェルプス氏はトレイラーのドアをあけ、外へ出た。彼を待ちうける人びとが見えた。骸骨男、小人、風船男、行者、エレクトラ、ポパイ、アザラシ人間。暗闇に包まれた、乾いた草の上で、彼を待ちうける異形の人びと。

ウィリアム・フィリップス・フェルプス氏は、彼らにむかって歩きだした。なんとか逃げださなければと思いながら、彼は歩いた。彼らには何もわからない。頭のあるやつはいないのだ。彼が逃げようとしなかったので——ふらつきもせず、どんよりした目で、テントのあいだをゆっくりと歩いてきただけだったので、異形の群集はわきにどき、彼を通した。彼らはじっと見つめていた。見つめていれば、彼が逃げださないと思っているようだった。顔にあたる蛾をかまいもせず、彼は黒い野原を歩いた。どこへむかっているのか自分でもわからず、見られているあいだは、着実な足どりで歩きつづけた。彼らはうしろ姿をじっと見送っていたが、やがてふりかえると、静まりかえったトレイラーに歩みより、ゆっくりとドアをあけはなった……

刺青男はしっかりとした歩調で、郊外の黒い野原を歩きつづけた。

「あっちへ行ったぞ！」かすかな声が叫んでいた。丘の上で懐中電灯の光が動いた。おぼろな人影が走っていた。

ウィリアム・フィリップス・フェルプス氏はそれらにむかって手をふった。彼は疲れていた。今はもう見つけてもらいたかった。もう走りたくはなかった。彼は手をふった。「あそこだ！」懐中電灯の光が方向を変えた。「さあ！　あんちくしょうをつかまえるんだ！」

ころあいになると、刺青男は走った。ゆっくりと走るように心懸けた。二度ばかり、わざところんだ。ふりかえると、彼らの手にテントの杭のあるのが見えた。

彼は遠くに見える十字路の灯めざして走った。そこには、夏の夜がすべて集まっているようだった。とびまわる蛍のメリイゴーラウンド、その灯にむかってコオロギがうたっている。ありとあらゆるものが、何か真夜中に惹きつける力でもあるように、地上高くぶらさがるその灯めざしてむらがってゆく――先頭をきるのが刺青男、そのすぐうしろには追手。

街灯にたどりつき、その下を過ぎて数ヤード行くと、もはやふりかえる必要はなくなった。前方の道路に、テントの杭の影が弧を描いてぐんぐんのぼり、そして落ちてくるのが見えたのだ！

一分が過ぎた。

谷間で、コオロギがうたっている。異形の人びとは、テントの杭を力なく持ち、横たわった刺青男のまわりに立った。

やがて彼らは、刺青男をうつぶせにした。口から血が流れた。彼らは背中の絆創膏をはがした。はじめて人の目に触れたその刺青を、彼らは長いこと見おろしていた。だれかがささやいた。別のだれかが、低い声で悪たいをついた。影男は背を向けると、歩きだした。気分の悪そうなようすだった。見つめていた異形の人びとは一人ひとり、唇を震わせながら歩き出し、最後に刺青男だけが、口から血をしたたらせたまま、人気の絶えた道路に残った。

薄暗い明かりの下でも、その刺青は容易に見えた。

それは、暗い、寂しい道路で死にかけている太った男の上にかがみこみ、男の背中の刺青をながめている異形の人びとの絵。その中の刺青には、暗い、寂しい道路で死にかけている太った男の上にかがみこみ、男の背中の刺青を……

静寂

むろん、われわれは黙って彼らを迎えた。彼らは細長い銀色の宇宙船を、いくつも谷間や台地や平野に着陸させた。だが、われわれは何の行動もおこさず、彼らを迎えた。ただ、観察し、待ち、仲間うちだけで彼ら侵略者たちのことを語りあった。この出来事は、それだけで一つの笑い話になったほどだ。

彼らがやって来ることを知っていたのかって？　そう、われわれは知っていた。虚空をわたってくる彼らの物音が、われわれに聞こえたのだ。闇をつらぬいて飛ぶ宇宙船の数は、千に達した。彼らは何かを逃れてきたのだ。それも死にもの狂いで。地球と呼ばれる生まれ故郷の惑星が、もはや彼らの住めるところではなくなったのだ。そこで宇宙船を建造し、手遅れになるまえに、地球から脱出してきたのだった。

地上に降りたった彼らの姿は、だれの目にも見えた。やがて彼らの発する鋭い思慮のない言葉が、大気を震わせて、われわれの耳に聞こえてきた。彼らには指導者がいた。はがねのように引き締まった肩と色白でおだやかな顔の、長身の男だった。彼はいままでの旅のこと、それに払われた犠牲のこと、そしてこれから生きていく新天地のことを、人びとに語っていた。

音声の振動パターンは、このようなものだった。

「われわれは神のご慈悲により、ここまでたどりついた。絶望と思えた困難の数々を克服し、力の限り闘い抜いて、ついに新天地を見出したのだ。

幸運なことに、この惑星に知的生物はいない。戦いを交えずして、ここに着陸できたのは、実に喜ばしいことだ。われわれが無事におりたった、この陽光のさんさんとふりそそぐ緑の楽園には、空気と光と大地、そして水と風と山、それだけしかない」

われわれは、ことさらこの男を殺したいわけではなかった。彼の名はモンロー。ただ、彼も同類として、その罪の報いを受けるべきだというのが、われわれの考えだった。

問題なのはもう一人――おちつきがなく、生意気で、矯正の見込みのない、肥った男のほうだった。

「そうだ、そうだ」と彼は早口でいった。「ここはおあつらえむきだ、インディアンはいないしな……まったく、おあつらえむきだよ。なあ、モンロー、あと半年もしないうちに、おれたちはこのつまらん惑星をこってりこねまわして、ニューヨークやシカゴやほかのおれたちの都市をみんなそっくりこしらえてみせるぜ。腕が鳴ってるんだ！」

残りの人間たちは、いっせいに嬉しそうな騒音をあげた。それは彼らの肺と喉から発しているようであり、それほどの意味は持っていないらしかった。モンローは黙っていた。

われわれは待った。やらなければならない仕事は、われわれにもあった。一つの惑星を殺し、そこに住めなくなったからといって見捨てて来るような生物を、ふたたびここから出すわけにはいかなかった。彼らがここにおちつき、住居を建て、居心地に満足するまで、宇宙船が錆びつき朽ち果てるまで、われわれは待つつもりだった。待つことはできた。始めも終わりもないこの宇宙に、われわれの消費できる時はふんだんにあったからだ。

われわれは、いまでも、あの活発な鋭い音声の振動を思いだす。

「きみが見張りだ、カールスン。もしかしたら、この世界には遊牧民族がいるかもしれない。未知の病気や奇怪な動物が出てくるかもしれない。いま、われわれは戦争なんかできない。そんな余裕はないんだ」

「はい、わかりました。充分警戒します」

そう、彼らは警戒した。しかし何も現われなかった。彼らは、男女二人ずつ組をつくって歩いた。彼らは山のいただきに登り、樹木のうっそうと茂る谷間や、乾いた砂のひろがる涸れた川のほとりを散策した。彼らはソトンのつんと香る大気を、まるで極上のワインでもあるかのように嗅いだ。太陽は空に昇っては沈み、星々は地平線の端から端までちりばめられ、おごそかに天空を回転した。季節はいくたびも変わり、ついに彼らも危険は存在しないと確信するようになった。

彼らはソトンをわがものにしたと思いこんだのだ。それを告げる言葉が印刷され、話されて、人びとにいきわたった。彼らはバラッドにしてそれをうたい、乾杯して祝い、眠りの中で夢みた。

最初の世代、そのつぎの世代は、彼らが故郷から背負ってきた病気や闘争や社会の腐敗に悩まされながら、おのずから滅んでいくにまかせた。われわれは、彼らの鋼鉄の網がはるかかなたまで拡がるのも黙殺した。彼らは川に船をうかばせ、空に飛行機をとばし、地面に穴を掘った。彼らは死者も地に埋葬した。そして、そのあいだ中、われわれは時が来るのを待ちながら観察していたのだ。

われわれは待った。

彼らの正体はわかりきっていた。動物という名の無感覚な小生命。大宇宙の運動に従うでもなく、ある特定の方向に動いたとしても、それに何の理由があるでもなく、彼らの口から出る無意味な騒音は混沌をまきおこす。彼らは生きのびようとして気ちがいじみた試みをつづけている人類の、最後の生き残りの一部なのだった。

われわれは辛抱強く待ちつづけた。

そして、彼らがすっかりおちつき、金属の屋敷に住み、金属の乗物で旅行している今、われわれが行動をおこすべき時が来た……

彼らのうちでも好奇心の強いものは、木の枝の動きが、あるいはひっそりとした海岸をなめる塩の香りの強い緑の舌が、あるいは風のそよぎが、どこかおかしいと気づいていたかもしれない。しかしそれらは、あまりにも自然だった。実のところ、この宇宙で自然なリズミカルなものといえば、おのが領域をしっかりと守っているそれらだけなのだ。それ以外のものは、すべて不自然であり、それゆえやがては消滅するものなのだ。

それがおこる前夜、われわれはそのことについて語りあった。そして、あらかじめ何の警告も与えないことに決定した。われわれは、アメーバのように、ふところに彼らをおさめていた。彼らは今では細胞の核のようなものだった。だからあとは、われわれが擬足を収斂させるだけでいいのだった。

大宇宙の運動に従って、たった一度だけ。


それは、暖かなある晴れた春の朝だった。

空は磨きあげられたように輝き、人びとを乗せた飛行船が、夢のように空にポッンポッンとうかんでいた。

人びとは暖かな日ざしの下で、歩き、語り、暮らしていた。あたりには笑い声が溢れ、歌が流れた。

そのとき山々が動いたのだ。そして空が蒼いこぶしのように凝縮した。河は堤を破って狂ったようにほとばしり出た。大地は揺れ動きながら足元で崩壊した。太陽は輝きを増し、荒々しい熱気を送った。

人間もその都市も、その真っただ中にあった。われわれは彼らを殺戮した。彼らを押しつぶし、粉砕した。そのすべてを、一人残らず。

逃れたものはなかった。

自然の圧倒的な勝利だった。念入りに計画をたて、成功までこぎつけたのだ。

彼らは滅び去った。

そしてソトンに平和がもどった。冬、山々をおおいつくす雪のように、谷川の流れをせきとめる氷のように、黄色い太陽の下に、海や遠い山脈から吹いてくる風の中に、静けさがそっと訪れた。ひさしぶりの静けさ。おお、神の名のもとに、静けさがいまよみがえったのだ。

はるかな銀河系のどこかの惑星で、これを読んでいるあなたも、試みに周囲を見回してみたまえ。そして、太陽のこと、空のこと、足元にある大地のことを考えてみるのだ。

よく考えるのだ。

この春は、川の流れが、すこし速すぎたのではないだろうか？　この夏は、暑すぎたのではないだろうか？　この秋は、風がすこし寒すぎたのではないだろうか？　この冬は、雪が深すぎたのではないだろうか？

もしか――もしかすると、あなたもまた、ソトンのような星に住んでいるのかもしれない。

乙女

比類ない美女だった。その姿は彼の視野をみたし、彼はいっときを惜しんで見つめ、彼女に恋した。朝日をうけて立つその姿は、すらりと高く、美しかった。彼に仕えるその姿は、すらりと高く、足腰はゆるぎなかった。彼女の気まぐれを、彼はすべて知っていた。知りつくしていた。だから愛撫し、思いを打ち明けはしても、決して彼女の前に身を投げだすことはしなかった。彼女がこよなく愛した男たちにどのような運命が訪れたか、彼は知っていたからだ。

今日はだめだ、彼は心にいった、今日はまだおまえのものにはなるまい、美しい乙女よ、逞しく、烈しく、妖しい乙女よ。

ときには彼も気を許し、彼女のまわりで子供たちを遊ばせておくこともあった。だが、それは自分が近くにいるとき、度の過ぎたいたずらが彼女に及ばないよう見張っていられるときだけに限られていた。

これまで彼女は何人の恋人を持ったのだろう？　いや、このいいかたは強すぎる。彼女の愛した男はほんの一握りだ。しかし、その愛は本物だった。サディストではあるが、彼女は自分の前に身を投げだす男たちを、心から愛したにちがいない。

そして今、その夕暮れ、彼は階段をのぼり、彼女のそばにすわると、背をもたせかけ、彼女の肩に疲れた頭をのせた。空を見上げ、恋する男の目差しで彼女の顔の長い線に見入った。

その瞬間、彼は歯止めをはずした。

重さ百ポンド、剃刀のように研ぎすまされた大きな青い刃が、油のひかれた溝にそって降下し――バーン！――喉首を切り裂き、光と音と匂いと感触を断ち切った。彼の頭は待ちうけていた籠の中に落ち、切断された首からは、鮮血がセクシュアルにほとばしった。

そして二人――一枚の刃で結ばれた彼と彼女は真紅のオーガズムにひたりながら、一番星の現われた空の下に横たわっていた……

夜のセット

セットは高い緑の厚板塀のなかにたっていた。昼には太陽がはげちょろけのカンバスを焦がし、ひきつらせ、夜には霧がカンバスを濡らし、たるませた。平和通り《リュ・ド・ラ・ペ》にあるのは沈黙だけ。ピカデリー広場には小鳥たちがまいおり、数カ月前の撮影で電気技師が残していったパン屑をついばんでいた。たちならぶ新しい古い建物のうち、本当に古くなっているものは、雨にうたれた度合いで見分けられた。オスロー、ウィーン、ドニエプロペトロフスク、シンガポール、ダブリン、それらのセットを古く見せるために、数知れぬ技術者が長年の努力を重ねたが、今ではその仕事を、時がひきつぎ、精妙なプロセスを押し進めていた。

遅い午後、長い影と冷気の時間。季節は春。だがはりぼての木々には花を咲かせる力はなく、技術者たちが花々を針金で飾りつけ、ラッカーを塗るのをひっそりと待っていた。

その意味では、まだ半分だけの春だった。空はうららかに晴れているが、大地には、だれかキリストのような映画監督の降臨が必要だった。彼がその狩猟むちと、たくさんの数字のならぶ小切手帳で岩をたたくとき、はじめて自然の華麗な光と色がほとばしりでるのだ。

その男は何をするともなく影のなかに立っていた。両手をだらりと腰にたらし、無表情に電柱によりかかっていた。

もうひとり、すこし若い男が、ノートルダム寺院に近い広場の角をまがって現われた。若い男は、アメリカの銀行のビル、モスク、スペイン風の農園を通りすぎ、かたっぱしからドアをあけて中をのぞいた。明らかに何かをさがし、何かを気づかっているようすだった。

二人の男はばったりと顔を合わせた。さがしていた男は一歩しりぞき、そしてかけよった。

「マット！　ここにいたのか！」男は足をとめた。

影のなか、電柱にもたれて立つ男は、口をつぐみ、身じろぎもしなければ、まばたきもしない。

若い男は困惑しながら、影のなかを見すかし、「きみだろう、マット？」といぶかしげにいった。

男は電柱にもたれ、遠くを見やっている。やがて唇がわずかにひらき、「やあ」と声がもれた。

「マット、おれだ、ポールだよ！　ここのことは考えもしなかった。今日になって思いついたんだ。どれくらいここにいたんだ？」

「ずっとだよ」はるかな空を見上げたまま、マットはゆっくりといった。

ポールは片手をのばした。「十二月からか？」

「もっとずっと前からさ」

「きみが行方不明になったのは十二月だ」

「もっとずっと前だよ」男は影のなかでつぶやいた。

「しかし、そんなはずはないぜ」若いポールは寛容に笑った。「十二月まではいたんだから」

男は電柱のかたわらから動こうともしない。「どれくらいここにいるのか知ったら驚くだろうな。ここが好きなんだ」

「さあ、家に帰ろう。ヴェラも水に流すといってるし」

「もう帰ってる」

「きみを見たらヴェラも喜ぶよ」

「ヴェラって、だれだ」

「行こうじゃないか、マット」

男は影のなかから動かない。「手をはなしてくれないか、ポール。おれは行かないよ。むこうは違う世界なんだ。むこうのやつらは好きじゃない。おれの世界はここさ。家に帰ったんだ。ここの連中はみんな顔見知りだ」

「きみは疲れてるんだ」

「いや、いい気持だよ」そのやりとりのあいだ、彼は一度も若い男を見なかった。「もしむこうへ連れていかれたら、おれは疲れてしまう。ここくらいおちつける場所はない」

「寂しくないか？」

「ぜんぜん。ヴェラやトムやみんなといたときは寂しかった。いっしょに歩いたりしながら、いつもおかしな気がしていたものさ。帰ったほうがいいぜ、ポール」

「きみを連れもどしに来たんだ、ここから動かないぞ」ポールは強情にいった。

「じゃ、おれのほうが動かなきゃいけないらしいな。おやすみ、ポール」

男は影のなかで踵をかえした。すると男のうしろ半分、背中から後頭部にかけてが目にはいった。そこにあるのは、細い木材の骨組だけ。それが男の前半分をかたちづくるはりぼての殻を内側から支えているのだった。

男は暗い建物のあいだをゆっくりと歩き去った。

音

ひそかなざわめきが、土地の端から端へ伝わった。土地はそれほど広くない——東と西は、ポプラ、すずかけの木、オークの巨木、灌木でさえぎられ、北と南は、錬鉄の柵とれんが塀で仕切られている。その土地の片隅から反対側の隅にむかって、明け方すこしまえ、ひそかなざわめきが伝わったのだ。一羽の鳥がうたいだそうとし、ひとりでに黙った。地中には、かすかな鼓動のようなものとささやき声があった。

こわばった無言の物体をおさめた木の子宮、それぞれ隔てられ、深く埋められた棺《ひつぎ》が、たしかな力でゆっくりとたたかれている。地中の棺のふたや横板が、まのびした、規則正しい、こもった打音を送りだす。大地は音の一つ一つを根気よく運んだ。それは一つの黒い棺に始まり、休みない暗号となってとなりの棺に伝わると、そこでまた別のひからびた手がゆっくりと大儀そうに同じメッセージをくりかえした。そして、地中深く埋められたものたち全員が聞き、理解するまで、それはつづいた。

ほどなくそれは、地中にある巨大な心臓の鼓動を思わせるまでになった。心筋収縮の音は、地平線のかなたで、太陽が日の出の用意を整えているあいだも止むことはなかった。

つぶらな目をした小鳥が、待ちあぐね、枝の上で首をかしげた。鼓動はつづいた。

「ラティモア夫人」

ゆっくりと苦しげに、鼓動は名前をつづった。

(彼女は一年前、出産間近に亡くなり、北のはずれ、苔むした木の下に葬られた。おぼえておいでだろうか、美しかった彼女を！)

「ラティモア夫人」

押しひしがれた芝土の下で、鼓動は鈍く遠くひびいた。

「みんな」鼓動がものうげに問いかけた。「あの女《ひと》の」鼓動が大儀そうにたずねた。「ことを」それはきいた。「もう」それはつづけた。「聞いたか？」それはしめくくった。

鼓動はドラマチックに間をおいた。一千の地中の箱に横たわる一千の冷たい物体は、ゆっくりとゆっくりと送りだされる質問の答えを待っている。

太陽は、はるかな青い山なみの稜線近くまでのぼっていた。星々が冷たい光を投げている。

やがて規則正しく、静かに、ゆっくりと、質問の答えが心筋収縮の音となってひびきわたった。土地もまた震えながら、何回も何回もそれをくりかえし、驚きに凍りついた地中の静けさの中に音を送った。

「ラティモア夫人に」

地中深い鼓動。

「きょう」

ゆっくりと、ゆっくりと。

「おめでたがある」

そのとたん、速い、驚くべきスタッカート。メッセージの意味を問いただそうとヒステリックに棺のふたをたたく一千の手――

「その子はどんな姿？　まさか、そんなことが！　どんな恰好だろう？　なぜ？　なぜ？　なぜ！」

音はうすれ、日がのぼった。

一羽の鳥のうたう下、ラティモア夫人の名が刻まれている石の下、湿った土にとざされた棺の中で、うごめきもがく気配と聞きなれぬ音が始まった。

みずうみ

波がわたしを世界から切り離した——空を飛ぶ鳥と、渚の子供たちと、浜辺にいる母から。ひとときの緑の静けさ。そしてふたたび、波はわたしに空と砂と騒ぐ子供たちを返してくれた。湖からあがると、出かけたときとほとんど変わらない姿で、世界がわたしを待っていた。

わたしは渚を駈けあがった。

ママが柔かいタオルで体を拭いてくれた。「そこに立ってかわかしなさい」

わたしは立ったまま、陽の光にあたって消えてゆく腕の水滴を見つめていた。鳥肌が、それにかわった。

「まあ、風」とママはいった。「セーターを着なさい」

「待ってよ。とりはだがたつの見てんだい」

「ハロルド」

私はセーターを着ると、渚に目をやった。波が寄せては、崩れている。だが、無器用なところはない。わざとらしい、優雅な緑色のしぐさ。酔っぱらいでも、あの波ほど優雅にくずおれはしないだろう。

それは九月のことだった。何の理由もなく悲しくなるその月も終わりのころ。渚は長く、寒々として、人は六人ほどしか見えなかった。ヒュルヒュルと吹きすぎる風が悲しくさせたのかもしれない、子供たちはボール遊びをやめて腰をおろし、どこまでもつづく浜辺に訪れた秋を感じとっている。

ホットドッグ・スタンドはどれも金色の板をはって店じまいし、楽しかった長い夏の、からしと玉ねぎと肉のにおいを封じこんでいる。それはまるで、夏をいくつもの棺《ひつぎ》に閉じこめ、釘を打ってしまったようなものだった。店は一つ一つ覆いをおろし、ドアに南京錠をかけ、吹いてきた風は、七月と八月の数えきれぬ足あとを消し去ってゆく。九月の今ごろはそれも終わって、水ぎわには、わたしのゴムのテニス・シューズのあとと、ドナルドとディローズ・アーノルドの足あとしかなかった。

砂が幾重ものカーテンとなって歩道に舞いあがる。帆布に隠れたメリイゴーラウンド。その下では、歯をむきだして疾駆する馬の群れが、真鍮の棒の上で凍りついている。音楽は、帆布をかすめる風の音だけ。

わたしは立ちつくしていた。みんなは、学校に行ってしまっていない。行かないのは、わたしだけだった。あしたは汽車に乗り、合衆国の西へ引っ越して行くのだ。その最後の短い時間を割いて、わたしはこの渚に母と来ているのだった。

寂しさが、わたしをふとひとりになりたい気持にさせた。「ママ、遠くの浜辺へ走っていっていい？」

「いいわ。でも、すぐもどるのよ。それから、水に入らないようにね」

わたしは走った。砂が足元で舞いあがり、風が体を軽くする。それがどんな気持か、あなたもご存じだろう。走りながら両腕を思いきりのばし、風のヴェールを指に受けるのだ。まるで、翼のように。

すわっているママの姿が遠のいた。まもなくそれは茶色のしみとなり、わたしはひとりぼっちになった。

十二歳の子供にとってひとりになることは、新しい経験だ。人のいる暮らしになれていて、考えるときしかひとりになることはない。まわりにいて、ああしろ、こうしろという大人が多すぎる。自分だけの世界にひたるには、たとえそれが頭の中だけであるにしても、渚を遠くにかけていくことしかない。

今のわたしは本当にひとりぼっちだった。

水に入ると、冷たさが腹までのぼってきた。人がそばにいた今までは、ここへ来て水の中をさがし、ある名前を呼ぶことができなかったのだ。だが、今は——

水は魔術師だった。半分になったわたし。体はまっ二つに割れて、その下半分はまるで砂糖が溶けるように、きれいに消えている。冷たい水。そして思いだしたように、ときおりレースをひろげて崩れる波。

わたしは彼女の名を呼んだ。何回も、何回も。

「タリイ！　タリイ！　ねえ、タリイ！」

幼いころは、呼びかけに必ず返事を期待する。自分の考えることは、何でも本当になると感じているのだ。ときには、それもまちがっていない。

わたしはタリイのことを思いだしていた。今年の五月、金髪をおさげに結んで、水の中に入っていったタリイ。笑う彼女の、小さな十二歳の肩に、陽の光が降りそそいでいた。やがて、水が静まり、救助員がとびこんだ。タリイのママの叫び声。けれどもタリイはもどらなかった……

救命員は、水から出るようにと言っていたのだ。だが、タリイはきかなかった。救命員がもどったとき、その節くれだった手には、ひと握りの水草しかなかった。タリイは行ってしまったのだ。教室の前の席にすわった子はもういない。夏の夜、石だたみの道で家からとびだしたボールを追いかける子はもういない。沖に出すぎたタリイを、湖は手のとどかないところへ連れていってしまったのだ。

そして今、寂しい秋がやって来て、空と水が果てしなくひろがり、渚がどこまでもつづくとき、わたしはもう一度だけ、たったひとりでここに来たのだった。

わたしは何回も何回も彼女の名を呼んだ。タリイ！　タリイ！　ねえ、タリイ！

風は、ちょうど貝殻を耳にあてたときのように、ささやきながら耳元を吹きすぎていった。水はあがり、胸までとどくと、また膝までさがった。あがってはさがり、寄せてはかえし、わたしの足をすくう。

「タリイ！　もどっておいでよ、タリイ！」

わたしはまだ十二だった。だが、どれほど彼女を愛していたかは知っている。道徳も肉体も何も必要としない、そんな愛だった。風や海や砂のように、いつまでもとなりあったまま横たわっている、そんな汚れない愛だった。渚でいっしょに過した暖かい長い日々。学校で退屈な授業をうけた、鼻歌まじりの静かな日々。そして、教科書を家まで運んでやった、過ぎ去った昔の秋の日々。そういうものが育てた愛だった。

タリイ！

最後にもう一度わたしは彼女を呼んだ。震えていた。水が顔まであがったのに気づいて、なぜだろうと考えた。波はそんなに高くなることはないのだ。

湖に背をむけると浜辺にもどり、半時間そこに立って、タリイの姿のほんのひとかけらでも見えないかと水面をさがした。それから膝をつくと、むかしタリイと二人でいつもしたように、美しい砂の城を作った。だが、それも半分だけだった。わたしは立ちあがった。

「タリイ、もし聞こえたら、ここへ来て、あとを作るんだぜ」

遠くにしみのようにママが見える。わたしはそれにむかって歩きだした。寄せてきた水が砂の城をとりまき、少しずつ少しずつ、それを元の滑らかさにもどしていった。

わたしは黙って渚を歩いた。

遠くで、メリイゴーラウンドがかすかに歌いはじめたように思ったが、それは風のいたずらだった。


翌日、わたしは汽車で出発した。

汽車の旅は物覚えを悪くさせ、昔を遠くへ押しやってしまう。イリノイ州のとうもろこし畑も、子供時代の河も、橋も、湖も、谷も、家も、喜びも、そして悲しみも、汽車はみんな忘れさせる。そして、遙かうしろにひろがった過去は、いつのまにか地平線のむこうに消えてしまうのだ。

わたしは心も体も大きく成長し、寸法のあわなくなった服を捨て去り、グラマースクールからハイスクールへ、さらにカレッジへと進学した。そして、サクラメントから来たひとりの娘と出会った。しばらくの交際ののち、わたしたちは結婚した。そのときわたしは二十二で、東部のことはほとんど忘れかけていた。

マーガレットの提案で、二人の遅れに遅れたハネムーンはその方向にきまった。汽車の旅は、思い出と同じように、二つの方向にはたらく。何年も昔に置きざりにしてきたものを、汽車はつぎつぎと目の前にひろげるのだ。

人口一万のレイク・ブラフが地平線に見えてきた。新しいよそいきを着たマーガレットはとても魅力的だった。彼女は、懐旧にひたるわたしをじっと見つめていた。やがてブラフ駅に汽車がすべりこむと、彼女はわたしの腕をとった。荷物は、ポーターが運んでいった。

長い年月が、人びとの顔や体に与えた変化は驚くばかりだった。二人で通りを歩いても、わたしに気づくものはなかった。何人かの顔には過ぎ去った昔が宿っていた。峡谷の道をハイキングした昔。学校が休みのとき、鉄の鎖のブランコに乗っているとき、シーソー遊びをやっているときの、あの小さな微笑をまだ残した顔。だが、わたしは声をかけなかった。わたしは、たき火の枯葉を集めるように、歩き、ながめ、遠い思い出を心の中に溜めていった。

わたしたちはあちこちを再訪しながら、丸二週間そこに滞在した。毎日毎日が幸福だった。わたしはマーガレットを心から愛していると思っていた。少なくともそう思おうとしていた。

浜辺にやってきたのは、その旅行も終わりに近づいたある日のことだった。何年も昔のあの日ほど季節はずれではなかったが、渚には夏が終わる最初のきざしがあらわれていた。人も見るからに減り、ホットドッグ・スタンドの中には店じまいしたものもいくつかあった。そして風は、いつもの歌をかなでるために、わたしたちを待っていた。

ママが浜辺のいつもの場所にすわっているのが見えるようだった。そのときわたしは、ふたたびひとりになりたい気持におそわれた。だが、それをマーガレットに言うことはできない。わたしはその気持を抑えて、待った。

陽もかなり傾き、子供たちもほとんど家に帰り、浜辺には涼しい日ざしをあびる数人の男女しか見えなかった。

救命ボートが浜辺に着いた。救命員が両腕に何かを抱え、ゆっくりとボートからおりたった。

わたしは息を殺し、凍りついたように立ちつくしていた。風が唸っている。いつのまにか、小さな、おびえた、とるに足らぬ十二歳の子供に返っていた。マーガレットの姿はもう目に入らなかった。視界にあるのは、渚と、それほど重そうでない灰色の袋を手にして、ボートからゆっくりとおりたった救命員だけ。血の気の失せたその顔には、深いしわが刻まれていた。

「ここにいろよ、マーガレット」わたしはそう言った。なぜ言ったのかは、自分にもわからない。

「でも、なぜ?」

「いいから、いたまえ――」

わたしは、救命員のいるところへ、ゆっくりと砂丘をおりていった。彼はわたしに気づいた。

「どうしたんですか?」わたしはきいた。

救命員は長いあいだわたしを見つめていた。口から言葉が出ないのだ。彼は灰色の袋を砂の上に置いた。水がそのまわりに寄せ、ふたたび引いていった。

「どうしたんですか?」わたしは繰りかえした。

「おかしい」救命員は静かに口を開いた。

わたしは待った。

「おかしい」彼は小さな声で言った。「こんなおかしなことははじめてだ。死んでから、何年にもなるのに」

私は彼の言葉を繰りかえした。

彼はうなずいた。「もう、かれこれ十年になるかな。今年、溺れた子供はいない。一九三三年以来、十二人の子供が溺れているが、みんな二、三時間もしないうちに見つかった。もっともひとり、そうでなかったのがいるんだ。それがこの死体だ。溺れてから十年にもなる。あまり――いい気持じゃないね」

わたしは、彼の腕の中の灰色の袋を見つめていた。「あけてください」わたしは言った。なぜ、そんなことを言ったのかわからない。風が強くなっていた。

彼は袋の口に手をやった。

「さあ、早く、あけてください!」わたしは叫んだ。

「あけないほうがいいと思うがね」そのとき、彼はわたしの顔つきに気づいたにちがいない。

「かわいい子だった——」

彼は袋の口を少しあけた。それで十分だった。

浜辺に人気はなくなっていた。空と風と水と寂しく訪れた秋が、そこにあるだけだった。

わたしは袋の中の彼女を見おろした。

私の口から、同じ言葉——ある名前——が何回も何回も漏れていた。救命員はわたしを見た。

「どこで見つかったんですか?」わたしはきいた。

「渚の、あそこの浅瀬だよ、長いあいだ、このときを待っていたんだな」

わたしはうなずいた。

「そうです。長かった。本当に長かった」

わたしは思った——人は成長する。わたしも成長した。しかし彼女は変わっていない。

小さいまま。幼いままだ。死は成長も変化も許さない。髪は金色のまま。彼女は永遠に変わらない。そして、わたしは永遠に彼女を愛するのだ。永遠に愛しつづけるのだ。

救命員は袋の口をしめた。

それからしばらく後、わたしはひとりきりで渚を歩いていた。やがて立ちどまり、足元に目をとめた。救命員が彼女を見つけたと言ったところだ。

その水際に、半分完成しただけの砂の城ができていた。むかし、タリイとわたしが、半分半分作ったような城が……。

わたしはそれを見つめた。砂の城のかたわらに膝をつくと、湖からついている小さな足あとに気づいた。それは、ふたたび湖に帰っていて、もどってきたようすはなかった。

そのとき——わたしは知ったのだ。

「残りはぼくが作ってあげるよ」わたしはそう言った。

のろのろと未完成の部分をこしらえると、わたしは立ちあがり、踵《きびす》を返して歩きだした。それがほかのすべてのものと同じように、波に洗われて崩れてしまうのを見たくなかったのだ。

わたしは浜辺にあがった。そこには、マーガレットという見知らぬ女が微笑をうかべて待っていた……

巻貝

おもてへ出て走りたいな、と思った。生垣をとびこえ、露地のあき罐をけとばし、みんなの家の窓のそとで、出ておいで、遊ぼうよと叫びたかった。陽は高くのぼり、おもては明るい。それなのに、自分は寝巻にくるまり、汗を流しながら顔をしかめているのだ。そんなのちっとも好きではないのに。

くんくんとにおいを嗅ぎながら、ジョニイ・ビショップはベッドから起きあがった。オレンジ・ジュースと、咳の薬と、いましがた部屋から出ていったばかりのママの香水のにおいが、足先を暖める日ざしの中にただよっている。つぎはぎ模様の掛けぶとんの下半分は、赤、緑、紫、青のサーカスの万国旗。目の中に、色がなだれこんでくるようだった。ジョニイはたじろいだ。

「そとに出たいよ」小さな声で文句をいった。「ばか、ばか」

蠅がぶんぶん飛びながら、何回も何回も窓ガラスにぶつかり、透明な翅《はね》のかわいたスタッカートをひびかせている。

それを見て、ジョニイは蠅がどんなにそとに出たがっているかわかった。
二、三回、咳が出た。どう見ても、それは、もうろくした老人の咳ではなかった。来週は元気になって、果樹園のリンゴをくすねたり、教師に紙つぶてをぶつけたりする十一歳の少年の咳だった。
きれいに磨かれた廊下を、きびきびと小走りに近づいてくる足音がした。ドアがあくと、そこにママがいた。「ジョニイ、ベッドから起きて何をしているの？　寝なさい」

「もうなおったよ。ほんとだよ」

「先生はあと二日とおっしゃったわ」

「二日！」驚きが、その瞬間を支配した。「そんなに長く病気で寝ているの？」

ママは笑った。「そうね――病気ではないの。でも、寝てなくちゃだめ」ママはジョニイの左の頬をそっとたたいた。「もっとオレンジ・ジュースほしい？」

「薬はいってる？　はいってない？」

「薬？」

「知ってるよ。飲んでもわかんないように、ママはオレンジ・ジュースに薬をいれたんだ。でも、すぐわかっちゃった」

「今度は――お薬なしよ」

「手に持っているの何？」

「ああ、これ？」ママは、渦を巻いた丸いものをさしだした。ジョニイはそれをとった。かたくて、つるつるしていて、それに――きれいだった。「ハル先生がいまいらして、おいていったの。これで遊びなさいって」

ジョニイはかすかに疑いの表情をうかべた。その小さな手が、なめらかな表面をさすった。

「これでどうやって遊べるの？　ぼく、こんなの知らないよ！」

ママのほほえみは、日ざしよりも明るかった。「巻貝よ、ジョニイ。ハル先生が去年、太平洋岸へいらしたとき、海辺で拾ったんですって」

「うん、そんなことわかってるよ。どんな種類の貝なの？」

「さあ、知らないわ。むかしは、その中に海の生きものが住んでいたんでしょ」

ジョニイの眉があがった。「この中に？　これを家にして？」

「そうよ」

「ふうん――ほんとかなあ？」

ママは、ジョニイの手の中にある貝殻を回した。「嘘だと思うのなら、自分で聞いてごらんなさい。ここを持って——ほら——耳にあてて」

「これでいい?」ジョニイは小さなピンクの耳元に巻貝を持ちあげると、強く押しつけた。

「それで、どうするの?」

ママはほほえんだ。「それで、うんとおとなしくして耳をすましていれば、何かあなたの知っている音が聞こえるわ」

ジョニイは耳をすました。耳は、つぼみを開く小さな花のように、見えるか見えないかに開いて待ちかまえた。

岩だらけの海岸に見あげるばかりの波が押しよせ、ぶつかって砕けた。

「海だ!」ジョニイ・ビショップは叫んだ。「ねえ、ママ! 海だよ! 波だ!」

遠い荒磯には、つぎつぎと波が押しよせていた。ジョニイはきゅっと目を閉じた。微笑が、小さな顔をちょうどまん中から二つに折った。どっと押しよせる波また波が、一心不乱に聞きいる紅潮した小さな耳の中でとどろいた。

「そう、ジョニイ」ママはいった。「海よ」

陽もかなり低くなったころ、枕にもたれたジョニイは、微笑をうかべ、小さな手の中で巻貝をころがしながら、ベッドのすぐ右にある大きな窓からおもてをのぞいていた。通りをわたったところの空地が、ここからよく見える。そこでは子供たちが、たけり狂うカブトムシのようにむらがり走りまわっていた。その一人ひとりが、文句をいっている。「ずるいや、ぼくンほうが先に射ったぞ！　嘘いって、ぼくンほうが早いや！　なんだ、ずるいずるい！　ぼくがキャプテンじゃなきゃ、遊ぶのやーめた！」

その声は遠く、ものうげに、陽の潮の中にただよった。陽ざしは、夏の満潮時に海辺をたたき、きらめく、黄色に澄んだ水だった。穏やかな、静かな、暖かい、ものうい水の世界は、すべてその潮に呑みこまれ、あらゆるものが動きを遅くしていた。時計はゆっくりと時を刻んでいる。市街電車が、暖かい金属的なスロー・モーションで通りをやってくる。それは、速度と音を失った映画を見ているようだった。すべてが静かになり、さほどの意味を持たなくなった。

むしょうに、おもてへ出て遊びたかった。ジョニイは、子供たちがけだるいぬくもりの中で、塀にのぼったり、ソフトボールをしたり、ローラー・スケートをしているのをながめた。頭が重く、重く、重く感じられた。まぶたは、下へ下へとずりおちる窓枠だった。

耳元に貝殻がころがっていた。ジョニイはそれを耳に押しつけた。

ドドーッと音をたてて、波が渚で砕ける。黄色い砂の渚。水がひくと、砂の上にビールのような泡がのこった。泡は、夢のようにこわれて消えた。そして、波がまた泡といっしょにやってきた。しょっぱい水をかぶり、さざ波をたてて、ちょこちょこと走っていた茶色のスナガニがひっくりかえった。砂をたたく冷たい緑の水。その音が、情景を描きだした。ジョニイ・ビショップの小さな体に、海原をわたるそよ風が吹きつけた。とつぜん、暑い昼さがりは、暑くもうっとうしくもなくなっていた。時計はしだいに速く時を刻みはじめた。電車のガタンガタンという音が、忙しくなった。動きを遅くしていた夏の世界は、目に見えぬ、すばらしい海辺に打ちよせる波の音でたちまち平常のせかせかした生活に帰った。

この貝は、これから貴重な持物になるだろう。午後が長すぎて面倒くさくなったら、これを耳にあてがって、風が吹く、遠い遠い岬で気分を変えればいい。

四時三十分、と時計がいった。薬の時間ですよ、とつやつやした廊下を正確な歩調で歩いてくるママの足音がいった。

ママは銀のスプーンに薬をのせてさしだした。その味は、残念ながら――薬だった。ジョニイはとりわけ苦《にが》そうな顔をした。その味が冷やしたミルクの一口でやわらぐと、ジョニイはママのきれいな、ふっくらした、白い顔を見あげていった。「いつか海に行く？ねえ」

「行くわよ。七月四日ごろね。おとうさんが二週間のお休みをとるから。車で行けば二日で海へ着くわ。それから、一週間いて帰るのよ」

ジョニイはおとなしくなったが、目だけはおちつかなかった。「映画では見たけど、海をほんとに見るのはじめてだ、ぼく。においも景色も、フォックス湖とはちがうね、きっと。大きくて、すごくいいんだ。いま行きたいなあ」

「もうすぐじゃないの。せっかちでいけないわ、子供って」

「行きたいんだもン」

ママはベッドにすわると、ジョニィの手をとった。ママのいったことを全部理解するのは無理だったが、それでもなんとか意味はわかった。「もし、わたしが子供の心理の本を書くんだったら、題はせっかちにするわ。人生の何にでもせっかちなこと。ほしいものは何でも、すぐ――でなければ、いらない。あしたは遠くのことで、きのうなんかないも同然。あなたたち子供は、オマル・カイヤームの素質を持っているんだわ、そうよ。そのうち大きくなれば、待って、計画をたて、我慢するのが、成長したしるし、つまりおとなになったことだとわかるわ」

「がまんするのなんか、いやだ。寝ていたくないよ。海へ行きたいよ」

「先週はキャッチャー・ミットっていったわね――いますぐほしいって。おねがい、ママ、おねがい。ねえ、ママ、すごくいいんだよ。あと一つしか店に残ってないんだ、って」

ママはなんだか変だった。それから、またすこし話した――

「むかし、まだわたしが子供だったころ、お人形がほしくなったことがあるわ。それで、おかあさんにいったの。もうお店には、あれ一つしか残ってないって。わたしが行くまえに売れてしまうのがこわかったのね。ほんとは、おんなじものが十もあったのよ。でも、待てなかった。せっかちだったのね」

ジョニイはベッドの中でもぞもぞと体を動かした。目が大きくなって、青い光をおびた。

「でも、ママ、待ちたくないんだってば。あんまり長く待ってたら、おとなになって、おもしろくなくなっちゃうよ」

その言葉に、ママは黙った。ママは両手をこわばらせたまま、そこにすわっていた。やがて、その目に涙がたまった。ひとりで考えていたのかもしれない。ママは目を閉じ、ふたたびあけて、いった。

「ときどき――わたし、子供のほうがずっと生きることを知ってるんじゃないかと思うことがあるわ。あなたのほうが――正しいんだって。でも、そんなことをいっちゃいけないわね。それが約束なんですもの――」

「何の約束、ママ？」

「文明の約束よ。遊びなさいね、子供のうちに。思いきり遊んだらいいわ、ジョニイ」ママの声は力強く、すこしおかしかった。

ジョニイは巻貝を耳にあてた。「ママ。ぼく、いま何したいと思ってるかわかる？　海へ行って、水に走って行くんだよ。そうして鼻をつまみながら、こういうんだ。〝ビリになったやつは、まぬけザルだぜ〟って」ジョニイは笑った。

階下で電話が鳴った。ママは電話に出るために、部屋から去った。

ジョニイは、じっと耳をすましたまま寝ていた。

あと二日。ジョニイは貝殻に顔をよせて、ため息をついた。あともう二日も待つなんて。

部屋の中は暗かった。大きな窓の四角いガラスの囲いの中に、星が見えた。風が木をざわめかせた。キーキーと音をたてながら、下のセメントの歩道をローラー・スケートが通りすぎた。

ジョニイは目をとじた。下では食卓の上の銀の器がカチャカチャと音をたてている。ママとパパが食事をしているのだ。パパが低い声で笑うのが聞こえた。

波はまだ繰りかえし繰りかえし、貝殻の中の海辺に打ちよせていた。そのほかにも――何かが。

「波があがり、波が遊び、カモメが低く舞う、夏の日の――」

「ん？」ジョニイは耳をすました。体がこわばった。目がパチクリした。

遠く、かすかに――

「見わたすかぎりの大空、波間にきらめく陽の光。えんやらや《ヨー・ホー》、よいと巻け《ヒーヴ・ホー》、よいと巻け《ヒーヴ・ホー》、さあ、みんな――」

櫂受けのきしりにあわせて、百人の男が合唱しているようだった。

「海に来たれ、船に乗り――」

すると、別の声が、波や海原を吹く風の音と違ってやさしく。「海に来たれ、曲芸師の海に、逆まきうねる潮を越えて。海に来たれ、きらめく海に、やがて知りつくす道に沿って――」

ジョニイは貝殻を離して、じっと見た。

「海に来たくはないかね、きみ、海に来たくはないか？　では、わたしの手をとってくれ、手をとるだけでいいのだよ、そして行こうじゃないか、わたしと！」

震えながら、ジョニイは殻を耳に押しつけ、荒い息をしてベッドから起きあがった。小さな心臓はとびあがって、胸の壁にぶつかった。

波が遠い浜に打ちよせている。

「きみはホラ貝の殻を見たことがあるかな？　真珠のコルク抜きのような形をして、ぐるぐるっとうねっているのだよ。はじめは大きいが、だんだん小さくなってどこまで行ったら終わるのかわからない。だが、終わりはあるのだ。そこは、海が終わるところだ。海が青い空にむかって落ちるところだ！」

ジョニイの指は、貝殻の渦をしっかりとおさえた。ほんとうだ。それは、ぐるぐる、ぐるぐる回って、行きつく先は目に見えない。

ジョニイはきゅっと唇をとじた。ママは何といってたっけ？　子供。心――心理――なんて大きな言葉だろう！　子供の心理！　せっかち。せっかち！　そう、そうだ、待ちきれなくなっているのだ！　あたりまえさ。貝を持っていないほうの手が、小さな、かたい、白いこぶしとなって、つぎはぎ模様の掛けぶとんを何回も叩いた。

「ジョニィ！」

ジョニィは貝殻を耳から離すと、あわててシーツの下に隠した。パパが階段をのぼって廊下をやってくる。

「よお、ジョニィ」

「うん、パパ！」

ママもパパも、すぐ眠ってしまった。もう真夜中もすぎたころ、ジョニィは掛けぶとんの下からそおっと貴重な殻をとりだし、耳に持っていった。

そう。波はまだそこにあった。そして、遠く、櫂受けのきしる音、主帆のまん中に風がぶつかるパタパタという音、しおっからい海の風にのってかすかに聞こえる漕ぎ手たちの合唱。

ジョニィは貝殻を近くに、もっと近くに寄せた。

ママの足音が廊下にひびいた。それは、ジョニィの部屋に入った。「おはよう、ジョニィ！　もう起きた？」

ベッドはからだった。部屋の中には、日ざしと静けさしかなかった。日光だけが、光り輝く病人のようにベッドに横たわり、まばゆい頭を枕にのせていた。赤と青の万国旗の掛けぶとんははねのけられていた。ベッドは青ざめた老人の顔のようにしわくちゃになり、その上には何も見えなかった。

ママはそれを見、顔をしかめてコツコツと床をけった。「まあ、あのいたずら坊やったら！」だれにともなく、そういった。「きっと、おとなりのあばれんぼうのところへ遊びに行ったんだわ！　ようし、つかまえてきて――」口をつぐんで、微笑した。「ほんとにしようがない子。せっかちで、せっかちで」

ベッドのところまで歩いていくと、ほこりをはらい、掛けぶとんを直した。そのとき、手首がシーツの上のでっぱりにあたった。ふとんの下に手を入れると、日ざしの中に光る物体をとりだした。

ママは微笑した。貝殻だった。

それを持っていた手が、思わず耳のところへ行った。ママの目が大きくなった。口がぽかんとあいた。

部屋は、万国旗の掛けぶとんと、鏡のような床の、ゆらゆら揺れるメリイゴーラウンドとなって回りだした。

耳元で、貝殻が大きな音をたてた。

遠い海岸にたけり狂って打ちよせる波。遠い渚を冷たく泡だてる波。

そして、砂の上を走る小さな足音。かん高い子供の声が叫んでいる――

「おおい！　おいでよ！　みんな！　ビリになったら、まぬけザルだぜ！」

そして、小さな体が水をはねあげて、波間にとびこむ音……

棺

騒がしい物音は何日もつづき、つぎつぎと届けられる機械の部品やその他こまごましたものを、チャールズ・ブレーリング氏は待ちかねていたように自分の小さな仕事場に運びこんだ。彼はまもなく死ぬ男だった。死病にとりつかれていた。苦しげに咳こみ、痰《たん》をはきながら、最後の発明をまとめあげるのに大急ぎのようすだった。

「何をしているんだ?」と、弟のリチャード・ブレーリングがたずねた。日ましに耐えがたくなるハンマーや機械の音を、好奇心も手伝ってじっと聞いていたのだが、とうとう仕事場のドアをあけて中をのぞきこんだのだ。

「遠くへ行け、遠いところへ。わしをひとりにしといてくれ」七十歳になり、ほとんどいつも手足を震わせ、よだれをたらしているチャールズ・ブレーリングは、弟にそういった。

彼は震える指で釘をおさえ、震える手で大きな板に力なくハンマーをふりおろすと、つぎに小さな金属のぜんまいをこみいった装置にはめこみ、労働の一大祭典をひたすらくりひろげた。

リチャードは長いあいだ険しい目つきで見つめていた。二人は憎みあっていた。それは遠いむかしからのことで、チャーリーが死にかけている今も、事情はいっこうに変わっていなかった。兄の上にせまった死のことを考えるにしても、それを歓迎する気持しかおこらないリチャードだが、この白熱した仕事ぶりには興味をそそられていた。

「なあ、教えてくれよ」ドアのところに立ったまま、彼はいった。

「そんなに知りたいか」チャールズは鼻を鳴らし、目の前にある箱に奇妙な装置をとりつけた。

「わしの生命はあと一週間ともつまい。だから——だから自分がはいる棺《ひつぎ》を作っているのさ」

「棺だって、チャーリー兄さん、とてもそうは見えないぜ。棺はそんな複雑なものじゃない。おい、ほんとうは何を作ってるんだ？」

「これは棺だといっただろう！　変てこなかたちをしていることは事実だが、しかし——」老人は大きな箱の内側に指を走らせた——「しかし、これは棺なんだ！」

「買ったほうが楽でいいじゃないか」

「こんな棺は買えんよ！　どこへ行ったって売ってない。できあがったら、すばらしい棺になるぞ」

「嘘もいいかげんにしてくれ」リチャードは仕事場にはいった。「たっぷり十二フィートもある棺なんてあるもんか。ふつうサイズより六フィートも長いぜ！」

「ほう、そうかい？」老人は低い笑い声をあげた。

「その透明の蓋もそうだ。中がまる見えの棺の蓋なんてあるかい？　死人に透明の蓋が何の役に立つ？」

「おお、何も気にすることはない、ララ！」老人はいかにも楽しげに歌った。そしてハミングしながら、ハンマーをふるいつづけた。

「それに何だ、その棺の厚さは？」騒音のなかで弟は声をはりあげた。「五フィートはあるだろう。まったく無駄なことをするもんだ！」

「このとてつもない棺の特許がとれるまで、生命があればいいんだがな」と、年老いた兄はいった。「世界中の貧しい人びとには、これは天の賜物だろう。葬式の費用がどれだけ節約できることか、おっとそうだ、おまえはまだこの仕組みを知らなかったんだな！　うっかりしていたよ。説明したいところだが、やめておこう。もしこの棺を大量生産できればーーはじめは、もちろん高くつくがーーいっぺんにたくさん作れるようになれば、みんなも助かるだろう」

「勝手にしろ！」いうなり、弟は仕事場からとびだしていった。

楽しい暮らしにはほど遠かった。弟のリチャードは、二枚のコインをかちあわせる術も知らないような生来のなまけ者――彼の生活費を出しているのは、ずっと年上の兄チャーリーなのだが、その兄にはことあるごとにそれを口にする悪い癖があった。リチャードにはたくさんの趣味があり、彼の時間はほとんどそれらについやされた。何よりも好きなのは、フランス産ワインのラベルがついた壜を庭につみあげることで、「あれがキラキラ光るところがじつにいいんだ」そういっては、のんびりとくつろいで酒をすすり、酒をすすりながらのんびりとくつろぐのだった。リチャードは五十セント葉巻の白い灰をいちばん長くのばし、いちばん長い時間落とさず持っていることに成功したこの郡の記録保持者だった。また彼は、どのように両手をさしだせば、ダイヤモンドがいちばんあざやかに光のなかできらめくかを知っていた。だがワインやダイヤモンドや葉巻を買うのは、彼ではない。それらはすべて贈り物なのだ。彼は何ひとつ自分で買うことを許されていなかった。彼はただ受けとるだけであり、何をするにも、紙に字を書くことさえ、許可を得なければならないのだった。老いぼれの兄からかくも長いあいだ物をせびることに耐えてきたという意味では、彼は自分をなかなかの殉教者だと思っていた。チャーリーが手をふれるものは、何もかも金に変わった。リチャードがその悠長な半生のなかで試みたものは、すべて失敗だった。

そして今また、もうろく爺いのチャーリーが精を出している新発明も、彼の骨が地中に埋もれたずっとのちまで、金を生みだすことになるだろう！

さて、二週間が過ぎた。

ある朝、年老いた兄は二階によたよたあがってくると、電気蓄音機の中身を盗んでいった。べつの朝には、庭師の温室でこそ泥をはたらいた。またべつのときには、医薬品会社から小包みを受けとった。何やらぶつぶつつぶやきながら動きまわる老人の姿を見かけても、弟のリチャードにできるのは、葉巻の灰を長くのばし、椅子にかけていることだけだった。

「終わったぞ」十四日目の朝チャーリーは叫び、そして息絶えた。

リチャードは内心の興奮をおさえつつ葉巻の最後の一服をすい、これまでの新記録といえる、長さ二インチの白い灰もろとも葉巻をおくと、立ちあがった。

彼は窓辺に行き、庭を見おろすと、太った甲虫を思わせる墓の山に日ざしが陽気に照りはえるのをながめた。

彼は階段のいちばん上に目をやった。そこには、愛すべき兄チャーリーが、手すりにもたれかかるようにして安らかに横たわっていた。彼は電話のところへ行き、事務的にダイヤルをまわした。「もしもし、グリーン・ローン霊園かね？　ブレーリング家のものだが、こちらに車をまわしてくれんか？　うん、兄のチャーリーが亡くなったんでね。そう。頼むよ。ありがとう」

チャールズ兄の遺体を運びだす葬儀社の人びとに、リチャードは簡単な指示を与えた。

「棺はふつうのやつでいい。儀式ばったことはしない。松の棺に入れてくれ。兄もそれで満足だろう――大げさなことは嫌いなたちだったから。それじゃ」

「そこでだ！」両手をもみながら、リチャードはいった。「チャーリー兄さんの作った〝棺〟というのを拝見しようじゃないか！　〝特別製〟の箱にはいれなかったからといって、いまさら文句はいうまい。はっ」

彼は階下の仕事場におりた。

棺は、大きくひらかれたガラス・ドアの前に据えられていた。蓋はしまり、すべてはきちんと整い、スイス時計の精巧無比なぜんまい装置のように完成していた。それは大きかった。長い長い仕事台の上にのっかっているのだが、動かしやすいように棺の下には、転《こ》子《ろ》がおかれていた。

ガラスの蓋を通してのぞきこんだ内部は、六フィートほどのたて幅があった。すると、棺の頭と足の部分には、それぞれ三フィートの何かがはいっているわけだ。謎めいたパネルにおおわれた両端の三フィートを、なんとかしてあければ、おそらくそこには――しかし何があるのだろう？

もちろん、金だ。財産を自分といっしょに墓に埋めてしまうぐらいのことは、チャーリーならやりかねない。そしてリチャードは、ワインを買う金もないまま、あとに残されることになるのだ。あのごうつくばりめ！

ガラスの蓋をあげ、内側をさぐってみたが、隠されたボタンは見つからなかった。繻子《しゅす》で内張りされた一方の側に、白い紙が画鋲でとめられている。そこには、ていねいなインクの書体でこうあった——

ブレーリング式徳用ひつぎ。操作は簡単。くりかえし使えます。葬儀社の方々はいうまでもなく、未来を見つめるすべてのご家族に。

リチャードはかすかに鼻を鳴らした。こんなことでだまされると、チャーリーのやつめ、思っていたのだろうか？

その下にも文字があった——

使用法——遺体を棺のなかに横たえてください。

なんて馬鹿なことを書いてるんだ。遺体を棺のなかに横たえろ、だって！　あたりまえじゃないか！　でなければ、どうするというんだ？　彼は目をこらし、使用法を読みおえた——

遺体を棺のなかに横たえてください——すると音楽が始まります。

「よしてくれ！」リチャードは棺を見つめ、ぽかんと口をあけた。

「あんな手間をかけた仕事がたったこれだけの——」彼はひらいたドアにむかうと、タイル敷きのテラスに歩みでて温室にいる庭師に声をかけた。「ロジャーズ！」庭師が顔をだした。「いま何時だ？」

「十二時です」ロジャーズがいった。

「じゃ、十二時十五分になったらここに来て、異常がないかどうかちょっと見てくれ、ロジャーズ」庭師は「かしこまりました」と答えた。リチャードは踵《きびす》を返し、仕事場にもどった。

「これがどんな構造になっているか——」彼は小声でいった。

棺のなかにはいってようすを見るくらいなら、べつに危険はあるまい。両側に小さな通風孔があるのに、彼は気づいた。かりに蓋がしまったとしても、息はできるわけだ。それに、すぐロジャーズがやってくる。遺体を棺のなかに横たえてください——すると音楽が始まります。おひとよしのチャーリーめ。リチャードは棺によじのぼった。

まるで浴槽にはいる男のようだった。まるはだかの体を、じろじろ見られているような気がした。つややかな靴の片方を棺に入れ、膝を曲げると、体をのりだし、だれにともなくひとことといった。そして残った片方の足を入れると、浴槽の湯加減を推しはかりかねているように、そろそろとうずくまった。体をあちこちに動かし、ほくそ笑みながら、死んだふりをして横たわった。死んだふりをするのは楽しかった。人びとが涙を流し、ロウソクの火があたりを照らし、彼の死によって世界は動作の途中で停止する。彼は死人の表情をうかべて目をとじ、震える唇をかみしめながらこみあげてくる笑いをこらえた。両手を重ね、青ざめ、冷たくなった自分を思いうかべた。

ブーン！　パチン！　棺の内張りの奥で、何かがかすかな音をたてた。パチン！

とつぜん蓋がバタンと落ちてきた！

もしそのとき部屋にはいってくるものがいたなら、その人物は、狂人が物置きに閉じこめられ、蹴り、たたき、わめき、叫んでいると錯覚したかもしれない。踊り、浮かれ騒ぐ音。体がぶつかり、こぶしがたたきつけられる音。かなきり声、そして怯えた男の肺から吹きだす一種の風。紙のこすれるような音、たくさんのオルガン・パイプがいっぺんに吹き鳴らされたようなかん高い悲鳴。そして――沈黙。

リチャード・ブレーリングは棺のなかに横たわり、緊張をといた。全身の筋肉をゆるめた。彼はふくみ笑いを始めた。棺のなかのにおいは不快ではなかった。小さな通気孔からはいってくる空気で、楽に呼吸がつづけられるのだ。こんなふうに蹴ったり、悲鳴をあげたりしなくても、両手でそっと押しあげさえすれば棺はひらくのだ。冷静にならなければ。彼は両腕を曲げた。

蓋には錠がおりていた。

しかし、まだ危険というわけではない。あとすこしすれば、ロジャーズが来る。おそれるものは何もないのだ。

音楽が始まった。

それは棺の頭のほうのどこかから流れてくるようだった。なかなかいい曲だった。スローテンポの、メランコリックなオルガン曲。ゴシック風のアーチと細長い黒いロウソクにふさわしい。それは大地とささやき声を連想させた。それは石の壁に高くこだました。あまりにも悲しげな曲なので、聞いていると泣きだしそうになるくらいだった。それは、鉢植えの草花と、真紅や青のステンド・グラスの音楽だった。夕暮れの太陽と、吹きすぎる冷たい風だった。霧につつまれた夜明けと、はるかに聞こえる霧笛の悲痛なひびきだった。

「チャーリー、チャーリー、チャーリー、この馬鹿、おまえ！　これがおまえの変てこな棺なのか！」笑いといっしょに、涙がにじみでてきた。「葬送曲つきの棺というわけか。なんてこった！」

彼は横になったまま、こんどは批判的に耳を傾けた。美しい音楽だったし、ロジャーズが来るまで何もすることがないからだった。彼の視線はあてもなくさまよった。指が繻子のクッションの上でかすかにリズムをとりはじめた。彼はものうげに足を組んだ。ガラスの蓋を通して、ガラス・ドアからさしこむ日ざしと、そのなかで踊っているほこりが見えた。空は青く澄み、小さな雲がいくつかうかんでいる。

告別の辞が始まった。

オルガン曲が静まり、やさしい声がいった――

「わたしたちは今ここに集い、わたしたちが愛し、友とした故人の生前の徳を偲《しの》ぶため――」

「チャーリー、驚いたぜ、おまえの声じゃないか！」リチャードは愉快そうにいった。機械仕掛けの、録音された葬式なのだ！　オルガン音楽と別れの言葉が、レコードにはいっているのだ！　そしてチャーリー自身が自分のことをしゃべっている！

おだやかな声はつづけた。「――ブレーリングを愛し、友としたわたしたちは、彼の死を悼《いた》み――」

「なんだって？」リチャードはびっくりして体をおこした。耳に聞こえたものが信じられなかったのだ。彼はいま聞いた言葉を、聞こえたとおりにくりかえしてみた。

「リチャード・ブレーリングを愛し、友としたわたしたちは、彼の死を――」

声はたしかにそういった。「しかし、リチャード・ブレーリング」棺のなかの男はいった。「リチャード・ブレーリングはこのおれだ」

言いまちがえたのだろう、そうにきまっている。口がすべったのだ。チャ、、、チャールズ・ブレーリング、チャーリーはそういうつもりだったのだ。そうさ。もちろん。そうにきまってる。うん。あたりまえじゃないか。

「リチャードはすばらしい男でありました」声はさらにつづけた。「彼以上の人物は数多くはいないでしょう」

「また、おれの名前だ！」

リチャードは棺のなかで不安げに身じろぎしはじめた。

それにしても、どうしてロジャーズは来ないのだろう？

二度も同じ名をいったところをみると、まちがったわけでもないらしい。リチャード・ブレーリング。リチャード・ブレーリング。わたしたちが愛し、友とした故人の生前の徳を偲ぶため……死を悼み……彼以上の人物は……すばらしい男。リ、、、リチャード・ブレーリング。

ブーン！　パチン！

花だ！　隠されたバネにのって、明るい青、赤、黄、色とりどりの花々が六ダースほども棺の裏からとびだしてきたのだ！

切りとられたばかりの花々のあまい香りが、棺の内部にみちあふれた。呆然と見守る彼の目の前で、花はゆらゆらと揺れ、音もなくガラスの蓋をたたいた。花はあとからあとから現われ、ついには棺のなかは花びらと色彩とあまい香りで身動きできないほどになってしまった。日ざしをあびて揺れるダリア、ペチュニア、くちなし、ラッパすいせん。

「ロジャーズ！」

言葉はつづいた。

「……生前のリチャード・ブレーリングは、偉大なもの、優れたものをこよなく愛する男でありました……」

音楽が高くなり低くなりしながら、遠くかすかにひびいた。

「……リチャード・ブレーリングは、あたかも貴重なワインを口にふくんで味わうように、人生を味わいました……」

棺の横の小さなパネルがひらいた。きらめく金属の腕がふいに現われた。注射針がリチャードの胸を刺した。あまり深くは刺さなかったが、彼は絶叫した。つかむ暇もなく、針は色のついた液体を注入し終え、ふたたび穴にもどった。パネルが閉じた。

全身にしびれがまわってきた。とつぜん、指が、腕が動かなくなっていた。首も曲がらなくなっていた。両足にはまったく力がはいらない。

「リチャード・ブレーリングは美しいものを愛しました。音楽。花」と、声はいった。

「ロジャーズ！」

こんどは叫ばなかった。頭のなかで考えただけだった。

麻痺した口のなかで、舌の動きもとまっていた。

べつのパネルがひらいた。金属の腕が、金属の鉗子をつかんでおそいかかった。巨大な注射針が左手首につき刺さった。そして体から血液を吸いだしはじめた。どこかで小型ポンプの動く音が聞こえていた。

「……わたしたちにとって、リチャード・ブレーリングの死はかけがえのない……」

オルガンがすすり泣き、ささやいた。

花々が彼を見おろし、明るい色の花びらで飾った頭をゆらゆらさせてうなずいていた。

隠された穴から、六本の黒い長いロウソクがせりだし、花々のかげでポッと火をともした。

べつのポンプがはたらきだした。体の左側で血液が吸いだされているあいだに、右手首が固定され、針が刺しこまれた。第二のポンプは、彼の体内にフォルムアルデヒドを送りこみはじめた。

シューッ、間、シューッ、間、シューッ、間、シューッ、間。

棺が動いた。

小型モーターがダダダと活動している。部屋が彼の周囲から遠ざかっていった。小さな車輪がまわっていた。棺をかつぐ人間は必要なかったのだ。花々が揺れ、棺はテラスを通って青空の下に出た。

シューッ、間。シューッ、間。

「リチャード・ブレーリングの死は、彼を知り、愛するものすべてにとって……」

あまいソフトな音楽。

シューッ、間。

「ああ、人生の甘美な神秘をついに……」歌声。

「食通であったブレーリング……」

「おお、今こそすべての神秘はわたしの前に……」

なかば盲いた目で、彼は視界の片隅に小さなカードをとらえていた。**ブレーリング式徳用ひつぎ。**

使用法——遺体を棺のなかに横たえてください——すると音楽が始まります。

一本の樹が頭上を通りすぎた。棺はゆっくりと庭を横切り、告別の辞と音楽もろとも茂みのかげにはいった。

小さなきらめくスコップが棺の両側からとびだした。

それらは土を掘りおこしはじめた。

スコップが土を放り投げるのが見えた。棺はいったん動きをとめた。ドスンと地面に落ち、静まり、土を掘り、ドスンと落ち、静まり、土を掘り、ドスンと落ち、静まった。

シューッ、間、シューッ、間、シューッ、間、シューッ、間。

「灰を灰に、塵を塵に……」

花々がにぶく光り、揺れた。棺は地中深くにおちついた。音楽はまだつづいている。

リチャード・ブレーリングが最後に見たのは、ブレーリング式徳用ひつぎのスコップが長くのび、土を手前にかきおとしている光景だった。

「リチャード・ブレーリング。リチャード・ブレーリング。リチャード・ブレーリング。リチャード・ブレーリング。リチャード・ブレーリング……」

レコードに傷がついているのだった。

だが気にかけるものはなかった。聞いているものはなかった。

ダドリイ・ストーンのすばらしい死

「帽子を回してくれ。わたしが行って、やつの首を持ってきてやる！」

「二十年前に死んだのだ！」

「ニュー・イングランドでぴんぴんしてるさ。ばかな」

「死んだ！」

「生きている！」


その夜、話はそんな方向に発展した。ひとりの見知らぬ男が、ダドリイ・ストーンは死んだといいだしたのが、ことのおこりだった。生きている！　われわれは叫んだ。知らないはずがないではないか！　香を焚き、二〇年代の火と燃える献身の光にかざして、彼の著作を読みふけった人びとの、われわれは微弱ながらも、その最後の生き残りではないか？

そう、あのダドリイ・ストーンだ。あのすばらしい文章家、文学界の誇り高き獅子王。あなたにしても、人びとが壁に頭を打ちつけ、断崖から飛びおり、口笛を吹いた、あの運命の日の騒ぎを忘れてはいまい。それは、彼が出版社あてに、こんな手紙を書き送ったことにはじまった。

拝啓。きょう、わたしは三十にして、この分野からしりぞき、筆を折り、身の回りのものを焼き、新しい原稿を屑箱にほうりこみ、バンザイを叫んで、あなたがたに別れを告げるしだいであります。

敬具
ダドリイ・ストーン

あとは、地震、雪崩という順序。

「なぜだ？」何年となく、顔をあわせるたびに、われわれはそう自問した。

ソープオペラもどきに、彼が文学者としての未来を捨てたのは、女のせいではなかったかと議論した。でなければ、酒。それとも、疾駆する彼を追い抜き、その盛りで足を止めさせたのは、馬だろうか？

もしストーンがいま書いていれば、フォークナーやヘミングウェイ、スタインベックは、彼のたぎる溶岩の中に埋もれてしまっただろう。われわれの意見は、その点で完全に一致していた。いっそう悲しいのは、ストーンが、彼の最大の作品の完成する直前に踵《きびす》を返し、〈過去〉という似つかわしい名で呼ばれる海のそばの、〈無名〉という町に引っ込んでしまったことだった。

「なぜだ？」

その疑問は、彼の不完全な作品に天才のひらめきを見つけたわれわれの心の中に、いつまでも消えずに残っていた。

二、三週間前のある夜のこと、年月の浸蝕作用をつくづくと思い、多少たるんできたたがいの顔、目に見えて薄くなったたがいの髪をながめながら、われわれは、ダドリイ・ストーンを忘れてしまった典型的市民の態度にがまんがならなくなってきた。

われわれは不平を鳴らした。あの不幸なトマス・ウルフさえ、〈永劫〉の縁から鼻をつまんで飛びおりる前に、成功の大きさを知っていたのだ。少なくとも批評家たちは、光を放って消えてゆく流れ星を追うように、彼の闇への跳躍を見守っていたのだ。しかし今、だれがダドリイ・ストーンを覚えているだろう？　彼の仲間を、二〇年代の熱狂的な彼の信奉者たちを。

「帽子を回してくれ」わたしはいった。「三百マイルを旅して、ダドリイ・ストーンのズボンをふんづかまえて、こうきいてやる。〝おい、ストーンくん、どうしてあんたはわれわれをあんなに失望させたんだね？　どうして、二十五年も本を書いていないんだ？〟とな」

帽子に金がたまった。わたしは電報を打つと、汽車に乗った。

何を予期していたのかは、わからない。海風に吹かれながら駅をうろうろしている、よろめき歩きの弱いものいじめのカマキリ、夜風にさわぐ麦か葦みたいなかすれた声で、わたしを呼ぶ白墨のように白い顔の幽霊。そんなものだったかもしれない。汽車がシュッシュッと駅にすべりこむあいだ、わたしはもどかしさをこらえて膝を閉じていた。降りたったところは、海から一マイルほど離れた、寂しい田舎町だった。なぜ、こんな遠くまでのこのこ来たのだろうと、わたしはバカげた気持になった。

板張りの切符売場の前の掲示板には、数えきれぬ年月のあいだにつぎつぎと、糊で貼られ、あるいは鋲でとめられた告示が、何インチもの厚さになってさらされていた。人間の進歩を示す印刷物の層をめくってははがしていくうちに、目ざすものを見つけた。市会議員候補ダドリイ・ストーン、郡治安官候補ダドリイ・ストーン、市長候補ダドリイ・ストーン！　陽や雨であせた、昔の面影のまだ残る彼の写真は、年が下るにつれて、この海辺の世界でのさらに責任ある地位を望んでいた。わたしはそれを読みながら、立ちつくしていた。

「おおい！」

その声と同時に、ダドリイ・ストーンはプラットフォームに立つわたしのうしろにとんできた。

「ダグラスくん、きみだろう！」わたしはふりかえると、巨大な建築物のようなこの男にむかいあった。大男だが、ぜい肉はこれっぽちもない。太いピストンを思わせる脚が、その体を支えている。襟には明るい色の花、襟もとには明るい色のタイ。彼はわたしの手をにぎりつぶすと、力強い筆で描かれた、ミケランジェロ作のアダムを創る神のように、わたしをじっと見おろした。その顔は、古代の船乗りの海図にある、熱風、寒風を送る多色刷りの北風と南風の顔だった。それは、エジプトの彫刻で太陽を象徴する、あの生気に輝く顔だった！

どうしたことだ！　わたしは思った。これが、二十何年ものを書いていない男なのか？　ありえないことだ。罪つくりなほど生き生きしている。心臓の鼓動まで聞こえるではないか！

麻痺したかのような五官に彼の印象をつめこもうと、目を丸くして見ていたにちがいない。

「マーリイの幽霊（ディケンズ「クリスマス・キャロル」に登場する、スクルージの元のパートナーの幽霊）でも見るつもりで来たんだろう」彼は笑った。「いさぎよく認めろよ」

「その――」

「女房が、ニュー・イングランドの蒸し料理を用意して待ってるよ。エイルやスタウト（ともにビールの一種）もたっぷりある。この二つの言葉のひびきが好きでね。エイル（別の綴りで「患う」という意味がある）は病気になるんじゃなくて、だらけた精神を生きかえらせるという意味なんだ。おつな言葉じゃないかね。スタウトの方かい？　何かはつらつとしたひびきがあるだろう。いいか、スタウト！」きらきら光る鎖に吊るされた、大きな金時計が、チョッキの前でピョンとはねた。彼はわたしの腕を締めあげると、運のなかった兎を手に洞穴へと引きあげる魔法使いさながらに、いやおうなくわたしを引っぱっていった。「久しぶりだな！　きみも、ほかの連中みたいに、同じことをききにきたんだろう、え？　ようし、きょうはあらいざらい話そう！」

　わたしの胸は躍った。「それはありがたい！」

　人気のない駅を出たところに、一九二七年のオープンのT型フォードがとまっていた。

「新鮮な空気。こんな日暮れにドライヴしてみたまえ。野原や草や花が、風にのって、みんな自分のふところにとびこんでくる。きみは、こそこそと窓を閉めて歩く連中の仲間じゃあるまいな！　家《うち》は、台地のてっぺんにあるみたいなものだよ。掃除は天気がやってくれる。乗れよ！」

　十分後、わたしたち二人はハイウェイをそれ、何年も盛り土や地ならしされていない横道に入った。ストーンは終始笑顔で、窪みやでっぱりの上をまっすぐ運転した。ガツン！　わたしたちはぎくしゃくと最後の数ヤードを進むと、手入れされていない、ペンキも塗ってない二階家の前でとまった。車はひとあえぎして、死んだように沈黙した。

「真相を知りたいかい？」ストーンはふりかえり、わたしの顔をのぞきこむと、熱のこった手を肩にかけた。「わたしはある男に銃で殺されて、二十五年前からきょうのこの日まで死んでいたんだ」

車からとびおりる彼のうしろ姿を、わたしはすわったまま見つめていた。幽霊ではない。その体は、岩のようにしっかりしたものだ。だが、家に入って機関砲のように彼がしゃべりはじめる前から、真相がいまいったことの中に含まれていることが、なぜかわたしにはわかっていた。

「これが女房、これが家《うち》、それからそこに、夕食の支度ができている！　景色を見てくれ。居間の三面が窓なんだ。海の景色と、波と、そして野原。一年のうち、春、夏、秋と窓をあけっぱなしにしておくんだよ。真夏になると、ぼだいじゅの花のにおいがただよってきてね。十二月になると、こんどは南極大陸の方からやってくるものがある。アンモニアとアイスクリームさ。すわれよ！　リーナ、どうだい、すばらしいお客さまだろう？」

「ニュー・イングランドの蒸し料理がお気にめすといいんですけど」リーナはいった。今はここと思うと、あそこ。背の高い、引き締まった感じの女性。東の空の太陽、サンタ・

クロースの娘。テーブルを照らすランプのような明るい顔。彼女は、巨人の振りおろすこぶしにも耐える、重い、使いやすそうな皿を並べた。ナイフ類は、ライオンの歯でも充分うけとめられる丈夫なものだった。蒸気がふわっと舞いあがり、その中にわたしたちは喜んで身をゆだねた。地獄へ下る罪人《つみびと》のように。気がつくと、わたしはお代わりを三回もしており、腹の中身は、胸から、喉へ、最後には耳にまでのぼっていた。ダドリイ・ストーンは、彼のいうところの泣いて御慈悲を請うていた野生のコンコード葡萄で作ったワインを注いだ。壜がからになると、ストーンはその緑色をしたガラスの口をそっと吹いた。やがて即席のリズミカルな一音符の歌が流れだした。

「さて、長く待たせてしまったな」と彼はいい、遠くからうかがうようにわたしを見た。酒が入ると、たがいのあいだにはそんな距離ができてしまう。だがその遠さが、ときとして身近なものを感じさせるのである。「わたしが殺されたときのことを話そう。今まで、だれにも話したことはない。本当だよ。きみは、ジョン・オーティス・ケンドルを知っているかね?」

「二〇年代のあまりパッとしない作家だったな?」わたしはいった。「二、三冊、本を書いた。三一年には消えてしまった。先週、死んだ」

「霊の休まらんことを」ストーンはすこしのあいだ陰気な物思いに沈んでいたが、やがてわれにかえると話しはじめた。

「そうだ。ジョン・オーティス・ケンドル、一九三一年には消えてしまった。大きな可能性を持った作家だった」

「あんたほどではない」わたしはすかさずいった。

「まあ、待ってくれ。幼な友だちだったんだ、ジョン・オーティスとわたしは。生まれたのも、同じオークの木が朝にはわたしの家に、夕方にはジョン・オーティスの家に影を投げるほど近くだったよ。いっしょにありったけの小川を泳ぎまわり、すっぱいリンゴでいっしょに気持を悪くし、いっしょにタバコの味を覚え、同じ娘の同じブロンドの髪に同じような光を見つけた。そして、そろそろ二十《はたち》というとき、自分の運を試そうと、いっしょに世間に出たんだ。二人とも、正々堂々とやった。だが、わたしの方が上で、その差が年のたつにつれて大きくなっていくんだ。ジョン・オーティスの処女出版が一ついい批評をうければ、わたしのは六つうける。わたしのが一つ悪評をうければ、彼の方は一ダースというわけだ。二人は、同じ汽車にのっているのに、人びとがいっしょだと考えてくれない友人みたいなものだった。ジョン・オーティスは乗務員車の中に残され、叫んでいる。〝助けてくれ！　オハイオ州タンク・タウンに残していくのか？　同じ汽車なのに！〟すると、車掌がいう。〝たしかにそうです。しかし、車両が違います！〟わたしも叫んでいる。〝ジョン、きみを信じている。気を落とすなよ！　すぐもどるからな！〟そして乗務員車は赤と緑のランプを、闇の中で光るサクランボ水やライム水の壜みたいにぶらさげたまま、小さくなっていくんだ。そのあいだジョン・オーティスとわたしは、大声で友情を誓いあっている。〝ジョン、しっかりやれよ！〟〝ダドリイ、おまえこそ！〟ジョン・オーティスは、ブリキの物置小屋のかげにある暗い片隅から、真夜中へと入っていく。わたしの方の機関車は、旗をふる人びととブラスバンドにおくられて、夜明けにむかってまっしぐらに進んでいくんだ」

話を休んだダドリイ・ストーンは、呑みこめない表情でいるわたしに気づいた。

「これがみな、わたしの殺害に結びつくんだよ。つまり、一九三〇年、そのジョン・オーティス・ケンドルが、古着二、三着とすこしばかり残った自分の本をピストルにかえて、この家のこの部屋にやってきたんだ」

「本当に殺すつもりだったのか？」

「そうさ！　実際に殺したんだ！　バーンさ。もっとワインはどうかね？　そうこなくちゃ」

さっぱりわけがわからず気をもむわたし、それを興味深げに見守る彼。ストーン夫人はストロベリイ・ショートケーキをテーブルに置いた。ストーンはそれを大きく三つに切り、結婚式の招待客のような笑顔をわたしに向けたまま、それぞれの皿に盛った。

「そこにすわっていた。ジョン・オーティスだよ。いま、きみのすわっているその椅子にな。彼のうしろ、おもての燻製所には、十七個のハムがあった。ワインの貯蔵庫には、最上級のものが五百本。窓の外には、広々とした土地と優雅にレースをひろげる海。頭の上には、冷たいクリームを盛った皿のような月。あたりは春の甲冑で身をかため、テーブルのむこうのリーナも、風にゆれる柳のように、わたしのいうこと、いうのをやめたことにみんなくすくす笑う。二人とも三十、いいかい、三十なんだ、人生は豪華な回転木馬、二人の指は心ゆくまで音楽をかき鳴らし、わたしの本は売れに売れ、ファン・レターは冷たい澄んだ泉のように手の中にこぼれ、外の小屋では馬が月夜の遠出にそなえて休み、遠くの入江は、二人が、あるいは海がささやくかもしれない二人だけの願いを聞くために待っている。ところがジョン・オーティスは、いま、きみがすわっているそこで、黙ってポケットから小さな青いピストルを出したのだ」

「ライターかなにかだと思って、わたしは笑いましたの」ストーン夫人がいった。

「だが、ジョン・オーティスは大まじめでいうんだ。〝ストーンくん、あんたを殺す〟」

「それであんたはどうしたんだ？」

「どうした？　ぼおっとして、手をこまねいてすわっていたよ。すさまじい音が聞こえた。顔の上に棺桶の蓋がとじたんだ！　黒い穴に石炭が落ちる音、棺の上に土がかぶさる音だ。そんなときには、自分の〈過去〉が心をよぎるという。とんでもない。心をよぎるのは〈未来〉だ。血みどろの粥のような顔。しどろもどろでこういえるようになるまで、すわっていた。〝だが、なぜだ、ジョン、わたしが何をした？〟

〝した！〟彼は叫んだ。

ジョン・オーティスの目は、大きな本棚をずっとたどり、小ぎれいに並んだ一列の本の前でとまった。その背には、わたしの名前がモロッコの闇夜の豹の目のように輝いていた。

〝した、だって！〟彼は苦しそうに叫んだ。その手が、いらだたしげにリヴォルヴァーをまさぐった。

〝ジョン、聞けよ〟わたしは声をかけた。〝何がお望みなんだ？〟

〝何よりもほしいある物さ〟ジョン・オーティスはいった。〝あんたを殺して有名になる。おれの名は、大見出しで出る。あんたと同じくらい有名になるんだ。ダドリイ・ストーンを殺した男として、永遠に名が残るんだ！〟

〝それは本気か？〟

〝そうさ。有名になるんだ。あんたの影になっている今より、はるかに有名にな。そうだ、よく聞け、作家ぐらい憎むことを知ってる人間はいないんだぜ。あんたの書くものにどれくらい惚れこんでいることか。あんたがうまく書けば書くほど憎い。驚くばかりの対立感情だ。だが、もうがまんできない。あんたほどうまく書けないなら、もっとやさしい方法で名声をかちとる。盛りになる前に、あんたのいのちを奪うんだよ。つぎの本は最高最大だという評判がもっぱらだからな！〟

〝大げさにいってるだけだ〟

〝評判どおりだとおれは思うね！〟

わたしはジョン・オーティスのうしろで椅子にすわっているリーナを見た。おびえている。だが、悲鳴をあげたり、逃げだしたりして、場面を中途半端に終わらせる心配はなさそうだった。

〝落ちつけ〟わたしはいった。〝落ちつくんだ。すわれよ、ジョン。一分だけ時間をくれ。それからだったら、引金を引いていい〟

〝いけない！〟リーナが小さい声でいった。

〝落ちつくんだ〟わたしはリーナに、自分に、それからジョン・オーティスにいった。

わたしは開いた窓から外を見た。風があたる。屋根裏のワインのこと、海辺の入江のこと、海、夏の空を冷やすメントールのような夜の月、引きあいながら、光る塩のようにうかぶ雲、朝にむかってゆるやかに回る星、そんなもののことを考えた。三十にしかならない自分のこと、同い年のリーナのこと、二人の行く末を考えた。高く空にかかって、祝宴を開くために自分を待っている人生のことを考えた。山に登ったこともない、大洋を航海したこともない、市長選に出たこともない、真珠を取りにもぐったこともない、望遠鏡も持っていない、舞台で演技したことも、家を建てたことも、昔からあれほど望んでいた古典を全部読破することも、何もやっていない。しなければならないことはいくらでもあるのに！

そして、その瞬間的ともいえる六十秒間に、わたしはとうとう作家としての人生を考えた。かつて書いた本、いま書いている本、書こうと思っている本。書評、売れゆき、銀行にたまった高額の金。信じてくれても、信じてくれなくてもいいが、この人生ではじめてそれらすべてから解放されたんだ。あの瞬間には、わたしは批評家だった。わたしは天秤の皿をからにした。そして買ったことのないボート、植えたことのない花、育てたことのない子供、見たことのない丘、そういったものを、このリーナ、収穫の女神といっしょに全部のせた。まん中には、ピストルを持ったジョン・オーティス・ケンドルを置いた——バランスをとるための支柱だ。反対側のからっぽの皿には、ペンとインクと白い紙と一ダースばかりの本。すこし目盛を調整した。六十秒はどんどん過ぎてゆく。甘い夜風がテーブルの上を吹きすぎ、リーナのうなじに触れた。それが、どれほどやわらかく、やわらかく髪を震わせたことか……

ピストルがわたしを狙っていた。写真で月のクレーターや、馬頭星雲という、宇宙の黒い穴を見たことがある。だが本当のことをいってあの銃口ほど大きくはなかった。

〝ジョン〟やがてわたしはいった。〝それほど憎んでいるのか？　わたしが幸運で、きみがそうじゃないからか？〟

〝そうだよ、きまってるさ！〟ジョン・オーティスは叫んだ。

わたしをうらやむなんて、おかしいくらいだった。ジョン・オーティスに比べて、わたしはそれほどましな作家ではないのだ。違いは、手首のひとひねりぐらいなものだ。〝ジョン〟わたしは静かにいった。〝死んでほしいというのなら、わたしは死ぬよ。二度と書かなければいいんだな？〟

〝それ以上うれしいことはないね。覚悟しろ！〟そして、心臓に狙いを定めた！

〝わかった〟わたしはいった。〝もう書かない〟

〝なんだって？〟ジョン・オーティスはきいた。

〝わたしたちは幼な友だちだ。今まで嘘をついたことはない、そうだな？　では、わたしの言葉を信じてくれ。今夜から、二度とものを書かない〟

〝バカをいうな〟ジョン・オーティスはいい、軽蔑と不信の入りまじった顔で笑った。

〝そこに〟彼のそばのデスクにむかってあごをしゃくり、わたしはいった。〝この三年間かかって書いた二冊の本の原稿がある。一つを、きみの目の前でいまから燃やす。もう一つは、きみが海にほうるなりしてくれ。出た本も燃やしてくれ。家をさがしていい。文学にすこしでも関係のありそうなものは持ち出してくれ。そら〟わたしは立ちあがった。そのとき射つこともできた。だが、わたしは彼の全注意力をとらえていた。わたしは炉に原稿の一つを放りこむと、マッチで火をつけた。

〝やめて！〟とリーナがいった。わたしはふりかえった。〝自分のしてることぐらいは知ってる〟リーナは泣きはじめた。ジョン・オーティスは魅入られたように、見つめていた。

わたしはもう一つの未発表原稿を彼にさしだした。〝ほら〟といって、彼の右足の下に、足が文鎮がわりになるように置いた。それから元の場所にもどってすわった。風が吹いていた。暖かい夜だった。リーナは、そこのテーブルにあるリンゴの花みたいに血の気の失せた顔をしていた。

〝きょうからわたしは、永久に何も書かない〟わたしはいった。

ジョン・オーティスの口がはじめて開いた。〝どういうつもりだ？〟

〝人を幸福にするためだよ。きみを幸福にするためだ。いつかは、また友だちになれる。リーナを幸福にすることもできる。公共機関の認証もなしに、またリーナの夫だ。それに、わたしだってうれしい。死んだ作家よりも、生きている人間のほうがましだからな。死の瀬戸際の人間は何だってするんだぜ、ジョン。さあ、この小説をどうとでもしてくれ〟

わたしたちはすわっていた、三人、ちょうど今夜、ここに三人がすわっているみたいにね。レモンとライムと椿のにおいがただよっていた。海が、下の岩だらけの海岸にぶつかってどよめいている。月夜の中で、それがどれほど美しくひびいていることだろう。やがて、ジョン・オーティスは原稿をとった。わたしの死体を運ぶみたいにして、部屋を出ていった。ドアのところで立ちどまると、いった。〝あんたを信じるよ〟そして消えた。車の遠のく音がした。わたしはリーナを寝かせた。海岸を歩いたことは、数えるほどしかない。その晩が、そのうちの一つだ。深く息を吸っては吐きだし、腕や脚の動きを感じ、手の中に顔を埋めて子供のように泣きながら、わたしは歩いた。歩きながら、波に体を漬けて、冷たい塩水がわたしのまわりで何千、何万の泡となる感じを味わった」

ダドリイ・ストーンは口をつぐんだ。部屋の中では時間が停止していた。時間がもどった。すわっているわたしたち三人。彼自身の死の話に魅了されて。

「それで、彼はあんたの最後の長篇もなくしてしまったのか？」わたしはきいた。

ダドリイ・ストーンはうなずいた。

「一週間後に、紙が一枚、海岸に流れついた。崖からばらまいたにちがいない。千ページを。目に見えるようだ。暗い、明け方の四時、白いカモメのように水面に舞いおりて、潮にのって沖へただよっていく。リーナがその一ページを手にして、叫びながら海岸からかけあがってきた。

〝ごらんなさい、これ！〟リーナが渡したものを見て、わたしは海へ放りなげた」

「そんな約束を守りとおしたのか？」

ダドリイ・ストーンはわたしをじっと見た。「同じような立場になったとしたら、きみはどうした？　こういう見方をしてみたまえ。ジョン・オーティスはわたしにいいことをしてくれた。わたしを殺さなかった。射たなかった。わたしの言葉を信用したのだ。約束を守ったのだ。わたしをずっと生かしてくれた。食べ、眠り、息ができるようにしてくれた、まったく思いがけなく、わたしの視野をひろげてくれたんだ。あの晩、水に腰までつかりながら、わたしはうれしくて泣いたよ。うれしかった。この言葉の意味が、本当にわかるかね？　わたしを思いどおりに、永久に抹殺できたものを、彼はそのまま生かしてくれたんだ」

ストーン夫人が立ちあがった。夕食は終わった。皿がかたづけられると、わたしたちは葉巻に火をつけた。ダドリイ・ストーンは、自宅のオフィスにわたしを連れていった。蛇腹式の事務机があった。その蓋は、中にある包みや紙、インク瓶、タイプライター、記録、帳簿、目録などでつっかえて大きく開いている。

「煮えたっていて、わたしには見えなかったんだな。ジョン・オーティスは、物の質が見えるように、上のあぶくを取り除いてくれたわけさ。澄みきって見えた」ダドリイ・ストーンはいった。

「わたしには、小説を書くときの芥子や苦《にが》りが強すぎた。紙の上にためらいながら字を並べ、ひどい幻滅を感じる。貪欲な批評家たちはグラフを作り、図を描き、ソーセージのようにわたしを切りきざんで、夜食にして食べてしまう。最低の職業だ。荷物を放りだす用意はできていた。引金もかかっていた。バーン！　ジョン・オーティスがきた！　これを見たまえ」

彼はデスクをひっかきまわし、ビラやポスターをとりだした。「昔は、生き方を書いていた。今は生きたいと思ってる。あることについて語るんじゃなくて、するんだ。教育委員の選挙に出た。勝ったよ。市会議員選挙に出た。勝った。市長選。勝ったんだ！　郡治安官！　市立図書館司書！　汚物処理人。たくさんの人びとの手を握った。たくさんの生活を見た。たくさんのことをやった。この目で鼻で口で、この耳で手で、ありとあらゆる生き方を味わったんだ。丘にのぼって絵をかいた。その壁にも、すこしかかっている！　世界一周も、二人で三回やったよ！　思いがけなく、男の子をさずかった。大きくなって、結婚した――いまニューヨークにいる！　いろいろなことをしたんだ」ストーンは言葉をきり、ほほえんだ。「庭に出ないかね？　望遠鏡がある。土星の環を見たくないか？」

わたしたちは庭に立った。風が千マイルもの海をわたって吹きつけてくる。望遠鏡で星をながめているあいだに、ストーン夫人は珍しいスペインのワインを取りに暗い地下室におりていった。

揺れる野原を、海から疾風のように走ってひっそりとした駅についたのは、翌日の昼だった。ダドリイ・ストーンは車を運転しているあいだ、ずっと大声で笑い、ほほえみ、露出した古代の石、野生の花をあれこれと指さし、ひとときも話をやめなかった。ふっと口をつぐんだのは、車をとめ、わたしをのせて行く列車が来るのを待っていたときだった。

やがて空を見上げて、彼はいった。「わたしを気ちがいだと思うだろうね」

「いや、そんなことは思わない」

「そういえば」とダドリイ・ストーンはいった。「ジョン・オーティス・ケンドルは、もう一ついいことをしてくれた」

「それは?」

ストーンはくつろいだようすで、つぎはぎのあるレザーのシートに背をもたせかけた。

「彼は、ちょうど上げ潮のときに、わたしを助けてくれたんだ。わたしの作家としての成功は、批評家たちの冷房装置がきれたときに溶けてしまうことを、わたし自身、心の奥深くで知っていたにちがいない。下意識は、自分の未来をかなり的確につかんでいた。批評家は知らなくても、下り坂にかかっていることを、自分では知っていたんだ。ジョン・オーティスが処分したあの二冊の本はひどいものだったよ。オーティスがやった以上に、批評家たちは徹底的にわたしを殺していただろう。そこへ現われた彼は、心ならずも、勇気がなくてためらっていたわたしの決断に手を貸してくれたというわけだ。ハーヴァード的なわたしの風貌に、まだ提灯がへつらうようなピンクの光を投げているうちに、コティヨン(活発なフランス舞踏の一種)が終わらないうちに、いさぎよく退場することをね。作家が、浮き沈みし、精力を使いはたし、傷つき、不幸になって、自殺もしかねないようになっている姿を今まで数えきれないくらい見てきた。状況、符合する出来事、下意識の動き、今までの自分からの解放、そしてジョン・オーティス・ケンドルがこの世にいてくれたということ、これらのすべての積みかさなりは控え目にいっても、億に一つの偶然といえるだろう」

わたしたちは暖かい日ざしを浴びて、それからしばらく黙っていた。

「わたしが文学界からの引退を宣言すると、うれしいことに、人びとは過去の大作家といろいろ比較してくれた。これほど騒がれて消えた作家は近ごろいないだろう。すてきな葬式だったよ。わたしの姿はまるで生きているように見えたそうだ。そしてこだまが残った。〝ストーンのつぎの本！〟批評家は叫んだ。〝それこそ、会心作だ！　傑作だ！〟わたしは、彼らを息を切らせたまま待たせておいた。わかるわけがない。四半世紀たった今でも、当時大学生だったわたしの読者は、隙間風の抜ける、ケロシンくさい、すすけた汽車に乗ってやって来て、なぜ〈傑作〉をそれほど待たせるのか聞こうとする。まだいくらか名声が残っているのだ。これは、ジョン・オーティス・ケンドルに感謝しなくてはならない。その名声も、ゆっくりと、痛まないほどに、年々小さくなっていく。いま書いていたとしたら、来年あたり、ペンを持ったこの手で自分を殺していたかもしれない。他人に乗務員車の連結を切ってもらうのだったら、自分で切ったほうが、どれくらいましかしれないよ。ジョン・オーティス・ケンドルとのつきあいかね？　昔どおりになったよ。もちろん、時間はかかった。だが、一九四七年には、ここへわたしを訪ねてきてくれた。いい天気の日だった、昔と同じようにね。その彼も亡くなって、とうとう何でもいえるようになった。町の友だちには、どう話すのかね？　一言も信じてはくれないだろうな。だが、本当なんだ。誓ってもいい。ちょうど今ここに、わたしがいて、神様の新鮮な空気を吸い、手のタコをながめ、郡の財務委員長に立候補したときのあのはげたポスターのような姿をさらしているみたいにね」

わたしたちはプラットフォームに立った。

「さようなら。話をきいてくれてありがとう。きみの友だちにもよろしくな。ほら、汽車がきた！　わたしも急がなきゃいけない。昼すぎから、リーナといっしょに海岸沿いに赤十字の募金をしにいくんだ！　じゃ！」

わたしの見守る前で、死人は元気よくプラットフォームをきしませてかけだすと、T型フォードに飛び乗り、重みで車体をかしがせ、大きな足でフロアボードをたたき、エンジンをかけ、ふかし、こちらをふりむき、微笑し、手をふって、それからすさまじい音とともに、とつぜん光に満ちあふれた〈過去〉という名の海に近い、〈無名〉という名の輝く町めざして消えていった。

戦争ごっこ

真夜中の出航にそなえて、輸送船への乗込みは終わった。長い渡り板を、足が重たげにあがっていった。たくさんの歌がうたわれていた。たくさんの無言の別れの言葉が、ニューヨーク港にむかって発せられていた。船積み用の照明の下で、ときおり陸軍の記章がきらめいた……

ジョニー・クワイアは、おびえてはいなかった。カーキ色の制服に包まれた両腕は震えているが、それは興奮と半信半疑な気持からくるもので、恐怖ではなかった。彼は手すりにつかまって考えた。考えはきらめく殻のように彼の上におり、兵士たちや輸送船や騒音から彼を切り離した。過ぎ去った日々のことを、彼は考えていた。

ほんの数年前――

緑の公園のなか、小川のほとりの、オークや楡の大きな影の下、灰色のベンチが並び、華やかな色の花が咲くそばで遊んだ日々。彼が加わっている子供たちの一団が、若い生命の雪崩となって小高い丘の斜面を、叫び、笑い、まろびつつ、かけおりてくる。子供たちの手に木彫りのピストルが握られていることもある。引金は、物干し紐から盗んできた洗濯ばさみ。弾薬に見たてた輪ゴムが、夏の空気を切って飛ぶ。ときには火薬玉をつめたピストルを持ち、撃ちあうこともある。だが火薬玉を買うお金がないたいていのときは、十セント・リボルバーをたがいにむけて、こう叫ぶのだ。

「バン！　おまえ死んだ！」

「バンバン——あたったぞ！」

もっとも、これほど単純ではない。たちまち激しい言い争いが始まり、一分もしないうちに終わる。

「バン、あたった！」

「うそだい、ぜんぜん違うじゃないか！　バーン！　そら、おまえこそ！」

「なんだい、あんなのあたってないよ！　おまえ、どうして撃てるんだよ？　いま撃たれたんだぞ。死んでるんだぞ。撃てっこないよ」

「だから、あたってないっていったじゃないか。よけたんだもん」

「へっ、ピストルの弾なんかよけれるもんか。ちゃんと狙ったんだぜ」

「よけたんだもの、しようがないじゃないか」

「ちぇっ！　いつもそんなことというや、ジョニー。おまえ、ちゃんとやれよ。撃たれたじゃないか。倒れろよ！」

「だけど、おれ、軍曹だもん——死ぬわけないよ」

「そんなら、おれ、軍曹より偉くなる。大尉になる」

「おまえ大尉なら、おれ将軍だもん！」

「じゃ、元帥！」

「やーめた。おまえ、ずるいや」果てしない階級の取り合い、鼻血やきたない悪口、そして、「とうさんに言いつけてやるからいいよ」という報復の警告。そのすべてが、出っ歯の口からくつわを外して、六月と七月と八月の野山をかけまわる十一歳の野生の仔馬にとっては、重要問題なのだ。

秋になるとようやく両親が、彼の属する血気にはやる仔馬の一団に追いついてくる。そして縄で彼を捕え、石鹸と水で耳のうしろに烙印を押し、赤れんがの壁や錆びた鐘をつるした塔などがある牧場へ放りこんでしまう……

そんなに昔の話ではない。たった——七年前なのだ。

内なる彼は子供のままだった。彼の肉体は大きく見上げるように育ち、皮膚は日焼けを増し、筋肉はひきしまり、長い黄褐色の髪はもっと暗い色に変わり、あごや目の輪郭には鋭さが現われ、指や手は太くなった。だが脳だけは、それが他の部分と呼応して成長したとは感じていなかった。それは青いまま——夏にみずみずしい葉を繁らせる大きなオークや楡の林や、そのあいだを流れる小川や、木の節によじのぼり、「おおい、みんな——近道をして、やつらを〈死人の峡谷〉で待ち伏せするんだ！」と叫ぶ子供たちのことで一杯だった。

汽笛が、兵士たちを驚かせた。マンハッタンの金属のビル群が、そのこだまをはねかえした。渡り板ががらがらとあがった。男たちのどなり声。

とつぜんジョニー・クワイアは周囲の物音に気づいた。彼の激しい活発な思考は、港に鼻先を入れた船の現実に踏みにじられた。冷たい鉄の手すりにのった両手が震えているのが感じられた。兵士の何人かは、〈ティパラリーへの道は遠い〉を歌った。暖かな声だった。

「正気にもどれよ、クワイア」と、だれかがいった。エディ・スミスがやってきて、ジョニー・クワイアの肘をこづいた。「何を考えこんでるんだ？」

ジョニーは、きらめく暗い水面を見つめた。「どうして不合格にならなかったのかな？」それだけ、いった。

水面を見つめていたエディ・スミスが、笑いだした。「どうしてだって？」

ジョニー・クワイアはいった。「おれ、子供なんだぜ。まだ十《とお》なんだ。アイス・クリームや、キャンディや、ローラー・スケートが好きだもの。ママがそばにいてほしいよ」

スミスはこづくりな白いあごをさすった。

「おまえのユーモアのセンスは変わってるな、クワイア。驚くぜ。てんでまじめな顔して言うんだから。だれかほかのやつが聞いたら本気だと思うじゃないか……」

ジョニーは船縁からゆっくりと唾を吐いた。水にとどくまでどれくらいかかるか実験してみたのだ。あまり長くはなかった。そして今度は、いつまで唾がその落ちたところに見えているだろうかと目をこらした。これも、長くはなかった。

スミスがいった。「さて出発だ。どこへ行くかわからないが、とにかく行くんだ。イギリスか、アフリカか、そんなこと、だれが知るか？」

「ほかの――ほかのみんなもちゃんとやるかな、スミス歩兵？」

「は？」

ジョニー・クワイアは手まねをした。「相手方にいる人間を撃ったら、倒れるだろう？」

「そうさ、あたりまえさ。なんだって、そんな――」

「先に撃たれれば、撃ちかえしてこないよな？」

「それが戦争の根本原理じゃないか。おまえが先に撃てば、そいつは戦争からはずれるんだ。おいおい、どうして――」

「そんならいいんだ」とジョニー・クワイアはいった。腹のあたりの緊張がゆるみ、気分がよくなった。両手は軽く穏やかに手すりにのり、もう震えてはいなかった。

「それが根本の規則なら、スミス歩兵、なんにもこわいことないや。おれ、やるよ。ちゃんと戦争やるよ」

スミスはまじまじとジョニーを見た。

「おまえがいうみたいな戦争を本気にやれば、おかしな戦争になるぜ」

汽笛の音が雲にぶつかった。船は星空の下のニューヨーク港を離れた。

その夜、ジョニー・クワイアはテディ・ベアのように眠りこけた……


アフリカへの上陸は、暖かい気候のなか、速やかに簡単につつがなく終わった。大きな、よく動く両手に装備をひっさげたジョニーは、配属された中隊のトラックを見つけた。そしてカサブランカから内陸への長い暑い旅がはじまった。列の中でいちばん長身の彼は、トラックの後部で友人たちの列を見ながらすわっていた。そのあいだずっと彼らは、おどりあがり、笑い、体をゆすり、タバコをすった。それは、けっこう楽しい時間だった。

そこでジョニー・クワイアが気づいたのは、士官たちがおたがいにすごく気が合っていることだった。だれひとり足を踏みならして、こんなふうにどならないのだ。「将軍でなければ、やらないぞ!」「大尉でなきゃ、いやだよ!」彼らは命令を受け、命令を与え、命令を取り消し、命令を請うた。そのきびきびした軍隊風の所作は、ジョニーには最高の名演技のように思えた。四六時中あんなふうに演技するのはたいへんなことに違いない。しかし彼らはそれをやっているのだ。だからこそジョニーは彼らを尊敬し、命令する権利に対して疑問をはさまなかった。何をしたらいいかわからないときには、彼らが教えてくれる。何事にも助けになってくれる。要するに、文句をつけるところがないのだ。それは、だれが将軍になるか軍曹になるか伍長になるかでいい争いをした昔とは、まったく違っていた。

ジョニーは自分の考えをだれにも話さなかった。暇があるときには、心の中で吟味した。あまりに途方もなさすぎるのだ。こんな大きなゲームをやるのは、はじめてだった——制服から、ぐんと大きな銃から、とにかく何もかもが——

内陸への長い、ほこりっぽい旅は、でこぼこ道と糞にまみれた牛の通り道の連続だったが、ジョニー・クワイアには、車体の揺れとどなり声と汗のほか気になるものはあまりなかった。アフリカのにおいがまるでしないのだ。におうのは、太陽、風、雨、泥、熱気、汗、タバコ、トラック、オイル、ガソリン。古い地理の本に見るアフリカの暗黒の脅威は、どこにでもあるにおいにすべて打ち消されていた。目をこらしたが、黒い顔にまじないの絵具を塗った黒人など、どこにも見えなかった。それ以外の時間は、口に食物を運ぶのと、おかわりするためにごちゃごちゃした列につくだけで、手一杯だった。

チュニジアの国境へあと百マイルというある暑い正午、昼食をすませたばかりのジョニーのところへ、空からドイツ軍のシュトゥーカが降ってきた。それは弾丸をはじきだした。ジョニーは立ちつくし、ながめていた。ブリキの皿や、食事器具や、鉄かぶとが、きらめきながら、かたい砂の上にがらがらところがった。中隊の同僚たちは、叫びながらちりぢりばらばらになって、溝の中や、丸石のかげ、トラックやジープのかげにとびこんだ。ジョニーは、ちょうど太陽をまともに見るときのように顔をしかめ、その場に立ちつくしていた。だれかが叫んだ。「ジョニー、逃げろ！」

急降下爆撃機は猛烈な機銃掃射をあびせてきた。ジョニーは口もとにスプーンをあげたまま、一歩も動かない。地面に小さな穴があき、一本の線となって彼の片側二、三フィートのところに塵の雨を降らせた。爪先歩きの直線はたちまち通りすぎ、さらに二、三ヤード切れぎれに進んでとぎれた。シュトゥーカは金ぴかの翼をあげて飛び去った。

ジョニーは消えてゆく機影を見つめた。

エディ・スミスの目がジープのかげからのぞいた。「クワイア、ばかやろう。どうしてトラックのかげに隠れない？」

ジョニーは食事を口に運んだ。「あんなへたくそじゃ、納屋の戸にペンキの缶を投げつけたって当たらないよ」

スミスは、教会の壁龕《へきがん》に立つ聖者の石像を見るように、ジョニーを見つめた。「勇気があるのか馬鹿なのか、どっちかな」

「勇気があるのさ、きっと」とジョニーはいった。しかしその声は自分でもどちらかきめかねているように、やや確信を欠いていた。

スミスは鼻を鳴らした。「へっ、おっしゃいましたね」

内陸への移動はつづいた。ロンメルがマレトに釘付けになっているので、イギリス第八軍は、弾幕射撃用の重砲兵をそろえながら撤退をはじめていた。噂によれば、攻撃はだいたい五日以内にはじまるということだった。トラックの長い列はチュニジアの国境に達し、車体をきしませて丘陵地帯にはいった……

アフリカ軍団は破竹の勢いでカッセリン峠を通過し、チュニジアの国境近くまで迫っていたが、今はガフサへと退却しつつあった。

「ざまあみろ」ジョニー・クワイアはそういうだけだった。「あたりまえだよな」

クワイアの歩兵隊も、とうとう最初の戦闘をまじえる位置に来た。だが、そちらをひと目見たとたん、敵は敗走した。走り、ころび、また立ちあがり、それができないものはしばらくすわりこみ、しゃにむに逃げ、すっとび、わめき、また無言のものは、もうもうとあがる土ぼこりのなかにのみこまれた。

こわばった笑いが、部隊の仲間たちのあいだにひろがった。ジョニーもそれには気づいたが、理由がわからなかった。だが、ころあいを見ては、自分も緊張しているふりをした。

楽しかった。タバコをさしだされても、手を出さなかった。

「むせるんだ」と彼はいいわけをした。

そして命令が与えられた。チュニジアの平地にはいったアメリカ部隊は、ガフサへむかうこと。ジョニー・クワイアも、最下級兵としてその一団に加わっていた。

どなり声で訓令がいいわたされ、中隊の指揮官、戦車隊、対戦車ハーフ・トラック隊、砲兵隊、歩兵隊の全員に地図が支給された。

航空部隊が、きらきら輝きながら頭上を通りすぎた。ジョニーには、それはこの上なく美しく見えた。

あちこちで爆発がおこった。暑い平地は、狙撃兵の銃撃、機関銃の猛射、砲弾の爆発による死の潮に洗われた。そしてジョニー・クワイアは、前進する戦車を楯に、エディ・スミスの十ヤードうしろを走った。

「頭をさげるんだ、ジョニー。そんなまっすぐ立ってるやつがあるか!」

「だいじょうぶだよ」ジョニーはあえぎながらいった。「行けったら。なんともないよ」

「おまえのどたまをさげろっていってんだよ!」

彼らは走った。ジョニーは息を吸っては吐きだした。サーカスの火食い男が火を呑みこむときには、こんな感じだろう。アフリカの空気はアルコール・ガスのいきれのように熱く、喉や肺を焼いた。

彼らは走った。小石のたまりを、急な丘を、つまずきながら進んだ。まだ敵と全面的に衝突する位置までは来ていなかった。いたるところで、男たちが走っていた。熱い、焦げた草の上をちょこちょこと走るカーキ色の蟻。いたるところで、走っている。そのうちの二人が倒れ、動かなくなるのが見えた。

「なんだい、倒れかたも知らないの」とジョニーはひとりごとをいった。

足元でとぶ石は、イリノイ州フォックス・リヴァーの干あがった川床に一面ころがっていたつやつや光る小石にそっくりだった。見上げる空は藍色にそまり、まばゆい光のゆらめくイリノイの空だった。大股に跳躍しては、彼は全身汗まみれでつき進んだ。緑色の、小高い、幅の広い、この熱気のなかでもやけにみずみずしい感じの丘が、視界にはいった。あの斜面を今にも「子供たち」がかけおりてきそうだった……

その丘から銃撃がはじまった。大地の肌に、火を噴く発疹ができたようだった。丘のかげから、砲撃が開始された。砲弾が悲しげな音をたてながら弧を描いて降りそそいだ。それらが落下したところでは、地面が持ちあがり、どすん、どすん、どすんと音があがった！　ジョニーは笑った。

そのスリルが、やっとジョニー・クワイアの体に伝わった。足は地面を踏みならし、耳の鼓膜には、頭のなかで鳴る血の音だけがひびき、長い腕は自動小銃を持っているにもかかわらず軽々と動いた――

砲弾が熱い空から降ってきて、ジョニー・クワイアから三十フィート離れたところに鼻先を埋めた。そして、火と岩と榴霰弾片と爆風を周囲に送りだした。

ジョニーは大きく跳躍した。

「やあい！　はずれた、はずれた！」

そして、足を踏みしめ踏みしめ、跳びながら前進した。

「頭をさげてろよ、ジョニー！　伏せるんだ、ジョニー！」スミスが叫んだ。

砲弾がまた一つ。またも爆発。とびちる榴霰弾片。

今度は、わずか二十五フィートのところだった。ジョニーは、そのすさまじい爆圧を、爆風を、エネルギーを感じた。彼はどなった。「また、はずれたやい！　ざまあみやがれ！　また、はずれたじゃないか！」そして、走りつづけた。

三十秒後、彼は自分がひとりぼっちなのに気づいた。ほかのものたちは体を伏せて、塹壕を掘っていた。楯になっていた戦車が、丘を迂回しようと道を変えたのだ。戦車が登るには、丘は険しすぎるのだった。戦車の楯を失って、男たちは塹壕に身を埋めた。周囲では、砲弾がうたっていた。

ジョニー・クワイアはひとりぼっちだったが、それでよかった。あの丘を必ずひとりで占領してやるのだ。みんな動きたくなければ勝手にしろ。

二百ヤード前方で、隠れた機関銃が、タタタタと弾《たま》を撃ちだした。強力な園芸用ホースから水が噴射されるように騒音と火炎がほとばしり出る。熱気のむんむんする、緊張に震える斜面の空気のなかに、はね弾《だま》が乱れとんだ。

クワイアは走った。笑いながら走った。口を大きくあけ、白い歯を見せ、急に立ちどまると狙いを定めて銃を撃ち、笑い、また走った。

機関銃の銃口がまくしたてた。銃弾の糸が、ジョニーの周囲の大地を間の抜けたクローセ編みで縦横に編みあげた。

彼はとびあがり、ジグザグに進み、走り、とびあがり、またジグザグに進んだ。そして二、三秒ごとに「はずれた！」とか「今のはよけたぞ！」と叫びながら、銃をふりまわし、まるで新型の戦車のように足を踏みしめて斜面を登った。

彼は立ちどまった。狙いを定めた。撃った。

「バン！　やった！」

一人のドイツ兵が凹座に倒れた。

彼はまた走った。銃弾の堅固な、しかししだいに勢いの弱まる壁が、行手をふさいだ。ジョニーはその隙間を、ちょうど俳優が幕のあいだを通るように、ひっそりとおちつきはらって楽々とすり抜けた。

「はずれた！　はずれた、はずれた！　よけたぞ、よけたぞ！」

あまり遠くまで来てしまったので、仲間たちはほとんど見えなかった。ころがるようにしてさらに前進しながら、彼は三発発射した。「あたったい！　それから、おまえも、おまえも！　三人ともだ！」

ドイツ兵が三人倒れた。ジョニーは歓声をあげた。頬は汗に光っている。青い瞳は、空のように青く、きらきらと輝いていた。

銃弾が滝となって降りそそいだ。銃弾は溢れ出し、流れ下り、彼の前後左右いたるところにある石をくつがえした。彼はとびはねた。ジグザグに進んだ。笑った。そして弾の下をくぐり抜けた。

いちばん近いドイツ軍の凹座は沈黙していた。ジョニーは二番目へむかった。はるか遠くで、しわがれた声が叫んでいるのが聞こえた。「もどって来い、ジョニー、ばかやろう！　もどるんだ！」エディ・スミスの声だった。

だが騒音がたくさんありすぎて、たしかなことはわからない。

丘をずっとあがったところに機関銃がある。それを受けもつ四人のドイツ兵の顔は、日焼けにもかかわらず血の気を失い、必死の形相をうかべてこわばり、口をぽかんとあけ、目を大きく見開いていた。

彼らは銃口をまっすぐジョニーにむけ、攻撃を開始した。

「はずれたい！」

砲弾がひとつ丘のかげからヒュルヒュルと飛んできて、三十フィートのところに落下した。

ジョニーは地面に身を投げた。「近いぞ！　だけど、ちょっとはずれたな！」二人のドイツ兵がこらえきれなくなったのか、わけのわからない言葉を叫びながら、凹座から逃げだした。残った二人はまっ青な顔で銃にしがみついたまま、ジョニーに鉛の弾を浴びせてくる。

ジョニーはその二人を撃った。

逃げた二人は、放っておいた。背中から撃ちたくないからだった。彼は凹座に腰をおろしてくつろぎ、残りの部隊がやってくるのを待った。

丘の麓では、びっくり箱の蓋をあけたようにそこかしこからアメリカ兵がとびあがり、こちらにむかって走っていた。

三分ほどのち、エディ・スミスが凹座のなかにころがりこんできた。彼の顔には、ドイツ兵が見せたのとそっくりの表情がうかんでいた。彼はジョニーを見て大声をあげ、つかみかかり、つつき、上から下までながめまわした。

「ジョニー！」と彼は叫んだ。「ジョニー、おまえなんともないよ、撃たれてないよ！」

変なことをいうな、とジョニーは思った。「あたりまえさ」とジョニーはこたえた。

「だから、だいじょうぶといったじゃないか」

スミスはぽかんと口をあけた。「だけど、おまえのそばに爆弾が落っこっただろう。それから機関銃が——」

ジョニーは顔をしかめた。「おい、スミス歩兵、手を見ろよ」

エドの手は赤かった。手首に榴霰弾片がささり、そこから血が流れているのだった。

「よけりゃよかったのに、スミス歩兵。いったじゃないか。おれのいうこと信用しないもんだから」

エディ・スミスは、またさっきの表情にもどった。「弾丸《たま》なんかよけれっこないって、ジョニー」

ジョニーは笑った。子供の笑い声だった。戦争ごっこの一から十までを知りつくした子供の笑い声だった。ジョニーは笑った。

「だれも文句いわないいんだぜ、スミス歩兵」彼はおちつきはらっていった。「文句いうやつがいないんだ。おかしいの。ほかのやつらなんか、みんな文句いってたのに」

「ほかのやつらとは、だれなんだよ、ジョニー？」

「おい、何いってんだい。ほかのやつらさ。故郷《くに》の、川で遊んだ——。いつもだれが撃って、だれが死ぬかで喧嘩したじゃないか。だけど今のなんかさ、おれがバーンというと、みんな死ぬんだぜ。ちゃんと戦争ごっこやるんだ。文句なんかいわないんだ。〝バーン、おれが先に撃ったんだ。おまえ死んだんだ！〟だれも、そんなこといわないよ。だれも。

いつも勝たせてくれるんだ。昔なんか、喧嘩ばっかりしてたのになあ――」

「そうかねえ」

「そうさ」

「おまえ、いま何かいったな、ジョニー？　おまえ、本当にいったのか？　〝バーン、おまえ死んだぞ！〟って」

「うん」

「それで文句いうやつはいないのかい？」

「うん。いいやつらなんだ。今度おれの番がきたら、死んだまねしてやらなくちゃ」

「よせよ」スミスはぴしゃりといった。彼は唾をのみこみ、顔の汗をぬぐった。「よせ、それはよせよ、ジョニー。ずっと――ずっと、さっきみたいにやってくんだ」彼はまた唾をのみこんだ。

「おい、その、おまえが弾丸をよけたとか、やつらの弾丸がはずれたとかいう話だが――」

「そうだよ、そうなんだもん」

スミスの手が震えた。

ジョニー・クワイアは彼を見つめた。「どうしたんだ、スミス歩兵？」

「なんでもない。ただ――ただ驚いただけさ。考えてたんだ」

「何を？」

「ジョニー、おまえはいくつなのかな、とさ」

「おれかい。おれ、十だよ、もうじき十一さ」ジョニーは言葉をきり、きまりわるそうに顔をあからめた。「ちがう、ちがう。何いってんだろう？　おれ、十八だよ、もうじき十九だ」

ジョニーはドイツ兵の死体に目をやった。

「もう起きろといってやれよ、スミス歩兵」

「は？」

「起きろといえよ。起きたけりゃ起きたっていいんだぜ」

「うん、それはさ――なあ、ジョニー。つまり。ええと。なあ、ジョニー、連中はおれたちが行ってしまってから起きるんだよ。そうだ、そうなんだ。おれたちが行ってしまってからな。いま起きるのは、うう――規則違反なんだよ。しばらく休みたいさ。ああ――休ませとくさ」

「なあんだ」

「いいか、ジョニー。ちょっとおまえにいいたいことがあるんだ！」

「なんだい？」

スミスは唇をなめ、足をもじもじさせ、唾をのみこみ、かすかに舌うちした。「ああ、いや、いいんだ。なんでもないいんだ。ちくしょうめ、おれはおまえがうらやましいんだよ。こんなに早くおとなにならなかったらなあって思うよ。おい、ジョニー、おまえこの戦争で最後まで生き残るぜ。理由なんて知るかい。ただ、そんな気がするんだよ。そんなもんさ。おれなんか助かりそうもないや。もう子供じゃないから、神さまは守ってくださらないんだよ。子供なら守ってくれるんだ。もしかしたら、おれ、間違ったことを信じておとなになったのかもしれない──現実を信じたんだ、死とか弾丸を信じたんだ。でなければ、変なことを考えているこのおれは、狂っているのかな。そうだ、狂ってるんだ。空想なんだ、おまえが──うう。とにかく、何がおころうとだ、ジョニー、いいか、おれはおまえにくっついていくぜ」

「いいよ。おれ、ずっと今みたいにして遊ぶよ」とジョニーはいった。

「もし、どっかの野郎が、おまえに弾丸なんかよけれっこないなんていいやがったら、おれがどうするかわかるか？」

「どうするんだい？」

「そいつの面《つら》をけとばしてやるのさ！」

エディは急に立ちあがった。いやにおちつきがなく、奇妙な微笑が口もとにうかんでいた。

「さあて、行くか、ジョニー、前進だ、急げ。この丘のむこう側でも、戦争──戦争ごっこ——をやってるんだぜ」

ジョニーは元気づいた。「ほんとかい?」

「そうさ。行こう」

二人はいっしょに丘を越えた。とびはね、ジグザグに進み、大笑いするジョニー・クワイア。そのすぐうしろを、目を丸くして、うらやましそうに進む青い顔のエディ・スミス……

バーン！　おまえは死んだ！

春の子羊のようにイタリアの緑の丘を越えて、戦争ごっこに大はしゃぎのジョニー・クワイアがかけてきた。銃弾の道を、イリノイの自宅の生垣と変わりなくとびこえる。車の往来のなかを行く歩行者さながら、走っては身をかわす。そして何よりも彼はよく笑い、カーキ色のカンガルーのように果てしなくとびはねながら、疲れを知らなかった。ジョニーにとっては、銃弾も砲弾もどこ吹く風。そんなものが実在するはずはないのだった。

サン・ヴィットーレにほど近い地点。大股に進んでいた彼が、急に立ちどまり、銃をかまえ、引金をひき、「バン！　やった！」と叫んだ。ひとりのドイツ兵が、赤い蘭を胸にとめて倒れる。見とどけるなり、ジョニーは機関銃の反撃を逃れて、ふたたびジグザグに走った。

砲弾が頭上に降ってきた。ジョニーは体をひねり、「はずれた！」と叫んだ。

そのとおり、砲弾ははずれた、いつもと同じように。ジョニーのうしろには、スミス歩兵がつき従っている。だがスミスのほうは、痩せた腹を地面にこすりつけて進んでいた。汗まみれのその顔を、アフリカの原住民のまじない絵具のように彩るイタリアの泥。はいずり、走りだし、ころび、また起きあがり、決して敵の弾を近くに寄せつけない。そして業を煮やしたように何度もジョニーをどなりつける——

「伏せろ、ばかやろう！　やられちまうぞ！」

だがジョニーは、銃弾の金属音楽にあわせて、生まれたてのまばゆい蜂鳥さながら踊り続けた。スミスが虫のように進むあいだに、ジョニーは笑いながら、ひとり敵のなかへ身を躍らせるのだった。空にとどくほど高く、バズーカ砲に負けないほどけたたましく！そのおとな子供を見ているだけで、スミスの全身から冷たい汗がどっとふきだすのだった。

ジョニーの進撃に、ドイツ兵たちは悲鳴をあげて逃げまどった。彼の四肢が——耳たぶの下、両膝のあいだ、親指と人さし指の隙間をとびすぎる銃弾をものともせず——古典的な聖ヴァイタスの踊り（舞踏病。少年殉教者、聖ヴァイタスの像の前で踊れば治ると信じられた）にも似て乱舞するのを見ると、ドイツ兵はすっかり士気を阻喪してしまうのだった。彼らの気ちがいじみた逃げっぷり！

ジョニー・クワイアは心の底から笑い、腰をおろした。チョコレートロ糧をひっぱりだし、ぱくついているところへ、スミスが腹ばいになって追いついてきた。地面をはう人影の盛りあがった背中に気づき、ジョニーはいった。「スミスかい？」

正体不明の背中が沈み、見慣れた細おもての顔があがった。「そうさ」一帯の砲火はやんでいた。そこにいるのは二人だけ。危険は去ったのだ。スミスはあごの泥をぬぐった。「正直にいって、おまえを見てると胆《きも》がちぢむぜ。雨ンなかをぴょんぴょんとびまわってる子供みたいなんだからな。雨の種類が、ここじゃ違ってるだけだ」

「よけるからいいんだよ」ほおばりながら、ジョニーはいった。

大きなハンサムな顔、純真な驚きに見開かれた子供の青い目、小さく結ばれた子供のピンクの唇。その刈りこんだ髪は、服ブラシのブロンドの毛に似ていた。今は戦争などきれいさっぱり忘れたようすで、お菓子に夢中になっている。「よけるのさ」ジョニーはくりかえした。

その言いわけを、これまでスミスは何百回聞いてきたことだろう。あまりにも単純すぎる説明。神さまはやはりこのどこかにいるのだ、そうにちがいない、とスミスは思った。ジョニーは、たぶん聖なる水につかったのだろう。銃弾は彼のまわりをすり抜けるだけで、決して触れようとはしないのだから。そうだ。そうなんだ。スミスは思いあたったように笑った。

「よけるの忘れちゃったらどうなるんだよ、ジョニー？」

ジョニーは答えた。「そしたら死ぬ役やるよ」

「おまえ――」スミスは目をぱちくりさせ、見つめた。「――おまえ死ぬ役をやるって。そうか、なるほどね」彼はゆっくりと息を吐きだした。「わかった。そうだよな。まあ、いいさ」

ジョニーはチョコレートの包み紙を放り投げた。「おれ、考えてたんだ。おれだって、そろそろ死ぬ役やる番じゃないのかな？　ほかの奴みんなやってるのにさ。もう死ぬ番になっていいんだよ。みんなそのことになるとなんにもいわないけど、きょう、おれ死ぬ役やることにしたんだ」

スミスは自分の両手がぶるぶる震えているのに気づいた。食欲もなくなっていた。「なんで、いきなりそんなこといいだすんだよ？」彼は問いただした。

「疲れちゃったんだ」ジョニーはあっさりいった。

「そんなら眠りゃいいじゃないか。おまえって奴は、どこだってかまわず眠れるんだから。ひと眠りしろや」

ジョニーは不服そうに口をとがらせて考えていた。やがて彼は草の上に、フライにされた海老のように寝ころんだ。「わかったよ、スミス歩兵。どうしてもというんなら寝るよ」

スミスは腕時計を見た。「二十分ある。早いとこ眠れよ。隊長が来たら、また動きだすんだ。おまえが寝てるのを見つかったらヤバいからな」

だがジョニーはもう柔らかい夢のなかに沈みこんでいた。スミスはそんな彼を驚きとうらやみの目で見つめた。ちくしょう、なんて野郎だ。地獄のどまん中で眠りこけてやがる。スミスはそばにいて、見守ってやらねばならなかった。はぐれたドイツ兵が、正体もなく眠るジョニーを見つけて狙撃しないともかぎらない。そんなことがおこりでもしたら……

アメリカ兵がひとり、あえぎながら大儀そうにかけあがってきた。「やあ、スミス！」

スミスは不安げに兵士を見た。「なんだ、おまえか、メルター……」

「だれかやられたのか？」メルターも大男だった。だが脂肪ぶとりしたその体は不恰好で、その声はかん高く、しわがれていた。「はっ、ジョニー・クワイアか。死んだのか？」

「お昼寝の最中さ」

メルターはあんぐりと口をあけた。「昼寝だって？　なんでまた今ごろ、このガキめ！うすぼけめ！」

スミスは静かにいった。「うすぼけじゃない。たったひとりで、この丘から敵兵を追い払ったんだ。おれは見てたよ。奴らは何百発もばかすか撃ってきた、いいか、何百発もだぜ、だがジョニーはそのあいだをすいすいかけ抜けていくんだ」

メルターの赤ら顔に不安の色がうかんだ。「だけど、こいつ、どうしてそんなに調子いいんだ？」

スミスは肩をすくめた。「おれが想像したところじゃ、これをみんな遊びだと思ってるらしいよ。おとなになってないんだ。体は大きくなっても、心は子供のままなのさ。戦争をまじめに考えてない。おれたちがみんなして遊んでると思ってるんだ」

メルターは悪たいをつき、うらやましげにジョニーを見た。「ほんとにそうだといいんだがな。おれもこいつが戦争ごっこしてるのを見たことあるぜ。バカみたいにつっ走ってやがるのに、かすり傷ひとつ負わないんだ。変てこなヘソ踊りしちゃあ、ガキみたいに〝はずれた!〟とか、ドイツ野郎にあたったときは〝やった!〟とか叫びやがってさ。いったいどういうことなんだって?」

ジョニーが寝がえりをうち、口のなかでもごもごつぶやいた。聞きとれる言葉が、二つ三つ、くったくなく、たやすく、「ママ! ねえ、ママ! そこにいるの? ママ? いるの、ママ?」

スミスはかがんでジョニーの手をとった。ジョニーは眠りのなかでその手を握りしめ、ほほえむと「ああ、ママ」といった。

「とうとう、おれはおふくろかよ」とスミス。

三人はそのまま黙りこくり、三分間が過ぎ去った。やがてメルターが神経質に咳払いした。

「だ——だれか、ジョニーに人生の真実を教えてやる奴がいなくちゃ。死は本物なんだ、戦争だって本物なんだ、弾があたりゃ臓腑《はらわた》がとびでるんだ。目がさめたら教えてやろうぜ」

スミスはジョニーの手をわきにおいた。そしてメルターに指をつきつけると、しだいに血の気がうせ、険しくなってゆく顔で一語一語絞りだすようにいった。「おまえの哲学なんか聞きたくもないよ！　ジョニーには近づくな、おまえにとってためにならんことでも、ジョニーにもそうだとはかぎらないんだ！　夢を見たがってるんだから見させてやりゃいいじゃないか。おれは新兵のときからこいつといっしょで、兄弟みたいにつきあってきたんだ。おれにはわかってる。こいつが五体満足にやってこれたのは、自分の考えたいとおりに考えてきたからさ。戦争は遊びで、おれたちはみんな子供だと信じこんでいるからなんだ！　もしへたに口をすべらしやがってみろ、ガリアノ川に錨をつけて落っことしてやるからな」

「わかったわかった、そうおこりなさんなよ。おれはただ思ったことを――」

スミスは立ちあがった。「ただ思ったただって。ただ思っただけだって！　何いってやがる、じゃ、その顔はなんだ？　きさまはジョニーを殺したいんだ。ねたんでるんだ、そうだろう！　これから、いいか――」彼は怒りにまかせて腕をふった。「――ジョニーには近づくな。これからは、どこへ行くときも、おれたちに見えない丘の反対側を歩け！　変なことをべらべらしゃべられちゃたまらねえや！　さあ、行きやがれ！」

メルターの太った顔は、イタリアのぶどう酒《ヴィーノ》のように赤かった。彼は銃をかたくにぎりしめ、指で銃口をまさぐっていた。「不公平じゃないかよ」いいかえす声は、しわがれ、こわばっていた。「こいつだけなんともないなんて不公平だぜ。おれたちは死んでくのに、こいつはぴんぴんしてやがる。おれがどうすりゃいいっていうんだ、こいつを愛してやれっていうのか？　おれが死ぬときも奴は生きてる。だからキスしてやれっていうのか？　ハッ！　おれにそんなことできるもんか！」

メルターは大股に遠ざかった。その背はこわばり、奇妙な動きかたをしていた。しこった襟首、かたくこぶしを結んだ指、その歩みはぞんざいで、ぎくしゃくしていた。

スミスは彼のうしろ姿を見守った。でかいことをいっちまったもんだ、とスミスは思った。うまくなだめてやればよかった。奴は隊長に告げ口するかもしれない。隊長はジョニーを精神病棟に送り、鑑定にかける。そして連中はジョニーを本国に送還することにきめ、おれは親友を失うことになる。ちくしょう、スミス、この間抜け野郎！　どうしてこう口が軽いんだ？

ジョニーが目をさましかけていた。農家の子供のような大きなこぶしで目をこすり、舌はチョコレートロ糧の残りかすを求めて、あごのあたりをなめまわしている。

ジョニー・クワイアとスミス歩兵は、またひとつ丘を越えた。独特のダンスをしながら先頭を行くのは、いつもジョニー。その背後を守り、抜け目なく、悲しげに進むのはエディ・スミス。ジョニーには理解できない恐怖に耐え、はしゃぎまわるジョニーとは対照的に慎重に、上機嫌で敵中にとびこむジョニーを歯がみしながら追うエディ・スミス……

「ジョニー！」

いつかはおこることだった。機関銃の弾が右わき腹、尻のすぐ上にめりこむのを感じたとき、苦痛がすさまじい衝撃とともに内をつきぬけ、とつぜん痺れ、ぬめぬめしはじめた指のあいだから血がどくどくと溢れだすのを感じ、悪夢のなかの化学薬品か何かのような自分の血のにおいをかいだとき、スミスは、いつかこうなるにちがいないと思っていた自分に気づいた。

彼はもう一度叫んだ。

「ジョニー！」

ジョニーは腰をかがめた。そして、にこやかにかけもどってきた。横たわり、大地の体内に輸血を施しているスミスに気づくと、その顔から微笑が消えた。

「おい、スミス歩兵、どうしたんだ？」

「お——おれ、負傷した真似してるのさ」スミスは片肘をつき、目を伏せ、息を吸っては吐きだした。「おまえ——先に行けよ、ジョニー、おれになんかかまうな」

ジョニーは、教室の隅に立たされた子供のような顔をした。

「おい。そんなのずるいぞ。前に言ってくれりゃ、おれだって負傷した真似したのに。おれ、どんどん先に行っちゃうぞ、もう追いつけないぞ」

スミスは、青ざめた苦しげな顔に微笑をうかべた。すると血が、またどくどくと流れだした。

「おまえはいつもおれの手のとどかないとこにいるじゃないか、ジョニー。おまえのまわりをぐるぐるまわったとしても、絶対に追いつけやしないよ」

そのいいまわしは、ジョニーにはむずかしすぎた。ジョニーは困惑して眉根を寄せた。

「おれの親友だろ、スミス?」

「そうさ。きまってるじゃないか、ジョニー。親友さ」スミスは咳をした。「そうにきまってる。だけど、わかってくれ、ほんとに急だったんだ。急に自分が疲れてることに気づいたんだ。おまえに教えてやる暇もなかったくらいさ。それで、しようがないから負傷した真似したんだ」

ジョニーは機嫌をなおしてしゃがんだ。「じゃ、おれも負傷した真似するよ」

「ばかなことはよせ!」スミスは起きあがろうとした。だが苦痛が熱い固いこぶしで彼を組みふせ、三十秒ほど口もきけなくした。すこしして、「なあ、聞け——これは、おまえには関係ないことなんだ。まっすぐローマに行けったら!」

ジョニーはいった。「おれを仲間に入れてくれないのかい?」

「あたりまえだ、ばかやろう！」スミスは目の前がますます暗くなっていくのを感じた。

ジョニーは無言のまま、何もわからず、途方にくれて、大木のように立ちつくしていた。

ここに、陸軍入隊一日目から、ニューヨーク港を出発したときから、彼の無二の親友であった男がいる。アフリカ戦線からシチリアの丘を経てこのイタリアまで、いつもいっしょだった親友が、今ここに横たわり、行ってしまえというのだ——自分をひとりぼっちにして。

クモの巣のはりめぐらされた心の闇のなかで、スミスも同じことを感じていた。それは今まで見たこともない剃刀のように、彼をすっぱりと二つに断ち割った。負傷した自分、ひとりぼっちになったジョニー。

死体に近づくな、規則違反だ、そんな忠告をこれからだれがしてやれるだろう？　自分がいなくなってしまったら、ジョニーのあの信じがたい幻想をだれが保護してやれるのか？　傷はみんな見せかけ、流れる血はただのケチャップ、それは兵士たちが休暇をとりたいときに使う手なのだ、これからはだれがそういいくるめるのか？　チュニスで部隊指揮官にくってかかったあのときのように、ジョニーの癇癪《かんしゃく》をだれが検閲するというのか？

「自分にはケチャップの壜は支給されないのですか？」

「ケチャップ。ケチャップだって？」

「はい、負傷したくなったとき使うケチャップです」

これからはだれがとんでいって説明するのか？「あのう、つまりですね、ジョニーがいっているのは、血清を赤十字から借りて自分が持っていてもいいかということです。輸血が必要になったときのために」

「ふむ。ああ、そういうことか。だめだ。医療部隊が運ぶことになってるからな。心配せんでも、必要ならかけつけてくれるさ」

だれがそんな事態からジョニーを救い出すのか？それからまた、ジョニーがある上官にこうきいたときも、「自分が死ぬ役をやるときですが、どれくらい長いあいだ死んでいれば起きてもいいんですか？」

ジョニーは冗談をいってるんですよ、冗談です、ハハ、そして大きな図体をした子供ではないのだと、だれが上官に説明するのか？いったい、だれが？とスミスは思った。

苦痛の薄闇と戦闘の騒音のなかを、だれかがかけあがってくる。どたどたいう重い足音から、スミスにはそれがメルターだとわかった。

深まる闇をとおして、メルターの声が聞こえてきた。

「おう、おまえか、ジョニー。足元にいるのはだれだ？　ははあ――」メルターは笑った。調子を合わせて、ジョニーも笑った。おお、ジョニー、どうして笑うんだ？　おまえがわかってくれたらなあ。「なるほど、スミス先生かい。死んだのか？」

　ジョニーはむきになっていった。「ちがうよ。負傷した真似してるだけさ」

「真似？」とメルター。スミスには男の姿は見えなかった。だがメルターの口から出たその一言に微妙なひびきがあるのを感じた。「真似してるって、え？　負傷した真似ね。そうか。ふうん」

　スミスはやっと目をあけた。だが口はきけなかった。まばたきしながら、メルターを見つめるだけだった。

　メルターは地面につばをはいた。「話すことできるのか、スミス？　できん？　よし」メルターは四方を見わたすと満足そうにうなずいた。そしてジョニーの肩に手をおいた。

「なあ、ジョニー、ちょっとききたいことがあるんだ」

「うん、いいよ、メルター歩兵」

　メルターはジョニーの腕をたたいた。その目は熱っぽい奇妙な光を宿していた。「聞くところによると、おまえ、弾のよけかたを知ってるそうだな？」

「知ってるよ。軍隊一さ。スミスだってうまいぜ。ちょっとおそいけど、いま教えてやってるんだ」

　メルターがいった、「おれにも教えてくれないか、ジョニー？」

「もうとっくに知ってるだろ？」

「おれが？」メルターは合点のいかぬ顔をした。「うん、まあ――すこしな。知らんことはないさ。だが、おまえにはとても敵わないや、ジョニー。ばっちりテクニックを身につけてんだからな。その——その秘密はなんだ？」

ジョニーはすこしのあいだ考えていた。スミスは何かいおうとした。どなるか、叫ぶかしたい、せめて身じろぎぐらいはしたいと思った。だが、それだけの体力もなかった。ジョニーの答える声が、遠くから聞こえた。

「どういったらいいのかな？　子供のころ、巡査と泥棒ごっこやっただろう？　ほかの奴はみんな自分勝手なんだ。〝バン、あたった！〟といっても、倒れるのいやがるんだ。秘密は、だから、相手よりずっと早く、〝バン、あたった！〟ということさ。そしたら文句なんかいうことできなくなる」

「ほう」メルターは狂人を見るような目で彼を見た。「もう一度説明してくれないか？」

ジョニーはくりかえした。スミスは地獄の苦しみのなかにありながら、笑わずにはいられなかった。メルターははぐらかされたと思ったらしい。ジョニーはもう一度くりかえした。

「そんなのを聞きたいんじゃねえんだよ！」メルターはいらだたしげに鼻を鳴らした。

「もっと肝腎なことがたくさんあるだろう！　大鹿みたいに走ったりとんだりしてるのに、ぜんぜん弾があたらないじゃないか！」

「よけるのさ」とジョニーはいった。

スミスはまた笑った。いい古された冗談ほど傑作な冗談はない。

とたんに傷口が腹筋の運動に気づいて、苦痛を告げた。

メルターの顔には、偽悪と憎悪の深い皺がきざまれていた。

「わかったよ。そんなにうまいのなら――どうだ、おまえ、百フィートむこうへ行って、おれの狙い撃ちをよけてみたら？」

ジョニーは微笑した。「いいよ。平気さ」

彼はその場にメルターをおいて歩きだした。そして百歩進むと立ちどまった。ブロンドで長身のその姿は、驚くほど若く、バターのように汚れがなかった。スミスは指をもぞもぞ動かし、心のなかで叫んでいた。「ジョニー、よせ、ジョニー！　神さま、お願いですから、メルターの野郎の頭に稲妻をぶちこんでください！」

彼らがいるのは、丘にはさまれた小さな窪地で、すこしばかり動いても他人に見られる心配はあまりなかった。しかしメルターは万一の場合にそなえて、オリーブ樹のかげに隠れ、気軽なしぐさで銃をかまえた。

メルターは銃身にそって指をすべらせ、銃を慎重に上げ、照星にジョニーをとらえると、引金に指をかけ、ゆっくりとひいた。

ほかの奴らは、いったい**どこに**いるんだ！　とスミスは思った。**ちくしょう！**

メルターが撃った。

ジョニーはよけた。

「はずれたい！」ジョニーの無邪気な叫びが聞こえてきた。

ジョニーは無傷のまま立っている。メルターは悪たいをつき、今度はさらにゆっくりと狙いを定めた。ジョニーの心臓が、照星にはいった。スミスはふたたび叫んだが、声はいっこうに出てこなかった。メルターは唇をなめ——撃った！

「またはずれたい！」

メルターは激怒し、興奮し、目を血走らせ、首筋をまっ赤にして、もどかしげな手つきでつづけざまに四発撃った——銃声が四回、暖かい昼さがりの大気のなかにひびきわたり、ジョニーは縄をとび、ドアをすりぬけ、腕をすくめ、フットボールを蹴り、バレーを踊った。そしてメルターの銃から空しく煙が立ちのぼった。

メルターは銃に弾をこめなおした。その顔からは血の気が失せ、両膝はがくがく震えていた。

ジョニーがかけもどってきた。

メルターはおびえたようにつぶやいた。「いったいどうやったんだ？」

「さっきいったとおりだよ」

長い沈黙。「おれにも習えるか？」

「だれにだってできるさ、習う気さえあればね」

「教えてくれ。教えてくれよ、ジョニー。おれは死にたくないんだ、死にたくないんだ。こんな戦争なんか大嫌いだ。教えてくれよ、ジョニー。教えてくれ、友だちになるからさ」

ジョニーは肩をすくめた。「今いったとおりにすればいいんだよ、それだけさ」

メルターはゆっくりといった。「また冗談いっていやがる」

「冗談なんかじゃないよ」

「いいや、冗談にきまってらあ」青ざめ、怒りをあらわにして、メルターはいった。彼は銃の台尻を地面におき、新しい戦術を考えていたが、やがて心を決めたようだった。「ようし、じゃ、こうしよう。おまえにいいこと教えてやる」彼は片手を大きく振った。「おまえが通ってきた野原に寝ころんでた連中だけどな、奴らは死んだ真似してたんじゃないんだぜ。奴らは本当に死んだんだ、嘘じゃなくて、絶対的に死んじまったんだ！　死人だ、ほんとだぜ、死んでるんだ、わかるか！　死んでるんだ！　真似してるんじゃない、遊んでるんじゃない、ふざけてるんでもない、おっ死《ち》んで冷たい死体になっちまったんだよ！」彼はこぶしのような激しい言葉をジョニーにあびせた。どなり声は、暖かな昼下がりを寒い冬に変えた。「死んだんだ！」

スミスのうちに冷たいものが走った。ジョニー、奴のいうことを聞くな！　信じるな、ジョニー！　世界はすばらしい場所なんだと思いつづけるんだ。純真なまま、怖れも知らず生きつづけるんだ！　恐怖につけいられるな、ジョニー。おまえもいっしょにこわれちまうぞ！

ジョニーはメルターにいった。「いったい何の話だい？」

「死だよ！」メルターは荒々しくいった。「最初からその話をしてるんじゃないか！　死だ。おまえだって死ぬ、スミスだって死ぬ、おれだって撃たれりゃ死ぬんだ。壊疽《えそ》、腐敗、死だ。おまえは自分をだましてるのさ。おとなになれ、ばかやろう、手遅れにならんうちに！　おとなになれったら！」

ジョニーは長いあいだ立ちつくしていた。やがて彼の体が左右にゆらぎはじめた。農夫のそれを思わせる両のこぶしは、大きな振子のようにゆれていた。「ちがうよ。おまえ嘘いってるんだ」彼は強情にいった。

「弾があたりゃ死ぬかもしれないんだ。これは戦争だぞ！」

「嘘だ」

「死ぬときは死ぬんだ、おまえだって、スミスだって。現にスミスは死にかかってるじゃないか。奴の血のにおいをかいでみろ！　たこつぼの、あの鼻のまがりそうなにおいは何だと思う？　たこつぼは戦争用のぶどう絞り器さ。ただ潰されるぶどうは、腐った人間の死体なんだ！」

ジョニーは焦点の定まらぬ目であたりを見まわした。「いやだ、信じないぞ」彼は唇をかみ、目をつぶった。「信じるもんか。おまえはずるい奴だ、悪い奴だ、おまえなんか——」

「きさまも死ぬんだぞ、ジョニー、死んじまえ！」

その瞬間、ジョニーはわっと泣きだした。荒涼とした原野に取り残された赤子のように。スミスは肩に力をこめて起きあがろうとした。ジョニーは泣きやまない。それは、この広い世界に新しく生まれでた小さな声だった。

メルターはよろめくジョニーを最前戦にむかって押しだした。「行けよ。行って死んでこい、ジョニー。きさまの心臓を、血まみれのメダルみたいに石の壁にとめてこい！」

行くな、ジョニー。スミスの叫びは、ジョニーの耳に達することなく、彼の内部の赤い苦痛の空洞にむなしく消えた。行くな。ここにいろ、そんな奴のいうことなんかほっとけ！　おれのそばにいるんだ、ジョニー坊や！

ジョニーはすすり泣き、よろめきながら、機関銃の鈍いスタッカートと榴霰弾のうなりのなかへ身を投じた。片手にだらしなくにぎった銃。たれさがった銃口に、砂利がぶつかってカラカラと笑っていた。

ほどなくメルターは銃をとりなおすと、東側の丘をのぼって消えた。

スミスはなすすべもなく横たわっていた。乱れ、ぼやけてゆく思考。そしてジョニーはひたすら歩いてゆく。なんとかして叫ぶことができたら。ジョニー、気をつけろ！　砲弾が落下し、爆発した。ジョニーは音もなく、地面に倒れた。そして、かつての奇蹟の四肢は、ピクリともしなくなった。

ジョニー！

おまえは信念を捨てちまったのか？　ジョニー、起きろ！　死んだのか？　ジョニー？

闇が慈悲深くスミスの上におり、彼をのみこんだ。

小さな鋭いギロチンのように上下するメスが、死と腐敗を切りとり、苦悩を除き、金属の痛みを取り去った。スミスの傷口から出た小さな黒い銃弾は、カランと音をたてて金属の皿にころがった。彼の周囲では、医師たちのぼんやりした像が果てしない無言劇を演じていた。スミスは呼吸が楽になったのに気づいた。

暗いテントの奥、もうひとつの手術台にはジョニーが横たわり、医師たちが無菌のタブローと化してのぞきこんでいる。

「ジョニー？」今度はスミスの言葉も声になった。

「おちついて」ひとりの医師が注意した。白いマスクの下で、口が動いている。「きみの友人かね——あれは？」

「ええ。どうなんですか？」

「あまりよくないな。頭をやられてる。チャンスは五分五分だ」

彼はスミスの傷に、ガーゼや包帯をあてがい、処置をすませた。スミスは傷口が白いガーゼの下に消えるのを見守り、集まった医師たちに目をあげた。「そばについててやることできませんか？」

「うん、そうだな、どっちにしろ、あの傷は――」

「そいつを知ってるんです。ちょっとおかしな奴なんですよ。おれがいたら助かるかもしれないといったら？」

外科用マスクの上にある目が、険しい表情をおびた。スミスの心臓は、ゆっくり、ゆっくり打っていた。医師は目をしばたたいた。「危険だね。いったい何ができるというんだ？」

「そばに行かせてください。こいつとは大の親友なんです、嘘じゃなくて。このまま死なすわけにはいきません。助けたいんだ！」

医師たちは話しあっていた。

やがて彼らはスミスを担架に移した。二人の看護兵が、彼をテントの奥に運んだ。そこでは外科医たちが、ジョニーのつるつるの頭をかこんで執刀していた。ジョニーは眠っており、悪夢にうなされていた。その歪んだ顔に、不安、恐怖、困惑、失望、絶望の表情がうかんでは消える。外科医のひとりがため息をついた。

スミスはその外科医の腕をつかんだ。「あきらめないでください、先生。お願いします、後生ですから」そしてジョニーを見ると、「ジョニー坊や。聞けよ。おれのいうことを聞くんだ。メルターのいったことなんか忘れろ。何もかもだ——聞いてるか？　あいつは大嘘つきなんだぞ！」

ジョニーの顔にはまだ焦燥があり、かき乱された水面のように刻々と表情を変えた。スミスは息を吸いこんでつづけた。

「ジョニー、おまえは今までどおり遊んでいいんだ。昔のように弾がきたらよけるんだ。いつもそうやってたじゃないか、ジョニー。あれが本当のおまえなんだよ。教えられたんでも、勉強しておぼえたんでもない。生まれつきなんだ。ところが、おまえはメルターのいうことを真にうけちまった。メルターや、おれや、ほかの連中には、それはあたりまえの考えかたかもしれん。だけど、おまえはちがうんだ」

外科医のひとりが、ゴム手袋をした手をいらだたしげにふった。

スミスは医師にたずねた。「その頭の傷ひどいんですか、先生？」

「頭蓋骨の断片が脳を圧迫してる。記憶の一部が失われるかもしれん」

「負傷したことを思いだすでしょうか？」

「さあ、わからんが。思いだせないかもしれんな」

医師たちはスミスをおさえつけるのに苦労した。「いいぞ！　いいぞ！　ようし」彼はのりだすと、ジョニーの耳元にこっそりと口早にささやいた。「ジョニー、子供だったころを考えるんだ、あのころのことだけを。きょうおこったことなんか絶対に考えるなよ。谷や小川を走りまわり、石を池に投げ、笑いながら、おもちゃの鉄砲をよけたっけな、ジョニー！」

ジョニーは心のなかで子供のころを思いだしていた。

蚊の羽音がどこかで聞こえる。蚊は輪を描きながらいつまでも飛んでいた。どこかで砲撃がつづいている。

だれかがとうとうスミスにいった。「呼吸が回復してきた」

べつのだれかがいった。「心搏が強くなった」

スミスは話しつづけた。苦痛のほかにあるのは、喉元にこめられた希望と不安、そして頭のなかの恐怖の熱病だけ。砲撃はますます近づいてくる。だが、それは脳をかけめぐる血液の音だ。三十分が過ぎ去っていた。ジョニーは、桁はずれに辛抱強い教師を前にした子供のように、じっと耳を傾けていた。やがて苦痛は遠のき、その顔にうかんでいた絶望は消えた。昔ながらの確信と、若さと、信念の無心な容認がふたたびよみがえった。

外科医はぴっちりしたゴムの手袋を脱いだ。

「峠を越した」

スミスは歌いたいような気分だった。「ありがとう、先生。ありがとうございます」

医師がいった。「きみらは四十五部隊だろう、きみとクワイアとあのメルターという男は？」

「ええ。メルターがどうかしたんですか？」

「それがおかしいんだ。ドイツ軍の機銃掃射のなかに真正面からとびこんでったらしい。子供になるんだとかなんとか、わけのわからんことを叫んで丘をかけおりてったそうだよ」医師はあごをかいた。「あとで死体を調べたら、五十発もめりこんでた」

スミスはつばをのみこみ、あおむけになった。体からどっと汗が流れだした。寒気をもよおす、氷のように冷たい汗だった。

「メルターらしいや。あいつにはコツがわからなかったんですよ。早くおとなになりすぎたんだ、おれたちみんなと同じように。どうしたらジョニーみたいにずっと子供のままでいられるか、そこがとうとうのみこめなかったんだ。だから、うまくいかなかった。やってみようとしたのは偉いと思うけど。ばかな奴。ジョニー・クワイアはたったひとりなのに」

「きみは興奮してる」外科医は診断した。「鎮静剤をのみたまえ」

スミスは首をふった。「どうなんですか、帰還のことは？　負傷したら帰れるんでしょう、ジョニーもおれも？」

外科医はマスクの下で微笑した。「帰還だよ、二人ともな」

「それじゃ興奮しなきゃ！」スミスは注意深く歓声をあげた。そして体をひねると、となりで安らかに、気持ちよさそうに、夢を見ているジョニーに目をやった。「聞いたか、ジョニー？　とうとう帰れるんだぜ！　おまえも、おれも、故郷《くに》へ帰るんだ！」

すると、ジョニーが低い声で答えた。「ママ？　ああ、ママ」

スミスはジョニーの手をにぎった。「だいじょうぶです」と彼は外科医にいった。「おれ、おふくろになったんですよ。葉巻をふるまわなくちゃ」

児童公園

妻の死の前後に一千回ほども機会がありながら、チャールズ・アンダーヒル氏は通勤客用特別列車と自宅とを結ぶ道の途中にある、その児童公園に目をくれたことがなかった。べつに公園が嫌いだったわけではない。それがそこにあったことに、気がつかなかったのである。

しかし今朝《けさ》になって、この六カ月、朝食のテーブルのむかい側の空席にすわりつづけてきた妹のキャロルが、穏やかにそれを話題にのせた。

「ジムももう三つになることだし、あしたは児童公園に連れていってみるわ」

「児童公園?」アンダーヒル氏はききかえした。

児童公園の下調べ。会社で、彼はメモに黒インクで下線を引いた。

その日の午後、列車の雷鳴のような響きが体から遠のくころ、アンダーヒルはいつも読むのに夢中な新聞をしっかりと小脇にかかえ、通いなれた道を公園へとむかった。児童公園の冷たい鉄の柵と開いた門の前に着いたのは、五時十分だった。そのまま凍りついたように、彼は情景をながめながら、長いあいだ立ちつくしていた……はじめ、そこには見るに値するようなものは何もないように思えた。しかし、彼の注意がいつもの内的な独白から外へむかうにつれ、テレビのぼやけた灰色の画面同然だった眼前の光景はゆっくりと焦点をあわせた。

何よりも先に、彼は遠い声を聞いた。おぼろげな筋と、ジグザグの線や影からなる流れの底から聞こえてくる、かすかな叫び声。とつぜん、まるでだれかが受像機を蹴とばしたかのように、叫び声は最大のボリュームにあがり、視界は鮮明になった。そこには子供たちがいた！　組みつき、殴りあい、引っ掻き、倒れながら、公園の広場をかけまわっている。傷口はどれも、今にも血が流れ出そうなものや、血が流れているものや、やっとかさぶたがついたものばかり。眠っている犬の群に、猫を一ダースほうりこんでもこれほどの騒ぎにはならないだろう。アンダーヒル氏の目には、信じられぬほどくっきりと、膝や顔のかすり傷やかさぶたが見えるのだった。

彼は目をしばたたいて、騒音の第一波を切りぬけた。目や耳がおびえてちぢこまると、鼻孔が代役に回った。

鼻から入ってくる、軟膏や、貼りたての絆創膏や、カンフル・チンキや、ピンクのマーキュロクロームのにおいは、舌に味となって感じられるほど強烈だった。かげった陽の灰色の光の中でにぶくきらめく金網を通して、ヨードチンキの風が吹きつけてきた。かけまわる子供たちは、巨大なピンボール・マシンの中でつきあたり、ぶつかりあい、得点と無得点をくりかえしながら、厖大な、想像を絶する暴力の和へとふくれあがってゆく。

そして、彼の見誤りだろうか、それとも公園を照らす明かりが独特の強烈さを持っているためだろうか？　どの子供もどの子供も影が四つあるように見えるのだ。一つは黒く、三つは薄い半影なので、戦略的にも彼らの敏捷な体がどこへむかっているのか、攻撃目標に命中するまでわからない。そう、たしかに、斜めからさしこむ強烈な光が、この公園を、彼の手のとどかない、奥ゆきの深いものに見せている。もしかしたら、それは動物園の金網そっくりの頑丈な金網がはりわたされた柵のせいかもしれない。そのむこう側では、何がおこってもよさそうなはずなのだから。

苦痛の檻だ、とアンダーヒルは思った。どうして子供というものは、おたがいの生活をこれほどまで悲惨にしなければいけないのだろう？　ああ、この果てしない責め苦。途方もない安堵の息が自分の口からもれるのを、彼は聞いた。さいわいなるかな、子供時代は彼にとって永遠に過ぎ去ったのだ。もはや、つねられることも、すり傷をつくることも、無目的な情熱に支配されることも、夢をこわされることもない。

一陣の風が手から新聞を吹きとばした。それを追って、彼は公園の階段をかけくだった。

そして新聞をつかむが早いか、退却した。なぜなら児童公園の雰囲気につかった、その短い時間に、彼は帽子が急に大きくなり、上着が急にだぶだぶになり、靴が急にぶかぶかになったような錯覚にとらわれたからだった。そのときには、彼は父親の服でビジネスマンの真似をしている幼い少年だった。背後にある柵は信じられないほど高く、雲はのしかかるように灰色に空をおおい、ヨードチンキのにおいは、彼の前に吐きだされた虎の鼻息さながらに髪をひるがえした。彼はつまずき、ころがるようにして逃げ帰った。

おそろしく冷たい海から無我夢中でとびだした男といった恰好で、彼は公園の外に立ちつくした。

「おーい、チャーリー！」

声を聞き、彼はだれだろうとふりかえった。金属のすべり台の上で、九つぐらいの少年が手をふっている。「おーい、チャーリー……！」

チャールズ・アンダーヒル氏は手をあげた。だが、おれはあんな子供を知らんぞ、と彼は思った。それにどうして、おれをファースト・ネームで呼ぶのだ？

少年はけぶったような空高くから彼に微笑していたが、ふざける子供たちに押されて、悲鳴をあげながら台からすべりおりた。

アンダーヒルは眼前の光景に呆然としながら立っていた。今や、児童公園は彼にとって巨大な鉄工場だった。そこから送り出される製品は、苦痛とサディズムと不幸だけ。三十分も見ていれば、この囲いの中で一度や二度、すくんだり、泣いたり、怒りで赤くなったり、恐怖で青ざめたりしたことがないものなどいないことがわかる。まったく！ 一生でいちばん幸福なのは子供時代だといったやつは、だれだ？ 現実には、これほど残酷で非情な時代はない。守ってくれる警察もなく、頼りにする両親はおとなの世界と自分たち自身にかかりきり。野蛮な時代だ。もし思いどおりになるのなら――彼は片手をのばし、冷たい柵に触れて思った――ここには、新しい名称をつけるべきだ。**トルケマダの公園**と（トルケマダは、スペインの初代宗教裁判長。判決の厳酷と処罰の残虐をもって知られた。一四二〇ごろ～九八）。

それにしても、彼を呼びとめた少年、あれはだれだろう？ どこか懐かしさを感じさせる顔だった。うちに隠れた骨に、だれか旧友の面影があるのだろうか？ 気苦労のあまり潰瘍を病む友人の子供だろう。

ここがおれの息子の遊び場というわけか、とアンダーヒル氏は思った。こんなところなのか。

廊下に帽子をかけ、波紋を描く鏡に自分の姿をうつしながら、アンダーヒルは、寂しい、疲れきった自分を感じた。妹が現われ、息子がトコトコとかけよってきたときも、彼は放心気味で声をかけただけだった。息子は彼の体にべったりとまといついて、お山の大将ごっこを始めた。父親のほうは、葉巻の先端を見すえてゆっくりと火をつけ、最後に咳払いしていった。「例の児童公園のこと考えたよ、キャロル」

「あした、ジムを連れていくわ」

「なんだって？　あの公園に？」

彼の心は反発した。そこの光景とにおいの記憶は、まだ鮮烈だった。切傷と殴られた鼻のにおいの中で、身悶えする世界。歯科医の診療室のように、苦痛に満ちた世界。新聞を拾いあげたとき足元に見えた、あの身の毛もよだつ三目並べと、あの恐ろしい石けり遊びの世界。それらがなぜ身の毛もよだつおそろしいものか、彼にはさっぱりわからないのだった。

「児童公園がどうかしたの？」

「あれを見たのか？」混乱して、彼は口をつぐんだ。「あれだよ、あそこの子供らだ。まるで土牢じゃないか」

「みんな育ちのいい子ばかりよ」

「そうかね、連中が押したり突いたりするやりかたは、ゲシュタポなみだよ。あれじゃ、製粉工場へ子供をやって、二トンもある粉砕機でこなごなにしてもらうようなもんだ！　ジムがあの野蛮人どもの穴で遊ぶことになると思うたびに、背筋が寒くなる」

「この近くにああいう公園がないこと、知ってるでしょ？」

「そんなこととは違うんだ。わたしが気にしているのは、子供らがバットや棒や空気銃を持ってたことだよ。ひと月が終わるころには、ジムはばらばらさ。ジムの口にオレンジをつっこんで、バーベキューにしてしまうだろう」

彼女は笑い出した。「大げさねえ」

「まじめだよ！」

「あなたはジムじゃないわ。ジムだって、苦労しながら人生を学ぶのよ。すこしぐらい殴ったり殴られたりしてもいいんだわ。男の子はそんなものよ」

「そんな男の子はいやだね」

「人生でいちばん楽しい時じゃない」

「ばかな。今までは、よく子供時代をなつかしがったものだがね、やっと気がついたよ。センチなだけの大馬鹿だった。悪い夢の中で、悲鳴をあげながら逃げまわるのと同じことだ。そうして、頭から足の先まで、恐怖にどっぷりつかって帰ってくる。そういうところからジムを助けられるものなら、助けるさ」

「そんなこと子供のためによくないし、だいいち、やってできることではないわ」

「ぜったいジムをあそこには近づけないからな。人嫌いの変人になるのがオチなんだ、あんなところにやれば」

「チャーリー！」

「いったって気は変えんよ！　あのチビのけだものども。一度見に行ってくればいいんだ。

ジムは、わたしの息子だよ。おまえの子じゃないんだ。忘れないでほしいね」アンダーヒルは、息子の細い足が両肩にのり、華奢な指が髪をくしゃくしゃにするのを感じた。「この子を切り刻まれたくないんだ」

「どうせ学校に入れば同じ目にあうのよ。三つぐらいのときに、すこしこづかれるほうがいいんだわ。心の準備をするために」

「そのことは考えたよ」アンダーヒル氏は、両方の折り襟に生暖かい細いソーセージのようにたれさがる息子の膝小僧を力をこめて握りしめた。「家庭教師を雇おうかと考えてる」

「まあ、チャールズ！」

夕食のあいだ中、二人は一言も口をきかなかった。

夕食がすみ、妹が皿を洗っているあいだに、彼はジムを散歩につれ出した。二人は暗い街灯に照らされた児童公園のそばを通り過ぎた。涼しい九月の夜で、空気の中には秋の訪れを知らせる刺すような香りがかすかに感じられた。来週には、遊び場の子供たちは落葉のようにかき集められ、学校で燃やされる。彼らの火とエネルギーが、もっと建設的な目的に用いられるようになるのだ。しかし放課後にはまた舞いもどってきて、押しあいぶつかりあい、ミサイルさながらに衝突し、爆発して、すべての小型戦争のあとにぬぐい去ることのできない傷跡を残すだろう。

「はいりたい」高い金網の塀に体を押しつけ、殴りあい走りながら遅くまで遊んでいる子供を見て、ジムがいった。

「だめだ、ジム、入ってはいけないよ」

「あそびたい」ジムはいった。目を輝かせて、大きな子供が小さな子供を蹴とばし、その子供がもっと小さな子供を蹴とばしてうさを晴らすのをながめている。

「あそぼう。パパ」

「来なさい、ジム、おまえを決してあんなとこへはやらないからね」アンダーヒルは小さな腕を強く引っぱった。

「あそぶんだよ」ジムはおいおい泣きだした。目は涙になって顔から流れ出し、顔はしなびたオレンジの色に変わった。

　子供の何人かが泣き声を聞きつけて、こちらを見た。白い毛のちらかったウサギの死体を前に、満足そうにすわっている穴ぐらのキツネを不本意にも驚かしてしまったような、そんな戦慄を、アンダーヒルは感じた。ずるがしこい、黄色いガラスを思わせる目、つき出たあご、鋭い白い歯、気味の悪い針金のような髪の毛、ささくれだったセーター、一日の戦いのしみがこびりついた鉄色の両手。彼らの吐く息のにおいがただよってきた。強い甘草エキスとハッカと果物の汁のまじりあったそのにおいは、胸がむかつくほど甘ったるく、胃の腑をしめあげるようだった。さらにその上に、早々と咳風邪をひいただれかが薬としてあてがっている暖かいカラシの臭気。ネルのあて布の下で、熱いカンフル軟膏といっしょに暖められている脂ぎった傷口の臭気。鉛筆、チョーク、草、石板拭き、その他あるものないものの鼻につく、そしてなぜか気を滅入らせるにおいが、昔の思い出をとつぜん呼びさました。歯のあいだにはさまったポップコーン、風を吸い込み吐き出す鼻孔からのぞく緑色のはなくそ。とんでもない！　とんでもない！

彼らはジムを見た。だが、ジムを知らない。彼らは何もいわなかった。しかしジムが泣き声をはりあげ、アンダーヒルが彼を力ずくでセメント袋のように引っぱっていくのを、じっと目を輝かせながら見守った。アンダーヒルとしては、こぶしをつきだして、こうどなってやりたいくらいだった。

「このけだものどもめ、息子を絶対にわたすものか！」

そのとき、見事なほどこの場に不釣合な出来事がおこった。青い金属のすべり台のてっぺんにいた少年、あまり高いところにいるので霧に隠れたように存在さえたしかでない少年、何となく見憶えのある顔をした少年が、何回も何回も手をふりながら彼を呼んだのだ。

「おおい、チャーリー……！」

アンダーヒルは立ちどまり、ジムは泣きやんだ。

「またな、チャーリー……！」

とつぜん、その高い寂しいすべり台のてっぺんにいる少年の顔が、トマス・マーシャルに似てきた。ここから一ブロックほどのところに住んでいる、彼の古い商売仲間だが、もう何年も顔をあわせたことがないのだ。

「またな、チャーリー」

また？　また？　あの子供はどういうつもりでいっているのだ？

「おまえを知ってるよ、チャーリー！」少年が呼んだ。「ハーイ！」

「なんだって？」アンダーヒルは息を呑んだ。

「あしたの夜な、チャーリーよお！」そして少年はすべり台からおり、ホワイト・チーズのように血の気のない顔で地面に着いた。まわりにいた子供たちがとびかかり、彼をころがした。

考えをきめかねて五秒もそこにいただろうか、やがてジムが泣きはじめ、金色のキツネの目がふたたび集まった。秋の到来をつげる冷気の中を、彼はジムを引っぱって家に帰った。

あくる日の午後、早目に社の用事を済ませたアンダーヒル氏は三時の列車に乗り、三時二十五分グリーン・タウンに着いた。町には、秋のさわやかな日光がまだたっぷりさしていた。ふしぎなものだ、気がつくと秋になっている。彼は考えた。夏だ夏だと思っていると、もう季節は変わっている。けじめは、どこでつければいいのだ？　温度か、香りにでも何かあるのか？　それとも夜のあいだに年月の澱《おり》が骨からこぼれおちて血管や心臓をめぐり、身震いやさむけをおこすのだろうか？　一つ年をとる、一年だけ死に近づく、そういうことなのか？

彼は児童公園への道を歩きながら、将来の計画をたてた。ほかの季節に比べて、秋は計画をたてることがやたらに多いような気がする。これも、死につながりがあるからかもしれない。死のことを考える。すると無意識に計画をたてはじめるというわけだ。さて将来といえば、ジムに家庭教師が必要になる、これはたしかだ。学校などという、あんなおそろしいものにはやりたくない。銀行の預金はピンチにおちいりそうだが、とにかくジムはしあわせな少年時代をおくれる。キャロルと二人で友だちも選んでやろう。不良どもはジムに手もふれんうちに追いだされる。では、この公園は？　まったく問題外だ！

「あら、チャールズ」

彼は思わず顔をあげた。目の前の、金網の囲い地の入口に、妹がいる。彼女が、チャーリーといわず、チャールズと呼んだことに、すぐ気づいた。昨夜の口争いがまだ解消していないのだ。

「キャロル、ここで何をしている？」

彼女はばつが悪そうに顔をあからめ、塀のむこうに目を走らせた。

「まさか、そんなことはしないな」彼はいった。

その目は、もみあい、走り回り、叫ぶ子供たちの中をさがした。「おまえ、ここで……？」

妹は、反応をなかば楽しんでいるようにうなずいた。「考えたのよ、早いうちに連れてきて――」

「わたしが帰る前に、こっそり遊ばせようとか？」

そうなのだ。

「よくも、キャロル、あの子はどこだ？」

「さがしに来たのよ」

「ずっとほうりっぱなしにしといたのか？」

「買いものしていたあいだ、五分だけよ」

「ほうりっぱなしにしといたんだね？　おまえはいったい！」アンダーヒルは彼女の手首をつかんだ。「さあ、来い、見つけて、ここから出すんだ！」

二人は金網越しに中をのぞいた。十人あまりの少年がぶつかりあっていた。少女がたたきっこしていた。子供たちが山になってもみあっており、代わるがわるその山から抜けだしては急いで走ってきて、上にとび乗っていた。

「あそこだ、きっとそうだ！」アンダーヒルはいった。

そのとき公園のはずれから、ジムが六人の少年に追われて泣きながら走ってきた。彼はころび、立ちあがり、またころんで悲鳴をあげた。うしろで、少年たちが豆鉄砲をうった。

「あの鉄砲をやつらの鼻にぶちこんでやる！　逃げろ、ジム！　逃げろ！」

ジムは門にたどりついた。アンダーヒルが体を受けとめた。それはまるで、びしょ濡れの丸まった布を受けとるようだった。鼻からは血が流れていた。ズボンはかぎ裂きができていた。からだ中、茶色によごれていた。

「これが、おまえの児童公園だ」アンダーヒルは膝をついて息子を抱き、妹を見上げた。

「これが、おまえのいう、かわいい無邪気な子供だよ、しつけのいいチビのファシストどもだ。この子がもう一度ここにいるのを見たら、そのときのことは考えておくんだな。行こう、ジム。さあ、坊主《ぼうず》ども、元のところへもどれ！」

「ぼくら、なんにもしないよ」子供たちがいった。

「いったい何という世の中だ？」アンダーヒル氏は宇宙に問いかけた。

「ハーイ！　チャーリー！」端っこに立っていた奇妙な少年がいった。少年はごくあたりまえに手をふり、微笑した。

「だれ？」キャロルがきいた。

「どうしてわたしが知る？」アンダーヒルはいった。

「またな、チャーリー。あばよ」少年は行ってしまった。

アンダーヒル氏は妹と息子を家へおくりかえした。

「肘の手をどけてよ！」キャロルがいった。

彼は震えていた。怒りにとめどもなく震えながら、ベッドに入った。コーヒーを試してみた。しかし、そういったもので止む震えではなかった。連中の、あのクルクシャンク（イギリスの挿絵画家・漫画家。ディケンズの作品などに挿絵をかいた。一七九二―一八七八）的な下卑た坊主どもの、脳みそをたたきだしてやりたいと思った。そう、これはやつらにはうってつけの言葉だ。キツネを思わせる陰険きわまるクルクシャンクの坊主ども。悪知恵や敵意や狡猾さを隠そうともせん。世の中には上品なものも多いが、それにくらべて何だ、あの新しい世代のマナーというものは！　切り裂き魔と首しめ魔と殴り魔の集団だ、恐ろしい親指ひねり魔の群だ。やつらの血管には、放任の汚れが流れているのだろう。彼は乱暴に体を動かし、枕の冷たい部分に頭をのせた。やがて起きあがり、タバコをつけた。しかし、気分はいっこうによくならなかった。家に帰ったあと、キャロルと大喧嘩してしまったのだ。彼はどなりつけ、彼女もどなりかえした。法や秩序などというものは一笑にふされ、忘れられている荒野で、わめきちらす雄と雌のクジャクだった。

彼は自分を恥じた。紳士と自慢できるほどではないが、暴力に暴力ということはしなかった。非常に静かな口調で話しかけたのだ。しかし、キャロルはまったく聞こうともしない！　ジムを悪の中にほうりこみ、押しつぶす気なのだ。あの子が切り刻まれ、穴だらけになっても、坊主どものなすがままにさせておく気なのだ。児童公園から幼稚園へ、グラマー・スクールへ、ジュニア・ハイへ、そしてハイ・スクールへ、殴打の歴史はつづく。もし運がよければ、ハイ・スクール時代で、殴打とサディズムもなんとか洗練されてくる。血と唾の海も年月の浜辺から沖へと引き、ジムは成長の縁にひとり取り残されることになる。そのとき、彼は将来をどんな目でながめるだろう？　狼の群の狼一ぴき、犬の群の犬一ぴき、けだものの群のけだもの一ぴきとして生きる望みを抱くのではないか？　しかし、そんな連中はこの世の中にはもう腐るほどいる。これから十年、いや十五年もつづくであろう息子の苦しみを考えるだけで、アンダーヒル氏はすくみあがってしまった。自分の肉体が散弾で血だらけにされ、刺され、焼かれ、殴られ、しめられ、ねじられ、踏みにじられ、引っ掻かれるような錯覚にとらわれた。無雑作にコンクリート・ミキサーに投げこまれたクラゲさながらに、彼は身震いした。ジムは生き抜けられそうもない。こんな恐怖に耐えられるほど、ジムは頑健ではない。

アンダーヒルはまっ暗な部屋のなかを歩いて、そうしたすべてのことがらを考えた。自分のこと、息子のこと、児童公園のこと、恐怖のこと。そして、検討してないものは何一つないまでになった。このうちのどれだけが、と彼は自問した、どれだけが自分のやもめ暮らしから来ているのか、どれだけがアンの死から、自分の欲望から来ているのか？　またあの公園とあの坊主たちに対する考えのどれだけが現実なのか？　どこまでが理性的な考えで、どこからがナンセンスなのか？　彼は天秤の上の重りを微妙に動かして、針がすべり、とまり、またすべるのを見つめた。針は動く、前後に、ゆっくりと、真夜中と夜明けのあいだを、黒と白のあいだを、むきだしの正気とあかはだかの狂気のあいだを。そんなに拘束すべきではないかもしれない、息子から手を引いたほうがいいのかもしれない。しかし――ジムの小さな顔をのぞきこんで、そこに、その目に、口もとに、鼻孔の曲がりぐあいに、暖かな息の中に、薄い肌からすけて見える血の色に、アンを見つけださないことはないのだ。おれには権利がある、と彼は思った。心配する権利が。どういわれようとかまわない、おれには権利があるのだ。非常に高価な磁器を二つ持っていて、一つがこわれ、たった一つだけ、最後のものが残ったとする。客観的になる余裕がどこにあるだろう、落着きはらい、冷静に見つめる余裕が？

そうだ、廊下をゆっくり歩きながら彼は思った。おれには心配してやり、心配していることをくやむ以外に何もすることはない。

「一晩中、家の中を歩きまわることはないじゃない」開いたドアの前を通る足音を耳にして、妹がベッドからいった。「子供みたいな真似はよして。独断的だったり、つっけんどんだったりしたことはあやまるわ。でも、あなただって心を決めなきゃ。家庭教師だけで育てるなんて、そんなこと非現実的だわ。アンだって、普通の学校へ行かせたがったと思うわ。それから、ジムもあしたはまたあの公園へ行かなきゃ。何回も何回も、自分の二本の足で立つことができるようになるまで行くのよ。子供たちみんなになじむまで。そうなれば、いじめられなくなるわ」

アンダーヒルは何もいわなかった。彼は暗闇の中で静かに服を着、階下におり、玄関のドアをあけた。時刻は、ほぼ零時五分前。見上げるような楡やオークや楓が影をおとす通りを、彼は足早に歩き、怒りを遠くうしろに引き離そうとした。むろん、キャロルの言い分が正しいことは知っていた。これが世界なのだ、人間が住み、人間が認めている世界なのだ。しかし、それが問題でもあるのだ！　彼自身はすでに製粉機の中を通っている。ライオンの群のひとりの少年がどんなものかは知っている。この二、三時間に、彼は自分の少年時代をすっかり思いだしていた。恐怖と暴力の時期。そして、ジムがそれを通ることを考えると、いたたまれなくなった。あの長い時期、デリケートな子供には特に辛いものだ。自分のせいでもないのに、ほっそりした骨と青白い顔を持って生まれてきたばかりに、追いかけられ、踏みつけられることだけしか知らずに大きくなるのだ。

児童公園のところまで来て、彼はとまった。大きな電灯が、まだ一つ頭上にともっていた。門は夜になるとしめられる。しかし十二時までその明かりはついているのだ。この不快きわまりない場所をつきくずし、金網の柵を引き破り、すべり台を取り壊し、子供たちにむかってこういってやりたかった。「家へ帰れ！　裏庭で遊んでいろ！」

冷たい、底知れぬ公園。なんと巧妙にできていることか。だれがどこに住んでいるかもわからない。おまえの歯をへし折った子供は、どこに行った？　だれも知らない。どこに住んでいる？　だれも知らない。どこへ行けば見つかる？　だれも知らない。あたりまえだ、そいつはある日ふらっと入ってくる。そして小さな子供をつかまえて反吐を吐かせ、翌日にはほかの公園へ行ってしまうからだ。見つかるわけがない。児童公園から児童公園へ、犯罪行為をつづけながら渡り歩き、被害者のほうも一度も見かけない顔なので、すぐ忘れてしまう。一カ月後、またこの公園へ舞いもどってくる。歯をへし折られた子供が偶然そこにいて、あいつが犯人だといったとしても、否定すればよい。「ううん、おれじゃないよ。ほかのやつだろ。おれ、ここ初めてだもん！　おれじゃないってば！」そして、その子供が背を向けたら、たちまちつきたおし、名前のない通りを、名前のない人間となって逃げてゆく。

おれはどうすればいいんだ？　とアンダーヒルは思った。キャロルは年月に対して、きわめて寛容だ。ジムにやさしいのは疑問のないところだ。彼女が結婚生活に注ぎこむべき愛情の大部分を、今年は息子のほうへ使ってしまった。こんなことでいつまでも喧嘩してるわけにはいかんし、キャロルにむかって出ていけなどというのは、もってのほかだ。いなかへ引っ越すのも、一つの手かもしれない。いやいや、それはできない。金の問題がある。しかし、ジムをここに入れることもできん。

「やあ、チャーリー」静かな声がいった。

アンダーヒルはあたりをきょろきょろと見回した。児童公園の柵の中、地べたに腰をおろし、冷たい砂の上に図形を描いているのは、例のまじめくさった顔をした九つの少年だ。少年は顔を上げなかった。かたい金網の柵のむこうにある世界にすわりこんだまま、少年はこともなげに、やあ、チャーリーといったのだ。

アンダーヒルはいった。「どうして、わたしの名を知ってる？」

「知ってるさ」少年は気持よさそうに足を組み、静かに微笑した。「いろいろと悩みがありそうだね」

「こんな遅くまで、どうしてそんなところにいるんだ？　だれだ、きみは？」

「マーシャルだよ」

「そうか！　トム・マーシャルの息子のトミーだな！　知ってる顔だとおもったわけだよ」

「あんたが思うより、もっと知ってる顔だぜ」少年はおっとりと笑った。

「とうさんはどうしてる、トミー？」

「最近、会ったことあるかい？」

「通りでちょっとな、ふた月前だ」

「どんなだった？」

「どういうことかね？」

「マーシャル氏はどんな顔してた？」少年はきいた。〝とうさん〟といわないのが奇妙だった。

「元気そうだったよ。なぜ、きく？」

「喜んでると思うよ」少年はいった。アンダーヒル氏は少年の手足に目をやった。それらは、生傷とかさぶただらけだった。

「うちへ帰らないのか、トミー？」

「あんたに会うために抜けだしてきたんだよ。くることはわかってたんだ。悩みごとだね」

アンダーヒル氏にはいうべき言葉がなかった。

「ちびの怪物どもめ」やがて、彼はいった。

「助けてあげられるかもしれないぜ」少年は砂に三角形を描いた。

馬鹿げている。「どうやって？」

「ジムをここから出せるなら、なんでも投げだすだろう？　身代わりになってもいいくらいだろう？」

アンダーヒルは呆然とうなずいた。

「じゃ、あしたの午後四時にここへ来な。力になるから」

「どういうことだ、力になるとは？」

「そう簡単にはいえんね。この公園と関係があるんだ。邪悪な感じがする場所には必ず魔力が潜んでいる。感じるだろう、あんたも？」

高い明かりに照らされた裸の平地を、生暖かい風が吹きすぎた。アンダーヒルは身震いした。そう、いまみたいな真夜中でも、この公園には邪悪な感じがある。なぜなら、それは邪悪な目的に用いられるからだ。「児童公園はみんなこんなか？」

「どうかな。ここだけかもしれないな。あんたがそう見るからかもしれないぜ、チャーリー。そう見たければ、そう見えるもんだもの。だけど、ここがすごくいい公園だと思ってるおとなも多いぜ。そう思えば、そうなんだ。見る目だよ、きっと。つまりさ、おれがいいたいのは、トム・マーシャルが前にあんたみたいだったということだよ。トミー・マーシャルや、児童公園や、子供たちのことで悩んだんだ。トミーを苦しい目や痛い目にあわせたくないと思ったんだ」

アンダーヒル氏は、この他人事のような話に不快になってきた。

「それで取り引きをしたんだ」少年はいった。

「だれと？」

「児童公園とさ、というか、それをやってるだれかとさ」

「だれかとは？」

「会ったことはない。スタンドのむこうに事務所があるよ。ひと晩中、明かりがついている。変な、明るい青い光なんだ。紙も何も入ってないデスクと、からっぽの椅子がある。管理人と札が出てるが、だれも本人を見てないんだ」

「どこかにいるだろう」

「そりゃ、いるさ、でなけりゃ、おれがこんなとこにいるわけないし、ほかのだれかが別のところにいるわけがないものな」

「おとなみたいな口のききかたをするな、きみは」

少年は満足そうな顔をした。「おれが本当はだれか知りたいかい？　おれはトミー・マーシャルなんかじゃないよ。トム・マーシャルさ、父親の」そのまま少年は身じろぎもせずすわっていた。真夜中の、高い遠い明かりの下で、風があごの下のシャツのカラーをそっとゆさぶり、冷たいほこりを舞いあげていた。「トム・マーシャルさ、父親の。信じられないかもしれん。だけど、本当なんだ。おれはトミーのことを心配してた。あんたがジムのことを心配してるみたいにな。それで、公園と取り引きをしたんだ。ああ、同じことをしたやつはほかにもいるよ。よく見れば、子供たちの中にまじってるはずだ。目つきでわかる」

アンダーヒルはまばたきした。「うちへ帰ったほうがよくないか」

「あんたは信じたがってる。真実であることを願ってる。それがあんたの目に出たとき、おれは気がついたんだ！　あんたがジムの身代わりになれるものなら、なっているさ。あの苦しみから息子を救ってやりたいんだ。おとなとして、あんたの地位におかせて、本当の仕事をさせたいんだ」

「常識のある両親ならだれだって子供に同情するさ」

「しかし、あんたは特別だ。嚙みつかれたり、蹴とばされたりしたときの痛みを、すっかり思いだしている。じゃ、あした来いよ。取り引きできるからさ」

「身代わりになるのか？」それは、信じがたい、興味深い、奇妙に満足のいく考えだった。

「それで、わたしのすることは？」

「心を決めるだけでいいんだ」

アンダーヒルはつとめて何げなくつぎの質問をした。冗談のつもりだったが、心の中ではまた怒りがこみあげていた。「その代償は？」

「なんにも。ただこの公園で遊ばなきゃいけない」

「一日中？」

「それから、もちろん学校にも行く」

「もう一度おとなになるわけか？」

「そう、もう一度おとなになるのさ。あしたの午後四時だぜ」

「市のほうに仕事がある」

「あしただよ」

「帰りたまえ、トミー」

「おれの名はトム・マーシャルだよ」少年はすわったままだった。

児童公園の明かりが消えた。


アンダーヒル氏と妹は朝食の席で一言も口をきかなかった。昼にはいつも、彼のほうから電話してあれこれ無駄話をするのだが、それもしなかった。しかし一時半になって、まずい昼食をすませた彼は、家のダイヤルを回した。そしてキャロルが出ると受話器をおいた。五分後、また電話をかけた。

「チャーリー、五分ほど前にかけてきたの、あなた？」

「そうだよ」

「切るまえに、あなたの息の音がきこえたみたいだったわ。何の用？」元の彼女にかえっていた。

「いや、ただ電話しただけだ」

「ひどい二日間だったわね？　あたしのいう意味わかるでしょ、チャーリー？　ジムはやっぱり公園へ連れていかなくちゃだめよ。それで、二、三回たたかれればいいのよ」

「二、三回か、そうだな」

血と、飢えたキツネの群と、引き裂かれたウサギが頭にうかんだ。

「そうしてギブ・アンド・テイクを学ぶのよ」彼女はいっていた。「必要があれば、喧嘩もして」

「必要があれば、喧嘩もしてか」

「あのとき、あなたが来るのわかってたわ」

「そうかね」彼はいった。「おまえのいうとおりだ。方法はない。犠牲を捧げるか」

「まあ、チャーリー、あなた変よ」

彼は咳ばらいした。「よし、話はすんだ」

「そういうことね」

どんな感じがするだろう、と彼は思った。

「ほかは何もないね？」彼は電話にきいた。

砂の上の図形と、どこか見覚えのある少年のすわりこんだ姿が頭にうかんだ。

「ないわ」

「考えたんだ」

「なあに？」

「三時に帰るよ」ゆっくりと、腹に一撃を加えられた男が息を吸おうとあがいているような調子でいった。「三人で行こう、おまえとジムと」彼は目をつむった。

「すてき！」

「児童公園へ」そして電話をきった。

季節はもう本格的に秋だった。空気も本格的に肌寒かった。一夜にして、木々は燃えあがり、葉を散らしはじめた。その何枚かが、ポーチの階段をあがるアンダーヒル氏の顔をかすめてくるくると舞いおちた。ドアをあけると、キャロルとジムがいた。冷たい風にすっかり厚着になって、彼の帰りを待ちかまえていた。

「おかえんなさーい！」二人は叫ぶなり、とびついてキスした。「あっ、こんなところにジムがいた！」「あっ、あんなところにパパがいた！」三人は笑った。彼は麻痺したような自分と暮れがたの薄暗さを意識した。もう四時近い。鉛色の空に目をあげた。今にもどろどろに熔けた銀を流しそうな、熔岩と煤の空が見えた。湿り気を帯びた風が出ていた。歩きながら、彼は妹の腕を強くにぎりしめて引っぱった。「それで仲なおりしたの？」彼女は微笑した。

「そんなばかな話はないさ」ほかのことを考えて、彼はいった。

「なあに？」

三人は児童公園の門のところに来た。

「ハーイ、チャーリー。こっちだ！」遠く、巨大なすべり台の上に立って、マーシャル少年が手をふっていた。いまは微笑していない。

「ここで待っていてくれ」アンダーヒル氏は妹にいった。「すぐもどってくる。ジムを入れるんだ」

「わかったわ」

彼は息子の手をとった。「行こう、ジム。パパについてるんだよ」

二人はかたいコンクリートの階段を下り、ほこりっぽい平地に立った。目の前には、不思議な連続性をもって、さまざまな模様や、三目並べ、石けり遊びなどの大きな図形、子供たちが地面に書きなぐった数字や三角形や長方形がひろがっていた。

空から突風が吹きつけてきた。彼は震えていた。息子の手をさらに強くにぎりしめて、妹をふりかえった。「さようなら」彼はいった。信じていたのだ。この公園にやってきた今では、信じきっていた。しかも、それが最善の策なのだ。これほどジムのためにいいことはない。常識外れの世界でこれほどいいことは！　妹が笑いかけた。「チャーリー、ばかね、あなたったら！」

つぎの瞬間、二人はかけだしていた。二人はほこりっぽい児童公園を走った、周囲で荒れ狂う石ころだらけの海を走った。ジムが泣きだした。「パパ、パパ！」子供たちがとびだしてきて迎えた。すべり台の少年が叫んでいた。三目並べや石けり遊びをしている子供たちがとびはねていた。得体の知れぬ恐怖が彼を包んだ。しかし彼は自分のしなければならないこと、これからおこることを知っていた。広場のはずれでは、フットボールが空を泳ぎ、ベースボールが風を切り、バットが飛び、いくつものこぶしがつきだされていた。管理人の事務所のドアはあいていた。何ものっていないデスク、からっぽの椅子を、つけっぱなしの電灯が照らしていた。

アンダーヒルはつまずいた。目をつむってころび、大声をあげた。熱い痛みが全身に感じられた。口からは、わけのわからない言葉が漏れていた。すべてが混沌としていた。

「そこだ、ジム」声が聞こえた。

そして彼は登りはじめた。目をつむったまま登った。叫び、かなきり声をあげながら、金属的な音を響かせる梯子を登った。喉はからからに乾いていた。

アンダーヒル氏は目をあけた。

そこは、すべり台のてっぺんだった。巨大な青い金属のすべり台で、地上は一千フィートも下に見えた。子供たちが背中にぶつかった、行けとつついているのだ、滑れ！　滑れ！

そのとき、彼は見つけた。広場を横切ってゆく黒いオーヴァーコートの男。そして門のところで手をふっている女。男が女と並んで立った。二人とも彼を見て手をふっていた。こう叫んでいた。「遊びなさい！　思いきり遊ぶんだよ、ジム！」

彼は悲鳴をあげた。両手を見て、恐怖に襲われた。小さな手、細い手。彼ははるか下の地面を見おろした。鼻血の出ているのがわかった。すぐとなりにマーシャルがいた。「ハーイ！」そう叫ぶなり、少年は口もとに一撃をよこした。「十二年、ここにいればいいんだ！」喧騒の中で、少年がいった。

十二年だって？　囚われのアンダーヒル氏は思った。しかし、子供は時間感覚が違う。一年は十年のようだ。これから十二年間の子供時代ではない。それは一世紀だ。一世紀、この状態がつづくのだ！

「滑れよ！」

彼はつねられ、打《ぶ》たれ、押された。うしろから、マスターロールや、ビックスのベポラブ、ピーナッツ、スペアミント・ガム、青インキ、凧糸、グリセリン石鹸、ハロウィーンのかぼちゃ、骸骨画の混凝紙、乾いたかさぶたなど、ありとあらゆるもののにおいがどっと押しよせてきた。こぶしがふりおろされた。キツネのような顔のずっとむこう、門のあたりに、手をふっている男と女の姿が見えた。彼は悲鳴をあげて顔をおおった。流れる鼻血などおかまいなく、無のふちへ押しだされるのが感じられた。一万びきの怪物に追われ、かなきり声をあげて、彼はまっ逆さまにすべり台を下った。吐き気を催す、指の堤防に衝突する直前、一つの考えがひらめいた。

これは地獄だ、と彼は思った、地獄そのものだ！

いい、いい、いい、

そして、このむんむんする人間の山の中には、彼に反駁するものは一人もいないのだった。

訳者あとがき

今さら書くようなことでもないが、SFが好きでSFの翻訳をやっている。よい時期に生まれたおかげで、十代の後半がちょうど日本SFの勃興期と重なり、いろんな人たちと知りあううち、とうとうこんなことになってしまった。翻訳を業とするからには、楽しみはやはり外国の未知の作家を発見し、わが国に紹介することである。その点でもぼくは幸運で、出版社からわたされるものを訳すのではなく、気にいった作品を自分で選ぶことができ、また好きな作家を何人かはじめて紹介することができた。

だから現状にべつに不満はないのだが、ときおりふっと、もう少し早く生まれていればよかったと思うことがある。たとえば、ブラッドベリを読んでいるときがそうだ。

ブラッドベリは、ぼくの大好きな作家のひとりである。どれくらい好きかというと、これはもう説明してもしようがないくらいで、ブラッドベリ・ファンのあなたならおわかりいただけるだろう。自分の好きな作家とあれば、当然、代表作を一冊ぐらい訳して翻訳者のエゴを満足させたくなるのが人情である。だが、ぼくがこの仕事にはいったときには、ブラッドベリはすでにわが国でもっとも有名なSF作家となっており、その作品の大半は訳出されていた。ぼくは『火星年代記』を読み、『太陽の黄金《きん》の林檎』を読みながら、くやし涙にくれていたわけだ。

ところが、一九六五年のことである。

ぼくの敬愛する先輩に、野田昌宏という人がいる。斯界ではその名声は轟きわたっているから、という人がいるなどと書く必要はあるまい。いや、今は翻訳に追われてエッセイに時間を割く余裕はなさそうだが、そのころ野田氏は、戦前のパルプSF雑誌を金にあかして取り寄せ、アメリカ本国においてすら埋れてしまったSFの古典を精力的に発掘紹介していた。当時から野田SFコレクションは、疑いなく日本最大の蔵書数を誇っていたのだが、その年になって、その中に怪奇小説専門誌ウィアード・テールズがごっそりと仲間入りしたのだ。ぼく自身SFを集めてはいるといっても、そこまではとても手の出ない貧乏学生。だから（下宿が近かったこともあって）新入荷があると聞くと、深夜必ず野田氏のアパートをおそい、貴重な屑雑誌をおがませてもらっていた。そんなある夜、すばらしい考えが頭にひらめいたのだ。

ブラッドベリの第一短篇集 *Dark Carnival* が幻の本であることは、ご存じの方も少なくないだろう。一九四七年、オーガスト・ダーレスのアーカム・ハウスから初版三千部が出ただけで、以後絶版になり、本国でたまに古書店のカタログにのることはあっても、百ドル以上の値がついていて、それすらすぐに売りきれてしまう。古書店の主人にコネでもつくっておかないかぎり、日本で手に入れることは不可能に近い（昨年アメリカへ行ったとき、ロサンジェルスで百四十ドルの値札がついたこの本を見かけたが、友人が今年行って見たときには、二百ドルになっていたという。あのとき買っておけばよかったと、いま後悔している）。もっとも収録作全二十七篇のうち十五篇は、その後改稿され、『十月はたそがれの国』に再録されているので、原版よりよくなったかたちですでに日本の読者の目にふれているのだが、未紹介の作品もまだ相当残っているわけだ。そして、それら読んだことのない作品のほとんどが、四〇年代のウィアード・テールズ誌に掲載されたことを、ぼくはブラッドベリの著作リストを見て知っていた。野田コレクションの中にある作品から、*Dark Carnival* を復元することはできないだろうか？——そう考えたのである。

あしたの仕事のため眠りをむさぼる野田氏を横目に見ながら、ぼくは著作リストをたよりに屑雑誌の山を漁りはじめた。復元が無理なことは、すぐにわかった。ウィアード・テールズはたくさんあるけれど、中には抜けている号もあったし、だいいち *Dark Carnival* のために書きおろされ、『十月はたそがれの国』に再録されなかったショート・ショートが、二つあることに気づいたからである。だが、そのかわり、野田コレクションの中には、短篇集にもアンソロジイにも再録されていないブラッドベリの初期作品がかなりあることがわかった。作者としては、習作を人目に触れさせたくない気もあるだろう。しかし、こちらも乗りかけた舟である。借りて下宿に帰り、かたっぱしから読んでみた。

正直にいって愚作もあったし、欠点の目立つ作品も多かった。だが嬉しいことに、それを補ってあまりある要素が、それらの作品にほとんど例外なく含まれていたのだ。

どういえばいいだろう？　気魄。若さ。作者の中で創作意欲をかきたてている火。金銭的な目的とは無関係に、彼に作品を書かせている何かどろどろしたもの。それが感じられるのだ。彼の新作が、技法的にはまったく問題ないけれど、どこかものたりないのに比べると驚くほどの違いである。

というわけで、気にいったものをその中から選びだし、翌年から早川書房のミステリマガジンなどにぼつぼつ訳しはじめた。ブラッドベリの未訳作品はけっこう多く、また途中、荒俣宏氏がアメリカの友人から*Dark Carnival*にしか載っていない二篇を取り寄せてくれたり、入手不可能と思われた作品が新しいアンソロジイにはいっているのを見つけたりして、いつのまにか三十篇近くたまった。それを一冊にまとめたのが、本書『黒いカーニバル』である。編集部の意向で、題名は*Dark Carnival*からとったが、原書との重複は半分弱である。

本書ははじめ、ハヤカワ・SF・シリーズの一点として出版された。一九七二年のことで、その時点では第一短篇集*Dark Carnival*は、ぼくにとって依然、幻の本のままだった。

友人のブラッドベリ・ファン森田裕氏が、大枚百ドルを投じて原本を手に入れたことを知ったのは、それからしばらく後である。実物に接して気づいたのだが、ブラッドベリは雑誌にのった作品を単行本に収録するにさいし、手を入れることが多いらしい。ぼくがウィアード・テールズから訳したものと、単行本所収の作品とのあいだには、文章の微妙な相違が各所に見られた。そんなこともあって、ハヤカワ・SF・シリーズ版には多少不満を持っていたのだが、さいわいNV文庫で新版が出ることになり、ちょうどよい機会なので、森田氏から*Dark Carnival*のコピーをとらせていただき、訳文を全面的にチェックしなおした。作品の印象全体が変るほどの改変は、けっきょくなかったけれど、たとえば「旅人」のように、作品の長さが原稿用紙二枚分ほど増えたものもある。なお、「棺」は、このNV文庫版にはじめて収録される作品である。

ご参考のために、収録作品の原題と初出誌を付記しておこう（＊印は、のちに*Dark Carnival*に収められたものである）。

「黒い観覧車」The Black Ferris　ウィアード・テールズ誌一九四八年五月号
＊「詩」The Poems　同誌一九四五年一月号
＊「旅人」The Traveler　同誌一九四六年三月号
＊「墓石」The Tombstone　同誌一九四五年三月号

「青い壜」Death Wish　プラネット・ストーリーズ誌一九五〇年秋季号
＊「死人」The Dead Man　ウィアード・テールズ誌一九四五年七月号
＊「ほほえむ人びと」The Smiling People　同誌一九四六年五月号
＊「死の遊び」Let's Play "Poison"　同誌一九四六年十一月号
「時の子ら」Time in Thy Flight　ファンタスティック・ユニヴァース誌一九五三年六、
　七月合併号
「全額払い」Payment in Full　スリリング・ワンダー・ストーリーズ誌一九五〇年二月
　号
「監視者」The Watchers　ウィアード・テールズ誌一九四五年五月号
＊「再会」Reunion　同誌一九四四年三月号
「刺青の男」The Illustrated Man　エスクァイア誌一九五〇年七月号
「静寂」The Silence　スーパー・サイエンス・ストーリーズ誌一九四九年一月号
＊「乙女」The Maiden　短篇集 *Dark Carnival* 所収
＊「夜のセット」The Night Sets　同短篇集　所収
＊「音」Interim　ウィアード・テールズ誌一九四七年七月号
＊「みずうみ」The Lake　ウィアード・テールズ誌一九四四年五月号
＊「巻貝」The Sea Shell　同誌一九四四年一月号

＊「棺」The Coffin　ダイム・ミステリー一九四七年九月（Wake for the Living の題名で）
「ダドリイ・ストーンのすばらしい死」The Wonderful Death of Dudley Stone　チャーム誌一九五四年七月号
「戦争ごっこ」The Ducker　ウィアード・テールズ誌一九四三年十一月号
「バーン！　おまえは死んだ！」Bang! You're Dead!　同誌一九四四年九月号
「児童公園」The Playground　エスクァイア誌一九五三年十月号

一九七六年六月

追　記

前にある「訳者あとがき」の冒頭部分は、ちょっと筋が通らないように見えるかもしれない。「SFが好きでSFを訳している」といいながら、この短篇集の収録作の大半はファンタジーである。SFっぽい作品は（どれほど拡大解釈しても）片手にはいるほどしか見つからない。

だが書いた当時、この論理はすこしもおかしなものではなかった。というのは、このころまでファンタジーは、商業的ジャンルとしては存在していなかったからである。ファンタジーはもちろんSFより古いが、二十世紀なかばを過ぎるまで出版点数も少なく、アメリカではSF急成長のかげに隠れて、まま子のように扱われていた。レイ・ブラッドベリ『火星年代記』、シオドア・スタージョン『夢みる宝石』などは、ファンタジーを得意分野とする作家たちが、そうしたSF隆盛のなかで生みだした名作ということができる。

この業界の定評ある情報誌〈ローカス〉（一九六八年創刊）では、年のはじめに前年の推薦図書を発表するのが恒例となっているが、バックナンバーを調べてみると、その一九七八年三月号に《傑出した長篇SF》に加えて、《傑出した長篇ファンタジー》のカテゴリーが新設されている。編集者の弁によれば、「昨年は書き下ろしのファンタジーが大盛況で、年六十点も出たので、この項目を設けることにした」とか。翌年はめぼしい作品がなかったのか、このカテゴリーは見あたらなかったが、一九八〇年には復活し、以後は常設されている。つまり、商業的な意味においては、ジャンルとしてのファンタジーは一九七〇年代後半に成立したと見ることができる。

ちなみに、パトリシア・マキリップ『妖女サイベルの呼び声』邦訳の出版は一九七九年で、ハヤカワ文庫FTはここからスタートしている。

なお、収録作のうち巻末の「児童公園」は、旧版では「遊園地」の題名で収められていたものである。これも本書の初版が出た七〇年代初頭には、原題 The Playground の訳語としてすこしもおかしくはなかったが、その後、観覧車やジェットコースターのある遊戯施設としての〝遊園地〟が一般化してきたので、思いきって「児童公園」と改題した。ただし訳語のチェックなどは、本書がハヤカワ・SF・シリーズからハヤカワ文庫NVに移ったときに一度全面的におこなっているので、今回は最小限にとどめた。

二〇〇六年二月

本書には、今日では差別的として好ましくない表現が使用されています。

しかし作品が書かれた時代背景、著者が差別助長を意図していないことを考慮し、当時の表現のまま収録いたしました。その点をご理解いただけますよう、お願い申し上げます。（編集部）

本書は二〇〇六年にハヤカワ文庫NVより刊行
された『黒いカーニバル』の新装版です。

フィリップ・K・ディック

アンドロイドは電気羊の夢を見るか?
浅倉久志訳

火星から逃亡したアンドロイド狩りがはじまった……映画『ブレードランナー』の原作。

〈ヒューゴー賞受賞〉
高い城の男
浅倉久志訳

第二次大戦から十五年、現実とは逆に枢軸国側が勝利した世界を描く奇妙な小説が……!?

スキャナー・ダークリー
浅倉久志訳

麻薬課のおとり捜査官アークターは自分の監視を命じられるが……。新訳版。映画化原作

〈キャンベル記念賞受賞〉
流れよわが涙、と警官は言った
友枝康子訳

ある朝を境に〝無名の人〟になっていたスーパースター、タヴァナーのたどる悪夢の旅。

火星のタイム・スリップ
小尾芙佐訳

火星植民地の権力者アーニイは過去を改変しようとするが、そこには恐るべき陥穽が……

ロバート・A・ハインライン

夏への扉〔新版〕
福島正実訳
ぼくの飼っている猫のピートは、冬になるときまって夏への扉を探しはじめる。永遠の名作

〈ヒューゴー賞受賞〉
宇宙の戦士〔新訳版〕
内田昌之訳
勝利か降伏か——地球の運命はひとえに機動歩兵の活躍にかかっていた！　巨匠の問題作

〈ヒューゴー賞受賞〉
月は無慈悲な夜の女王
矢野　徹訳
圧政に苦しむ月世界植民地は、地球政府に対し独立を宣言した！　著者渾身の傑作巨篇

人形つかい
福島正実訳
人間を思いのままに操る、恐るべき異星からの侵略者と戦う捜査官の活躍を描く冒険ＳＦ

輪廻の蛇
矢野　徹・他訳
究極のタイム・パラドックスをあつかった驚愕の表題作など六つの中短篇を収録した傑作集

ジョン・スコルジー

老人と宇宙《そら》
内田昌之訳
妻を亡くし、人生の目的を失ったジョンは、宇宙軍に入隊し、熾烈な戦いに身を投じた！

遠すぎた星　老人と宇宙《そら》2
内田昌之訳
勇猛果敢なことで知られるゴースト部隊の一員、ディラックの苛烈な戦いの日々とは……

最後の星戦　老人と宇宙《そら》3
内田昌之訳
コロニー宇宙軍を退役したペリーは、愛するジェーンとともに新たな試練に立ち向かう！

ゾーイの物語　老人と宇宙《そら》4
内田昌之訳
ジョンとジェーンの養女、ゾーイの目から見た異星人との壮絶な戦いを描いた戦争ＳＦ。

戦いの虚空　老人と宇宙《そら》5
内田昌之訳
コロニー防衛軍のハリーが乗った秘密任務中の外交船に、謎の敵が攻撃を仕掛けてきた⁉

ハヤカワ文庫

グレッグ・イーガン

〈キャンベル記念賞受賞〉
順列都市〔上〕〔下〕
山岸　真訳
並行世界に作られた仮想都市を襲う危機……電脳空間の驚異と無限の可能性を描いた長篇

〈ヒューゴー賞／ローカス賞受賞〉
祈りの海
山岸　真編・訳
仮想環境における意識から、異様な未来までヴァラエティにとむ十一篇を収録した傑作集

〈ローカス賞受賞〉
しあわせの理由
山岸　真編・訳
人工的に感情を操作する意味を問う表題作のほか、現代SFの最先端をいく傑作九篇収録

ディアスポラ
山岸　真訳
遠未来、ソフトウェア化された人類は、銀河の危機にさいして壮大な計画をもくろむが⁉

ひとりっ子
山岸　真編・訳
ナノテク、量子論など最先端の科学理論を用い、論理を極限まで突き詰めた作品群を収録

訳者略歴　1942年生，英米文学翻訳家　訳書『地球の長い午後』オールディス，『ノヴァ』ディレイニー，『3001年終局への旅』クラーク，『猫のゆりかご』ヴォネガット・ジュニア（以上早川書房刊）他多数

HM=Hayakawa Mystery
SF=Science Fiction
JA=Japanese Author
NV=Novel
NF=Nonfiction
FT=Fantasy

黒《くろ》いカーニバル
〔新装版〕

〈SF1919〉

二〇一三年　九　月十五日　発行
二〇二一年十二月十五日　二刷

（定価はカバーに表示してあります）

著者　レイ・ブラッドベリ
訳者　伊《い》藤《とう》典《のり》夫《お》
発行者　早川　浩
発行所　株式会社　早川書房

郵便番号　一〇一 - 〇〇四六
東京都千代田区神田多町二ノ二
電話　〇三 - 三二五二 - 三一一一
振替　〇〇一六〇 - 三 - 四七七九九
https://www.hayakawa-online.co.jp

乱丁・落丁本は小社制作部宛お送り下さい。
送料小社負担にてお取りかえいたします。

印刷・信毎書籍印刷株式会社　製本・株式会社フォーネット社
Printed and bound in Japan
ISBN978-4-15-011919-5 C0197

本書は活字が大きく読みやすい〈トールサイズ〉です。